超次元自衛隊㊤

陸海空、レイテへ！

遙　士伸

コスミック文庫

この作品は二〇一〇年六月に小社より刊行された『超次元自衛隊』を再編集し、改訂・改題したものです。

なお本書はフィクションであり、登場する人物、団体等は、現実の個人、団体、国家等とは一切関係のないことを明記します。

目次

第一部　時空派遣！　逆襲のレイテ

戦争は、しない、させない。だからこそ今、戦わねばならないのだ。過去で。

もしもあのとき……。

もう一度やり直せるのならば……。

誰しもが抱く過去の改変が現実に可能になったとき、人はなにを思い、なにをするのか。

なにができるかが問題ではない。愛する人を守るため、死を迎えようとする娘を救うため。

代償としてどれほどの危険があろうとも、たとえそれが限りなく低い可能性であったとしても、男たちは全力を尽くすべく旅立ったのだ。

遠い、過去の世界へと。

プロローグ

一九四四年一〇月二四日　フィリピン沖

　ブルーに塗装された機体が、海面に吸いつくようにして飛行していた。

　海面は白くさざなみ立ち、飛沫《しぶき》が後方に広く散っていく様は一見して高速飛行とわかる。

　ブルーの塗装は、海に囲まれた日本の特徴的防衛色といっていい。渡洋攻撃してくる敵を迎撃する際、海面に溶け込む迷彩効果を狙っているのだ。

　二機一組のエレメントが二組、四機が緊密な編隊を組んで目標に向かっていく。

　敵のレーダー探知を避けるため、また敵の攻撃を受けにくくするために飛行高度を低く保つことは、いつの時代も航空攻撃の原則だ。

（まだだ、まだ）

航空自衛隊南西航空方面隊第九航空団第三〇二飛行隊に所属する木暮《こぐれ》雄一郎《ゆういちろう》一等空尉は、胸中でつぶやいた。

南西航空方面隊は、増大する南西からの脅威に備えるべく拡充された組織だった。従来は戦闘飛行隊と高射群各一個に、施設隊と音楽隊を組みあわせた航空混成団として編成されていたが、青森の三沢を本拠とする北部航空方面隊や、埼玉の入間《いるま》を本拠とする中部航空方面隊などと同等の組織にすべく、規模の拡大が進められている。

これに伴い、戦闘飛行隊も現在では第三〇二飛行隊のほかに第三〇七飛行隊とＦ－２を装備する二個飛行隊が第九航空団を編成して駐屯し、さらに邀撃《ようげき》飛行隊一個を加える予定である。

「もう少しの我慢だ」

本来、水平線までの距離を超える長射程のＡＳＭ（Ａｉｒ　ｔｏ　Ｓｕｒｆａｃｅ　Ｍｉｓｓｉｌｅ＝空対艦ミサイル）であれば、仮に目標の姿が見えなくても衛星情報その他のデータ・リンクによって攻撃は可能である。

だが、この時代ではそういった情報は極端に少ない。パイロットは前時代的に自機のレーダーと肉眼によって、ミッションを遂行しなければならないのだ。

「正面上空に敵機！」

「ブレイク！」

木暮は反射的にラダー・ペダルを蹴り、操縦桿を倒しぎみに引きつけた。

身体がシートに押しつけられ、愛機F－2が蒼空に向かって駆けあがっていく。

眼下にあった海面がいったん顔の真横に移動したかと思うと、すぐに視界外に吹き飛んでいく。

「敵戦闘機にはあまりかまうな。目標はあくまで空母だ。空母をつぶせば、どうせ奴らは海水浴するしかないんだからな」

「ラジャー（了解）」

木暮機の尾部排気口が、大きく口を開けて橙色《だいだいいろ》に煌《きらめ》く。アフター・バーナーの鞭《むち》を入れたのだ。

自分を援護するウィングマン橋浦勇樹《はしうらゆうき》三尉がついてきていることを確認し、敵機との距離を詰める。

敵機の数は多い。レーダー・ディスプレイに映る輝点は無数といってもいいほどだ。

だが、あわてることはない。内蔵コンピュータが敵機を自動的にナンバリングし、各ミサイルに目標を割りあてていく。

この同時多目標の追跡、攻撃という技術も、科学の進歩がもたらしたものだ。

文字どおり、優れた機とパイロットがいれば一騎当千というわけだ。もちろん、データ・リンクによって味方機との連携もできている。

「ひとつ、ふたつ」

噴煙をあげて飛び出したＡＡＭ（Ａｉｒ　ｔｏ　Ａｉｒ　Ｍｉｓｓｉｌｅ＝空対空ミサイル）が前方で弾《はじ》ける。眩《まばゆ》い閃光が眼前を覆い、それを突き抜けるようにして木暮のＦ－２が進む。あっという間に敵レシプロ機は後方に置き去りだ。

クールと評される木暮の表情は変わらない。あくまで冷静に、確実に、ミッションを遂行するのが木暮のスタイルだ。感情をぶつけて熱くなることはまずない。内なる炎を秘めるタイプの男――それが木暮であった。

「トルネード・リーダーより各機へ。敵艦隊が見えた。目標は一に空母、二に空母、三に空母だ。忘れるな」

「トルネード２、ラジャー」

「トルネード３、ラジャー」

「トルネード４、ラジャー」

木暮は第二エレメントのリーダーであり、トルネード3のコール・サインを持っていた。ウィングマンの橋浦勇樹三尉を率いて右側の空母にあたりをつけた。

ラダーを効かせつつ、サイドスティック式の操縦桿を鋭く倒す。

大型の台形主翼が半回転し、全長一五・五メートル、全幅一一・一メートルの機体が、再び海面に迫る。機位を調整し、機首を敵空母に向ける。

木暮の乗るF－2は最新型のD型だ。老朽化の激しいF－4EJ改に代わる次世代戦闘機FX計画の派生機として誕生した機である。FXの大本命といえるアメリカ製F－22の導入が、日米同盟の揺らぎとともに遅れをきたしたことが開発、導入の表向きの理由とされているが、実はそうではない。

防衛省と自衛隊は、一機二〇〇億円を超えるF－22では、もともと要求定数を満たすことが困難と見ていた。そこで柱としてのF－22とその補助となる機を求めた。いわゆるF－15に対してのF－16というハイ・ロー・ミックスというわけだ。

予算や機数の制約と機体の高性能化による単価の上昇という背景から、時代は戦闘機任務の多様化を求めていた。邀撃任務と対地・対艦攻撃任務との両立を目指したマルチロール・ファイターということだ。

はじめはF－22の補助機としてF－15の最新戦闘爆撃機型といえるF－15アドバ

ンスト・イーグルが有力候補に挙げられていたが、そこに日本人のプライドが働いた。

　隣国韓国はすでにF－15の戦闘爆撃機型を導入しており、その後塵《こうじん》を拝するような真似は好ましくない。責任ある独立国家として、国産あるいは国内開発の余地は残しておくべきだ。そのために国内の航空技術を磨いておく必要があるといった理由だ。そこで白羽の矢が立ったのが、日本独自の装備機であるF－22だったのである。

　もともと対地・対艦攻撃を主任務とする支援戦闘機として位置づけられていたF－2にとって、足りないのは空対空戦闘能力だ。そこで、レーダー改修などを施《ほどこ》し、中長射程AAMの運用能力を向上させてD型が誕生した。エンジンも換装して機動性の向上にも一層磨きがかかっている。

　初期型のA型とその複座型であるB型、さらに偵察任務用に改修が施されたC型が搭載するF一一〇－GE一二九エンジンに比べて、二割増しの出力になったF一二一－IHI－一四〇エンジンの咆哮が海上に轟《とどろ》く。白波立つ波頭がみるみる後方に吹き飛んでいった。

　大気の密度が濃い低空では空気抵抗が大きいため速力は衰えるが、それでも音速はるかに超えている。ほんの点にすぎなかった敵空母が、HUD（Head Up Display）上でその形がわかるほどになってきた。

前後に長い島型の艦橋からして、エセックス級空母と思われる。大戦中、アメリカ艦隊の主力として縦横無尽の働きをした空母だ。

ASMの射程内を示す電子音が鳴り響く。否応なく緊張感を高ぶらせる音だ。無機質でありつつも、集中を高めろというパイロットへの警告のように聞こえてくる。

HUD上の情報は、目まぐるしく変わっていく。高度と速度を示す数字に大きな変化はないが、目標との距離を示すデジタル数字はすさまじい勢いで減っていく。

敵空母の護衛艦艇も、必死の動きを始めているようだ。発砲の閃光も垣間見えるが、さほどの脅威ではない。届くほどではない苦しまぎれのものだ。

真っ赤な火網が前方に投げ入れられて黒褐色の花が咲き乱れるが、焦《あせ》りは禁物だ。せめて照準を狂わせようという敵の狙いかもしれない。

「よーし、そこだ。動くな」

木暮は独語した。繊細な操縦で機位を微調整する。

目標を囲む四角い枠（ターゲット・ボックス）が、エイミング・レティクル（照準マーク）に重なっていく。ターゲット・ボックスの点滅が点灯に切り替わり、攻撃可能を示すサインがＨＵＤ上に赤く点灯する。

「ロックオン。Ｓｈｏｏｔ！」

携行してきたＡＳＭを切り離すや否《いな》や木暮は操縦桿を右に倒し、次いで力任せに引きつけた。横倒しになった機体が、海面をかするようにして弧を描く。主翼の先端は波頭を切り裂いたかもしれない。

反転する機体とは逆に、レーダー・ディスプレイ上のＡＳＭの軌跡はまっすぐに目標に向かっていく。等間隔で鳴っていた電子音が連続音に切り替わり、次いで消失した。

「目標、ロスト」

「全機無事だな。帰投する」

かすかに伝わる爆発音の中、飛行隊長里中勝利《しょうり》二佐の声がレシーバーから届いた。

敵空母撃滅というミッションは成功だ。

（これで歴史が変わる。これで）

赤い丸のマークをつけたＦ－２の編隊が、目の覚めるような濃青色の海上をゆく。

失われた友の思いを消さないために、愛する娘を救うために、木暮は過去の空を飛び続けるのだった。

戦争は、しない、させない。だからこそ、今、戦う必要があるのだ。

未来を変えるための戦いは、まだ始まったばかりだった。

一九四二年八月八日　ソロモン

疑いのない勝利ではあったが、艦隊司令部を取り巻く空気は重く沈鬱《ちんうつ》としたものだった。

「もう一度、突入すべきではないのですか」

重々しい静寂を破ったのは、第八艦隊旗艦重巡『鳥海』艦長早川幹夫《みきお》大佐だった。

早川は南東太平洋方面の防衛を担当する第八艦隊司令長官三川軍一《みかわぐんいち》中将へ、そして居並ぶ参謀たちへ目を向けた。

「あの後ろには手つかずの輸送船団がいるんですよ。それをそのままにしてこのまま戻ると？」

サヴォ島周辺の海は燃えていた。元がなんだったかわからない松明《たいまつ》のような塊《かたま》りが点々と海上に浮かび、海面には漏れ出た重油やガソリンが引火した炎が広く拡散していた。海面を渡る風は熱く焦がされ、夜の闇は妖《あや》しい朱色の光に代わられていた。

『鳥海』は戦塵《せんじん》を振り払うようにして、基準排水量一万三四〇〇トンの艦体を進めていた。

連装五基の二〇・三センチ主砲は健在で、そのほかの上部構造物にも目立った損害はない。最大出力一三万馬力を誇る艦本式蒸気タービンも、力強いうなりを艦底から響かせている。

重巡『青葉』『加古』『衣笠』『古鷹《くつがえ》』の第六戦隊も同様だ。縦横比の大きいスマートな艦体と、従来の建艦思想を覆した意欲的な強武装は、いささかも衰えることなく海上に睨《にら》みを効かせている。〝まだ戦える。これからだ〟という様子が、これら各艦から伝わってくるようだった。

「長官は、かの日本海海戦に匹敵する大勝利を挙げられたのだ。戦果は充分だ」

胸を張る神重徳《かみしげのり》首席参謀に対して、早川はなおも食い下がった。

「敵の軍艦を沈めたにしても、これでは意味がありません。敵はもはや丸腰です。輸送船団を護衛する戦力は壊滅した。ここで……」

「今回はこれでいいのだ」

早川の声を遮《さえぎ》り、神は言下に切り返した。

「どうせ明日になれば航空隊が片づけます。心配ご無用です」

航空参謀吉岡忠一《ちゅういち》少佐が、神に目配せしながら言った。

三川は口を閉ざしたままだ。早川や神を一瞥《いちべつ》することなく、ただ眼前に広がる夜の海上を見おろしている。自分は翻意《ほんい》するつもりなどない。神や吉岡の言葉こそ自分のものだと、三川の様子は追認しているかのようだった。

「くっ……」

早川は両拳を握り締めて、湧き起こる憤りに耐えた。

軍において命令は絶対だ。それが崩壊したとき、軍はいっさいの秩序をなくして組織全体が崩れてしまう。正しいかどうかは問題ではない。上の命令に、下はただ従うしかないのだ。

開戦から八カ月、これまで破竹の進撃を続けてきた日本軍に対して、アメリカ軍の本格的な反抗作戦が開始された。米豪遮断を狙ってオーストラリアの北東に位置するソロモン諸島のガダルカナル島に進出していた日本軍が、急襲を受けたのだ。

後方のラバウルに駐留していた第八艦隊の反応は悪くなかった。

旗艦『鳥海』を筆頭に、第六戦隊の重巡『青葉』『衣笠』『古鷹』『加古』、第一八戦隊の軽巡『天龍』『龍田』、第六水雷戦隊から軽巡『夕張』、駆逐艦『夕凪』をかき集めると、最初の連絡から九時間後には出撃、その一日あまり後にはソロモン海域に到達して攻撃を開始したのである。

　この素早い対応によって、第八艦隊は戦艦、巡洋艦とおぼしき大型艦四ないし五隻、駆逐艦以下の小艦艇を一〇隻近く撃沈破し（戦果誤認含む）、喪失艦なしという一方的な戦果を挙げることに成功したのである。

　だが、敵の目的はガダルカナルへの上陸、占領にある。そのための輸送船団が無傷で残されたままになっている。それを叩かずに引き返したのでは、出撃してきた意味がないではないか。

　そう言う早川の意見はもっともだったのだが。

「このままぐずぐずとこの海域に留まれば、明朝敵の空襲を受けること必定。今回の偉大な戦果に泥を塗るわけにはいかぬ」

（ど、泥を塗る？）

　早川は唖然となって押し黙った。いったい、戦果をなんだと思っているのか。大局的見地を度外視してただひとつの戦果を飾り立てることに、どれほどの意味があるのか。

疑問と怒りとが早川の胸中に渦巻いたが、それ以上の抵抗は無意味だった。艦隊司令部の方針は、すでに確定済みだったのである。


しかし、このような艦隊司令部の方針に疑問を抱く者は早川一人ではなかった。

「おい、本当に引き返すと言っているのか。もう一度司令部に問い合わせてみろ」

「艦長。すでに三度めです。『艦隊針路二七〇度、戦闘海域を離脱する』。これは正式命令です」

「そんな馬鹿な」

軽巡『龍田』艦長吉村真武《まさたけ》大佐は、承服し難い思いで右舷前方に目を向けた。被弾炎上する艦の炎で海上は明るさを増していたが、それでも昼間のようにはいかない。

吉村の視線の先では、第八艦隊旗艦『鳥海』が夜の闇に溶け込みながら背を向けているはずだった。できるならば、そこから司令部要員を引っ張り出し、「状況をわかっているのか！」と一喝してやりたい気分の吉村だったのだ。

だが、それは叶《かな》わない。吉村には艦隊を引き返させる権限も、自分の艦一隻ですらも、独断で攻撃に向かわせる権限を与えられていないのだ。無力な自分に対する落胆と怒りに、吉村はただ身を震わせるしかなかった。

「こんな老齢艦ですら立派に戦ったというのに」

『龍田』は大正八年に竣工した艦齢二三年の軽巡であった。基準排水量三二三〇トンの艦体に、五〇口径一四センチ砲を単装四門、五三センチ三連装魚雷発射管を二基装備している。

カタログ・スペックとしては、ブラウン・カーチス式ギヤードタービンが最大五万一〇〇〇馬力を示せば三三ノットの快速を発揮するはずだが、無理は禁物だ。艦のあちこちに細かな亀裂や浸水も目立ち、経時劣化が進んでいる。無理をすれば、艦そのものがばらばらになりかねないほどの老体なのだ。

近年竣工した最上型や阿賀野型の巡洋艦に比べれば、走攻守いずれも劣ると言わざるを得ない。なのに、『龍田』の今晩の活躍は見事だった。旗艦『鳥海』以下の単縦陣に必死に食らいつき、右に左に一四センチ砲を乱射しながら必殺の魚雷を叩き込んだのだ。

結果、『龍田』は敵巡洋艦と駆逐艦に命中魚雷各一を得るとともに、敵駆逐艦三隻に命中弾多数を与えてこれを撃退。うち、駆逐艦一隻は単独で撃沈確実という素晴らしい戦果を挙げたのだ。艦齢二三年の老齢艦としては、文句なしといっていい。

敵の輸送船団はすぐそこだ。護衛を失って全滅を待つばかりの無防備の敵が間近にいるというのに、それに手をつけずして……。

「命拾いしたな、米軍よ。だがな、いつもこう幸運が続くと思うな。俺がもっと自由になったときは、貴様らをまとめて海底に叩き込んでやる。この戦争が続く限りは、必ずな」

吉村は不退転の表情で振り返った。

艦橋に射し込む薄明るい光は、戦塵をかぶった『龍田』の後甲板を淡い朱色に染めていた。その光源の向こうでは、敵の輸送船団が安堵の息を吐いているに違いない。それを睨みつける吉村の表情は険《けわ》しかった。吉村の視線は、その後しばらくぴたりと止まったまま動かなかった。

一九四五年四月一五日　新京

赤外線暗視装置は、たしかに敵影を捉えていた。

（遮蔽物の多い市街地を選んで夜を明かそうというのだろうが、そんな手は我々には通用せん）

陸上自衛隊北部方面隊第七師団第七四戦車連隊第二中隊長原崎京司《はらざききょうじ》一等陸尉は、薄緑色に浮かびあがる画像を横目に胸中でつぶやいた。

原崎が乗り込んでいるのは、陸上自衛隊が装備する主力戦車の九〇《きゅうまる》式戦車である。九〇式戦車は一九九〇年に制式化された大戦後第三世代にあたる戦車であり、攻撃力、防御力、機動力、いずれも犠牲にすることなく高い次元でまとめることを目標に開発されたものだ。

全長九・七六メートル、全幅三・四メートル、全高二・三四メートルの低く構えたシルエットは力強く、山岳地帯の多い国内を考慮して、トーションバー・サスペンションと油圧とを組みあわせた懸架装置で姿勢制御を行なえることが特徴だった。

情報戦の重要性が増して戦闘そのもののシステム化が進んだ現在、戦車や装甲車といった正面装備は漸減《ぜんげん》されつつあるのが実態だが、陸の王者が戦車であり陸戦の王道が戦車戦にあることに変わりはないと、原崎は戦車隊を率いることに誇りを持っていた。

また、原崎の乗る九〇式戦車はただの九〇ではなかった。二〇一〇年から配備が始まった改九〇とも呼べるものなのだ。他の車両やヘリコプター、衛星からの情報までも受信可能なデータ・リンク装置を有し、目標の割りあてや自動照準などの処理管制能力も向上している新世代の戦車といっていい。

この戦車こそが対外抑止力と呼ぶべきもので、もはや日本に手を出そうなどという国は現われないのではないかと、原崎は思ったものだったのだが。

（その自分が、祖国の最大の危機であるソ連の満州侵攻を食い止める役割を担うとはな）

原崎は頬を歪《ゆが》ませた。

原崎が見ている画像は、九〇が直接捉えている画像ではない。斥候《せっこう》として放たれた無人陸戦ロボット・ランドキーパーが送ってきているものだ。

ランドキーパーは、防衛省技術研究本部が秘密裏に開発した人工知能搭載の本格的な自律行動ロボットであった。各種センサーを搭載したボックスを頭に、六足歩行する姿は十二分に未来的なもので、某ＳＦ映画に登場する帝国軍大型兵器を想起させるものだ。可視光、赤外線、音響、レーザー測距といった五感によって優れた敵味方識別機能を有し、犬より大きく馬より小さいという手ごろな大きさで、不整地や急斜面、段差を軽々と移動する。ＧＰＳ（全地球測位システム）とＩＮＳ（慣性航法）によって、通常であれば自己の位置把握も完璧だ。

この二〇一五年の最新兵器が、七〇年あまりも前の戦争で活躍しているのだ。原崎が感慨にふけるのも不思議ではない。

情報によると、敵の戦闘車両は装甲車と戦車合わせて前線に約三〇、後方にはその三倍が控えているという。それを原崎らは、九〇式戦車一個中隊一四両と、旧陸軍の残存部隊である九七式中戦車（チハ）六両で迎え撃たねばならないのである。

「冗談はよしてくれよな。ブリキの棺桶と揶揄《やゆ》されたチハなんか、あてにならないっての」

原崎は上の命令に悪態をつきつつ、唇を軽く舐めた。

「列車爆破により増援の到着は遅れている。諸君らは一騎当千の力をいかんなく発揮して、現戦線を一両日持ちこたえてほしい」

出撃にあたって受けた訓示を思いだして、原崎は苦笑した。

（一騎当千か。まあ、やるしかないがな。そろそろか）

デジタル数字は、〇一五七《まるひとごなな》を示していた。奇襲開始は丑三《うしみ》つ時の午前二時ちょうど。九〇の一斉射撃をもって、前線の敵を蹴散らすのだ。

残り三分。自動装填機構の採用により、定員が一名減って三名になった九〇の社内は比較的余裕があった。各種計器類が放つランプの光は、今か今かとはやる気持ちを示している。

「あと三〇秒……」

敵に動きはない。夜明けを待って進撃を再開するつもりのようだ。相手の寝込みを襲うというのは、こういうことを言うのだろう。

「（三、二、一……）前進！」

デジタル数字が〇二〇〇《まるふたまるまる》を示した瞬間、原崎は命じた。

ほぼ同時に複数箇所から履帯《キャタピラ》の奏でる不協和音が響き始め、一四両の九〇式戦車が泥濘《でいねい》を跳ねあげて進み始めた。

ランドキーパーは対戦車ミサイル一基の携行が可能であり、限定的ながらも対装甲車両戦闘能力を有する。だが、今回ランドキーパーは戦闘には用いられない。一両二〇億円もする高価な兵器ランドキーパーを、国民の知らない戦争で無為に失うわけにはいかないというのが上層部の作戦方針の理由だが、この点も原崎の神経を逆撫でしているのだった。

「俺たちは無為に失われたっていいって言うのかよ。人命軽視は日本の陸さんの伝統だってか」

原崎は陸幕（陸上幕僚監部）幹部の言葉を思いだした。

「どんな優秀なものでも、大戦型の兵器では九〇の装甲は貫《つらぬ》けん。アウトレンジでの撃破は理想だが、至近距離の戦闘になっても臆することはない。よほどのことがない限り九〇は無敵だ」

（そのよほどのことが起きるのが戦争ってものじゃないのかね。あの一佐こそ、現場を知るべきなんだ。いや、「大和魂があれば、鎧袖一触《がいしゅういっしょく》」なんて言ってた時代からな。ますますはまるかもしれんな）

原崎は、戦うこと自体を嫌うつもりはなかった。陸上自衛官を志したときから、少々の苦しい戦いや劣勢の戦いに対する心構えはできていた。たとえ命の危険が大きかったにしても、覚悟はできているつもりだったのだ。

しかし、無駄死にだけは絶対にしたくない。情報不足、あるいは見込み違いなど、作戦立案者の怠慢や勝手な思い込みの犠牲になるのはまっぴらご免だと思う原崎だったのだ。

そうこうしているうちに、敵戦車が視界に入る。瓦礫《がれき》の陰に潜むT－34だ。

あらかじめ計算されていたデータに従い、ある程度の照準は織り込み済みだ。

低く広く角ばった砲塔が微動してターゲットを正面に捉え、四四口径一二〇ミリの砲身がかすかに上下する。

「撃て！」

ライメタル四四口径一二〇ミリ滑腔砲が吠える。轟音《ごうおん》とともに紅蓮《ぐれん》の炎が噴出し、APFSDS(翼安定装弾筒付徹甲弾)が初速一六五〇メートル毎秒で飛び出す。

命中までは、ほんのわずかであった。

閃光が闇を切り裂き、T－34の丸みを帯びた特徴的な砲塔が火柱とともに吹き飛んだ。

その隣のT－34も同じ運命を辿《たど》る。原崎が直率する小隊二号車の戦果だ。車長は香坂無口《こうさかむくち》三尉。本当のファースト・ネームは明《あきら》だが、必要以上に口数が少ないために、明でなくて、「香坂無口」と呼ばれているのだ。相変わらず無線からはなんの言葉もない。

(まあいいさ)

戦果を喜んでいる暇はない。戦闘は一気に佳境に突き進む。轟音と閃光が幾重にも重なりあい、ほうぼうに火の手があがる。

敵も反撃態勢を整えようと必死のはずだ。けっして油断はできない。

「一〇時方向にBT－7、二時にKV－2」

「目標はKV－2！　軽戦車はほうっておけ」

たしかソ連のKVシリーズは大戦中きっての重装甲を纏《まと》った戦車だったはずだ。

こういった戦車の登場で、ドイツはティーガーからキングティーガー、はたまたヤクトティーガーやマウスといった大口径砲搭載の重戦車の開発、投入を余儀なくされていったと聞いている。

優先すべきは重装甲の戦車だと、原崎は即決したのだ。

「全速前進！」

軽量小型の三菱一〇ZG水冷二サイクルV型一〇気筒ディーゼル・エンジンが吠え、履帯のきしみ音が一気に高まる。被弾時に引火爆発しにくいディーゼル・エンジンの採用は、戦車設計の伝統を受け継ぐものだ。

全備重量五〇トンの車体が大地を踏みしめる轟音に、甲高い音が混じる。

右に左に、まるで雨のように火箭《かせん》が降ってくる。それはカチューシャと呼ばれるソ連のロケット弾攻撃だったが、誘導機能のない大戦型の兵器と九〇との差は決定的な形で表われた。

「行進射。撃て！　次、撃て！」

むなしく地面を抉《えぐ》るソ連のロケット弾を横目に、再び一二〇ミリ滑腔砲が吠える。轟《ごう》という火柱が闇の中に突き伸び、KV－2が異音とともに爆発炎上する。車体に比して異常なまでに大きい直方体の砲塔が鈍《にぶ》い音とともに転げ落ち、首なしになった車体が業火《ごうか》に激しくあぶられる。

九〇は時速七〇キロメートルの最大速度で進みながら、四四口径の砲身が次の目標を素早く捉えた。発砲、閃光。大量の土砂とともにKV－2のごつい車体が浮きあがり、横倒しになって炎上する。巻き添えになったレンガ造りの建物が崩壊し、がらがらと音をたてて炎の中に消えていく。

「見たか」

原崎はこの時代に来て初めて見た光景を思いだした。

おおすみ型輸送艦三番艦『くにさき』に乗ってディメンジョン・ゲイト（次元の門）をくぐり抜けた原崎らは、瀬戸内海の柱島に入港した。

『くにさき』を迎えたのは、堂々たる連合艦隊の各艦であった。

ミッドウェー、ソロモン、マリアナで多数の喪失艦を出したとはいっても、相当数の艦艇を抱える連合艦隊は少なくとも原崎の目にはまだ光を失ったようには見えなかった。

空母『隼鷹』『雲龍』、重巡『利根』『青葉』、そしてなによりも原崎の目を引きつけたのはやはり大和型戦艦の威容だった。

よく言われることだが、陸戦兵器の重砲は、海軍でいえば駆逐艦やせいぜい巡洋艦の砲でしかない。そこにきて世界最大にして最強の四六センチ砲である。とてつもない口径と長さを持つ三連装九門の砲が周囲を睥睨《へいげい》し、またそれを載せる巨大な艦体の圧倒的重量感は陸上兵器では考えられないものだった。

まさに浮かべる城であり、圧巻というのはこういうことを言うのだろうと、原崎は思わず感嘆の息を漏らしたものだ。

だが、ため息ばかり吐いていてもしかたがない。自分は自分の為《な》すべきことをするだけだ。その結果がここにある。

いくら大きかろうが、いくら威力があろうが、当たらなければなんにもならない。

「一〇〇発一〇〇中の砲一門は、一〇〇発一中の砲一〇〇門に優る」というのは、かの日本海海戦を勝利に導いた当時の連合艦隊司令長官東郷平八郎元帥の言葉というが、原崎の九〇はそれを地でいくものだった。

正確な照準と優れた砲安定装置は、抜群の初弾命中率を示していた。

九〇式戦車一四両の活躍で、ソ連軍の前線部隊は壊滅した。ソ連軍の快進撃は、ここにはっきりとピリオドが打たれたのだ。

変わりゆく過去――その変遷がもたらす未来とは……。

第一章　米中開戦

二〇一五年四月二十四日　福岡

二三七センチ先のボードを見る木暮雄一郎の目は、真剣そのものだった。その木暮の後ろ姿を、谷村英人《ひでと》は静かに見守っている。

航空自衛隊南西航空方面隊第九航空団第三〇二飛行隊のパイロットとしてではなく、一人の男として、選手として、二人はまた違った緊張の空気を吸っていた。

この日、非番の二人は久しぶりに勤務地沖縄を離れ、福岡のとある施設に足を運んでいた。

会場入口の看板には、こう書かれていた。

『西日本ハード・ダーツ・ペア選手権』

ブリッスル・ボードと呼ばれる的《まと》に対して、金属性の矢先を付けた矢を投げて得点を競うハード・ダーツ競技の西日本一を決める大会だ。

そのペアマッチ、つまり二人一組で得点を競う部門で、二人は決勝の舞台に立っていた。

ダーツとは、得点が表記されたボード（的）に三本ずつ矢を投げて、刺さった矢の得点を持ち点である五〇一点から引いていき、先に零点にした者が勝つというゲームである。

今、先行の木暮＝谷村ペアは残り二五点の大詰めを迎えていた。

（これで決める）

矢を放とうとする木暮に、谷村は期待のこもった視線をぶつけた。

ラストスロー、すなわち一ラウンド三本のうち木暮は最後の矢を手にしていた。一〇点、一五点を地道に減らすのではなく、ここは勝負をかけるべきだ。ボードの中心点の外側に設けられた円上にあてればゲームは終わる。勝利の栄冠は木暮と谷村の頭上に輝くのだ。

やさしい目標ではなかったが、沖縄予選をぶっちぎりで優勝して駒を進めてきた木暮（と谷村）にしてみれば、さほど厳しいものではないはずだった。

木暮の右腕が軽く後ろに引かれ、反発鋭く矢が放たれる。二五グラムのニッケル製の矢は、緩やかな放物線を描いてボードに迫る。

狙いは確かだ。矢先は間違いなくボードの中心に向かっている。

(よし。やった!)

二人は勝利を確信して、ぐっと拳を握り締めた。

そして……、投影されたボードの拡大映像に誰もが息を呑んだ。二〇〇インチのメインスクリーンに映しだされた映像の中で、矢は真芯を捉えていたのだ。

ダーツ競技のルールで、これは二五点の倍の五〇点を示す。木暮=谷村ペアの得点は、零点を飛び越えてマイナスになってしまったのである。バースト(BUST)、すなわちこの回の得点は無効となり、スローイングの権利が相手側に移るのだ。

一瞬、静まり返った会場は、次の瞬間一〇〇〇人を超える観衆のため息に包まれた。

「しまった」とばかりに木暮は顔をしかめて谷村を振り返り、谷村は「しかたないさ」というふうに天を仰いだ。

結局、試合は逆転負けに終わった。

「すまんな。肝心なところで」

表彰台を降りた木暮が、苦々しく唇を噛む。

「なに、まだ次があるさ。次のチャンスが」

谷村が木暮のポケットになにかを押し込んだ。

不審そうに木暮がポケットを探って取り出す。

「おい。これ」

木暮の掌《てのひら》には、シルバーのピン・バッジが乗っていた。たった今もらったばかりの準優勝のバッジだ。

「預けておくよ。全日本の表彰式までな。俺はどうせもらうならゴールドがいい。それまで今日の失敗をお前が忘れないように預けておきたい」

「ちっ」

木暮は舌打ちして、シルバーのピン・バッジ二個を握り締めた。

全日本選手権の出場権は、西日本エリアに二つ与えられている。一度敗北の屈辱を味わわされた二人だが、まだ駒を先に進めることはできるのだ。まだ挽回するチャンスはある。

「次は俺一人で勝ってみせるぜ。お前こそ足を引っ張るな」

「言ったな。木暮」

二人は腕を交差させて健闘を誓った。

次の舞台は東京お台場のメトロポリスだ。全国の頂点を極めてみせようじゃないかと、二人は意欲を燃やした。

一週間後、グアムで実施される日米航空共同訓練のコープノース・グアムに向けて、公私ともに充実した二人だった。

二〇一五年五月一日　グアム沖

澄んだ蒼空をジェットの轟音《ごうおん》が震わせていた。高熱の排気が大気を焦がし、複数の電波が複雑に絡みあっている。

パイロットの表情はどれも真剣そのものだった。演習とはいっても、額に汗し、操縦桿を握る掌には緊張感がみなぎっている。

機動は鋭く、相対速度は速い。交錯する風は渦を巻き、殺気をはらんで周辺空域を覆っていた。この異常なまでの雰囲気は、それだけ戦雲が迫っていることの証《あかし》だった。

アメリカ軍の世界的な再編で、日本国内からアメリカ軍はほぼ全面的に撤退している。東アジアと西太平洋地域におけるアメリカ軍の拠点は、ここグアムである。そのグアムの上空を、日の丸を背負った空自機が乱舞している。

開始当初のホストを航空自衛隊の北部航空方面隊が務めたことに由来する日米共同訓練コープノース・グアム（ＣＯＰＥ　ＮＯＲＴＨ　ＧＵＡＭ）のひとコマである。

「今度はもらった」

航空自衛隊南西航空方面隊第九航空団第三〇二飛行隊に所属する木暮雄一郎一等空尉は、急旋回する機内でつぶやいた。

急転する視界の片隅を、仮想敵機が横切っていく。計算どおりだ。機体を立てなおし、仮想敵機の真後ろにつく。かなりの距離があり、旋回によって速度も落ちているが、それも織り込み済みだ。

木暮はスロットルを開き、操縦桿を前にぐっと押し込んだ。獰猛《どうもう》な猛禽類というよりは、優雅な白鳥とでも形容するのがふさわしいスマートな機体形状のＦ－２が速度を増す。世界初のアクティブ・フェーズド・アレイ・レーダーを内蔵した太めの機首が、滑らかに首《こうべ》を垂れて大気を貫く。

快晴の空はなんの目印もなく速度感を鈍《にぶ》らせるが、身体を締めつけるＧ《重力》が加速度を伝えてくる。また、ＨＵＤ（ヘッド・アップ・ディスプレイ）に表示された速度と高度の数字は、確実に変わっている。

特に速度数字の変化は著《いちじる》しい。自機の推力に重力加速度を加えて、木暮のＦ－２は急加速しているのだ。

頃合いを見て上昇に転じる。低速域から目標を捉えるロー・スピード・ヨーヨーと呼ばれるテクニックである。

位置エネルギーを利用しての急加速から上昇し、遠距離にあったはずの目標がすぐ目の前に来るはずだったのだが。

「なに！」

木暮は目を疑った。

眼前に広がるのは、どこまでも青い虚空だけだ。仮想敵機の姿はどこにもない。

「まさか。しまった！」

そう思ったときは、もう遅かった。警戒装置が敵のレーダー波を探知し、警告の電子音がコクピット内に鳴り響きだした。

「ロックされた？　馬鹿な。上か！」

「スプラッシュ」

そのとき、仮想敵の笑い声がレシーバーから伝わった。勝ち誇ったかのような、いかにも嫌らしい声だった。

（く……）

肩を落とす木暮の眼前を、星のマークを付けたF−15が横切っていく。

「俺としたことが、こんな初歩的なミスを」

木暮は失敗の原因を悟っていた。

ロー・スピード・ヨーヨーは基本的に直線の動きだ。敵機を前上方に仰ぎながら加速して追いつき、射点を占める。

とりたてて難しいテクニックを必要とせずに、相対位置の把握も容易である。そういった慢心が心のどこかに潜み、木暮を落とし穴に引きずり込んだのかもしれない。速度差が大きかったために、木暮は降下しての加速を重視した。必然的に仮想敵機との高度差が開き、死角が生まれた。そこを仮想敵機のパイロット、トニー・ディマイオ大尉につけ込まれたのだ。

木暮の死角に入ろうとするころ、ディマイオは狙い澄ましたようにバレル・ロールに転じた。機体をひねりながら上昇してループし、木暮機に肩透かしを食らわせたのだ。

オーバー・シュート（追い越し）した木暮を眼下に置き、ディマイオは余裕をもってロック、撃墜したというわけだ。

敗北の汚辱にまみれた木暮と、〝劣等民族〟を証明して傲慢に振る舞うディマイオ——少なくとも現時点での力の差は明らかだった。

「やられたな」

コクピットから降りてきた木暮を迎えたのは、同僚の谷村英人一尉だった。木暮の第一の親友であり、性格は明るく人望もある。妻子を抱える木暮に対して独身を貫いているのは、多くの女を泣かせたくないためだとうそぶいている男だ。

「お疲れ様でした。木暮一尉」

谷村の後ろに続いてきたのは、士官候補生の沼田一平と川原太一《たいち》だった。

このコープノース・グアムに手伝い役として連れてこられた二人だが、谷村を慕い、なにかとくっついている若者だ。

「疲労の色が表われてるぞ」

「勝手に言ってろ。谷村」

木暮は苦笑して、首に巻いたスカーフを煩《わずら》わしげに緩めた。言葉には出さないが、相当な悔しさが滲《にじ》んでいる。

「まあ、悲観するなよ。木暮」

谷村は木暮の背を軽く叩いた。

「相手が悪かったぜ。ＫＫＫ（ＫＵ　ＫＬＵＸ　ＫＬＡＮ　クー・クラックス・クラン）に肩を並べる奴なんて、そうそういないからな。俺でも正直自信ないな」

「ＫＫＫ？」

「反黒人、反ユダヤ、反共産主義なんかを唱えた秘密結社さ。一九二〇年代のな。奴はそれに輪をかけた白人至上主義、人種差別思想の塊《かたま》りというわけさ」

首を傾《かし》げる沼田に、谷村は「注意したほうがいい」とばかりに答えた。

「それにしても」

渋面で川原が続く。

「一尉。そんなにすごいんですか、あのパイロット。空自でも相当腕が立つと評判の谷村一尉と木暮一尉が……」

「まあな。人格はともかく腕は超一級品だ。悔しいけど」

「はあ」

川原は口をへの字にして考え込んだ。

「ところで、奴は本当はF－22のパイロットなんだろう?」

「ああ。なんでもこなせるらしいぜ。F－117とか、爆撃もな」

「マルチ・パイロットってわけか。そいつは結構なことで」

「でもな」

木暮に視線を合わせたまま、谷村はあからさまに顔をしかめた。

「F－22Jが導入されるということは、それだけ米軍の教官が来る可能性も……」

「おっと。その先は言わんでくれ」

木暮もうんざりした顔で肩をすくめた。

谷村と木暮は、空自の次期主力戦闘機に内定しているF－22のテスト・パイロットでもあった。

アメリカ空軍の主力を成し、世界最高最強の性能を有するF－22ラプターの空自への導入は、世界的に見ても大ニュースだった。

もちろん電子機器やその他のソフト部分、つまり本当の意味での中枢部分についてはアメリカは引き渡しを拒《こば》んでいるというので、空自のF－22は厳密にはF－22ラプターとは異なる。日本仕様のF－22Jというわけだ。

「F－22Jの導入はまだ先の話だろう? 国産ミサイルや火器管制システムのマッ

チングが難航しているとか。ただ、それまで奴と付き合い続けると思うと……」

「おっと。そのＫＫＫの登場だぜ」

谷村が目配せする方向から、差別用語が飛んできた。

「キル・ユー。バン！」

ディマイオは銃を撃つ真似をして、おどけてみせた。

ただ、それ以上絡むつもりはなかったらしく、嘲笑を見せてにやにやしながら去っていく。

そこに、一難去ってまた一難。

「とんだ恥さらしだな。ったく。それでも空自の一員かよ」

「ＫＫＫの次は、逆恨み野郎かよ」

谷村はうんざりした表情でつぶやいた。

口が悪いことではディマイオに勝るとも劣らない中野瀬《なかのせ》宏隆《ひろたか》一尉の登場だった。

野心家として、空自では有名な男である。財界、政界に通じる大物家系の子息らしく、自分の目的達成のためならば、金脈、人脈、買収、脅迫、ありとあらゆる手段を使うとの、本当か嘘かわからない噂がある。

「どうだ。テストパイロットの座を譲る気になったか」

「また、その話かよ」

谷村はあからさまに顔をしかめた。

人一倍プライドの高い中野瀬は、自分が次期主力戦闘機F－22Jのテストパイロットになれなかったことを相当根《ね》に持っているらしい。中野瀬家の力をもってしても、アメリカ軍に通じるところまでは動かせなかったようだ。

が、そこで失望するならともかく、テストパイロットに選抜された谷村や木暮を逆恨みするのはいただけなかった。

「F－22Jのテストパイロットは、正統な手順で選ばれた心技体すべてを精査してのことだと思うが、俺はその基準を知らない。また、俺を選んだのは俺ではない。まあ、それなりの自信がないといえば嘘にはなるがな」

「こいつ、言わせておけば」

「谷村一尉」

かっかする中野瀬と応酬する谷村に、沼田と川原が不安げな眼差しを交互に送る。

「やるか！」

「おう！」

「やめとけよ」

谷村の腕を引いて、木暮が大きく首を振った。

「こんなところでいがみあっても、なにもいいことはない。それに、そんなことも今にできなくなる。今がどういうときか考えるべきではないかな」

「そうだな」

中野瀬を一瞥《いちべつ》して、谷村は視線を伏せた。

「そんなことも今にできなくなる」「今がどういうときか考えるべき」という木暮の言葉は重い。

そう、危機はすぐそこまで迫っているのだ。

中国の衛星破壊実験に端を発した米中の緊張は、日増しに高まる一方だったのである。

もともと軍縮の流れにある世界の中で、毎年ふた桁の軍事費の伸びを示す中国に警戒感を抱くアメリカだったが、そのアメリカの対応も、そして中国の対応も、悪いほうに悪いほうに進んでいったと言わざるを得ない。

哨戒機のニアミスや潜水艦の挑発行動、そして先般の領海侵犯騒ぎなどは、双方の複雑な思惑や誤解が生んだ典型的な例といってよかった。

南シナ海を航行中のアメリカ海軍のフリゲートが、突如中国海軍に包囲され拿捕《だほ》されたのだ。

領海に入った入らない、諜報活動を行なった行なっていない、などという双方のやりとりは、もはや国家間のものとは思えない感情的なものだった。そこにきて中国の再度の衛星破壊実験と、スペース・デブリ(宇宙を漂うゴミ)によるアメリカの軍事衛星の損傷である。

接触したスペース・デブリが中国の破壊実験がもたらしたものである証拠はどこにもなかったが、ここでもアメリカと中国は鋭い火花を散らしたのだった。

歴史の歯車は、どうやら米中の紛争勃発へと加速度をつけて回っているらしい。

谷村と木暮は視線を合わせて、小さく息を吐いた。

「もはや避けられない、か。我が国が巻き込まれなければいいがな」

一九四四年六月二〇日　マリアナ沖

艦隊は悲壮感を背負って洋上を進んでいた。

昼間の航空戦は、はっきり言って完敗だった。航空戦はタイミングとスピードが命だ。敵を先に発見し、なおかつ敵機の行動圏外からアウトレンジ攻撃を仕掛けたまでは良かった。


ここまでは願ってもない展開であり、艦隊司令部も勝利を確信したに違いない。

だが、のべ三〇〇機近く送りだした攻撃隊はそのほとんどが帰らなかった。

「我、奇襲に成功す」「敵空母に魚雷命中。撃沈確実」「敵艦に複数の爆弾命中を確認。効果大。大火災」といった報告は待てども待てども届かず、わずかに帰投したパイロットの報告は期待とはまったくかけ離れたものだった。

どうやら敵は迎撃に特化した戦略を採り、大量の戦闘機を艦隊前面に展開していたらしい。


損耗に損耗を重ねてようやく補充されてきた攻撃隊のパイロットたちは、並外れた忠誠心と義務感、責任感で短期間に技量を高めていたものの、開戦時の神業《かみわざ》的技量を持つパイロットたちに比べれば練度は大きく劣っていた。

精神論では敵に勝てない。逆に前線勤務、休息、訓練のローテーションが確立されたアメリカ軍パイロットたちの質と数は、ピークにあったといっていい。まるで狼の群れの中に大量の子羊を放ったかのように日本軍機はことごとく敵に落とされ、目標に辿《たど》りついた機すら少なかったのだ。


対して日本側は、潜水艦の攻撃で空母『大鳳』『翔鶴』を、空襲で空母『飛鷹』

を失うなど、大きな損害を被《こうむ》っている。

その結果、今の第二艦隊の夜襲がある。

昼間航空戦の敗北を悟った第一機動艦隊司令長官小澤治三郎《おざわじさぶろう》中将は、戦艦『大和』『武蔵』らを擁《よう》する第二艦隊に突撃命令を下したのだ。史上最大最強の四六センチ砲と一撃必殺の酸素魚雷とで、せめて敵に一矢報いようというのである。

日本は、カムチャツカ半島南端からマリアナ、カロリンの両諸島、西部ニューギニア、ジャワ、スマトラを通ってビルマに至る線の内側を絶対国防圏と定めていた。この戦いに敗れれば、その一角が崩れて本土が危機に晒《さら》される。日本の敗勢が鮮明になってくるのだ。絶対に負けられない一戦と、第二艦隊の将兵は気合をみなぎらせて会敵のときを待っていた。


「航海長。会敵予想時刻は？」

戦艦『榛名』艦長吉村真武大佐は、苛立《いらだ》たしげな表情で振り返った。

潜水艦の襲撃を防止するために、艦隊は厳重な灯火管制下にある。新月の薄ぼんやりとした光の下では、前後の艦がうっすらと見える程度だ。

『榛名』は艦首が砕く海水の飛沫《しぶき》を浴びながら暗い海上を黙々と進んでいた。敵の気配はまだ遠い。

「夜明け前に捕捉できるかどうか、ぎりぎりのところです」

「そうだろうな」

航海長目黒蓮史玖《れしく》中佐の答えに、吉村は両腕を組んで正面に向きなおった。

現在時刻は一八〇〇《ひとはちまるまる》。敵との距離はおよそ二〇〇海里。艦隊速力二五ノットで進んだとして、八時間はかかるところである。

しかも敵も黙ってその場にとどまるわけはないので、実際には捜索時間も含めて余計にかかることを考慮しなければならない。夜明け前に捕捉できるかどうかぎりぎりという考えは、妥当なものといっていい。もちろん敵がこちらの夜襲の意図に気づいて遁走《とんそう》すれば、到底追いつけるものではない。

「艦隊を分離するのも手だと思うがな」

『榛名』は一九一五年に竣工した金剛型戦艦の三番艦である。現在日本海軍の一線にある戦艦としてはもっとも旧式で、主砲も三五・六センチ八門と最弱だ。

しかし、『榛名』のほか一番艦の『金剛』、二番艦『比叡』、四番艦『霧島』と金剛型戦艦の四隻は近代化改装で三〇ノットの高速戦艦として生まれ変わっていた。

艦齢や火力とは正反対に速力は日本戦艦中最速で、世界的に見ても一線級の韋駄天《いだてん》ぶりなのだ。

吉村は海兵四五期、海大にはあえていかずに、専攻した水雷の技術を現場で磨き抜いてきた職人肌の佐官であった。水雷屋らしく、ここは『榛名』の足を生かして敵陣に切り込むべきだと言いたかったのだ。

艦隊速力は現在二五ノット。これは艦隊中でもっとも足の遅い戦艦『長門』の最大速力に合わせたものである。

たしかに『長門』の四一センチ砲八門の火力は捨て難いが、このままでは『榛名』らの俊足は生かせない。最悪、敵を取り逃がすばかりか空襲圏内に入ったまま明朝を迎え、敵機の波状攻撃に晒される可能性もあるのだ。

『榛名』の鋭い艦首は変わらず漆黒の波濤を切り裂いていたが、生じる艦首波は低く、ウェーキもまた短かった。最大出力一四万馬力あまりの機関を吠え猛《たけ》らせて、豪快に波濤を突き崩しながら敵に向かいたい吉村だったのだが……。

「艦長が言うまでもなく、艦隊司令部には意見具申されているようですよ」

通信長田村平蔵《へいぞう》少尉が微笑して、吉村に紙片を手渡した。

「二水戦の早川司令官です。突撃命令を下令いただきたいと具申しておられます」

「具申って。無線封止中だろう!?」

二水戦の早川司令官というのは、阿賀野型軽巡『能代』を旗艦として駆逐艦一五隻を率いる第二水雷戦隊司令官早川幹夫少将のことである。

自分と同じく積極果敢な早川の様子を思い浮かべて、吉村は微笑した。

敵に悟られぬように、艦隊は無線封止してあらゆる電波を控えていた。それを破ってでも主張する価値がある。それだけの強い思いだという早川の意思の表われだった。

発光信号による伝達では潜水艦を招き寄せる格好の目印となり、危険性が大きい。相対的に、無線による連絡のほうがリスクが低いと判断したのだろう。

「さすが司令官。戦《いくさ》のなんたるかを心得ておられる。本艦も二水戦司令官の意見に賛成だと付け加えよ」

吉村と早川は旧知の仲だ。同じ水雷の専攻で、ガ島をめぐるソロモンの戦いでは第八艦隊の一員としてともに栄光と屈辱を味わった。

第一次ソロモン海戦では、敵水上艦隊の撃破後に輸送船団の追加攻撃をともに具申している。

海兵は早川が一期上、吉村が三号生徒だったときの二号生徒であり、力任せに殴られたことも一度や二度ではない。だが、早川はけっして理由もなく下級生を殴る人間ではなかった。危険に結びつく動作や、海軍軍人として絶対に会得しなければならないものを、身体で覚え込ませようとしていたのだ。怖い先輩ではあったが、その厳しさの裏に潜む優しさを吉村は知っていた。戦場に出れば、知量と技量の未熟は死に直結するのだから。

「さあ、早く艦隊分離、増速の指示を出してくれよ」

期待を込めてつぶやく吉村だったが、艦隊司令部からの返答はまったく予想外のことだった。


「つ、追撃中止⁉　反転離脱せよだと？」

吉村はあまりの内容に、声を裏返して聞きなおした。だが、田村が嘘をつく理由はない。当然、電文に誤りもないだろう。

「早川司令官もさぞかし無念に違いない」

吉村は二水戦旗艦軽巡『能代』の方角に目をやった。光に乏《とぼ》しい新月の夜の海上にその姿を確認することはできなかったが、自分と同じ早川の無念がはっきりと伝わってくる気がする吉村だった。

「艦隊司令部に打電だ。『再考願う』急げ。戦隊司令部あてでもかまわん！」

「艦長……」

「早く！」

「艦長。これ以上やっては抗命罪に問われかねません。ここは軽挙妄動を慎み、再起を……」

「艦長。航海長のおっしゃるとおりです。ここで艦長お一人が頑張られても事態は変わりません」

目黒と田村の声に、吉村は不承不承に黙った。

（あのときと同じだ。あのソロモンでの夜と……）

日米の天王山といえるマリアナ沖海戦は、これで日本側の完敗と確定した。絶対国防圏の一角は脆《もろ》くも崩れ、勝敗の天秤《てんびん》は日本の不利にますます傾こうとしていた。

反転して帰途につく吉村の思いは重かった。それは敗戦の落胆というよりも、自分と、鍛えあげてきた部下たちの力を発揮する機会をつかめない苛立ちからくるものであった。

マリアナ沖の夜は暗かった。それは日本の今後の運命を象徴しているような暗さである。ただ一つ、その一角にある星が異様な動きをしていることを除いて。

二〇一五年五月七日　沖縄

　木暮雄一郎一等空尉が、荷物をまとめていた。

「しばらく帰れないかもしれない。休暇はとても無理だ。京香、ごめんよ。父さん、京香が友達とどう遊んでいるか見たかったんだが」

「いいよ。父さん、仕事忙しいから。遊んでくるよ。ばいばい」

　一人娘が閉めたドアの音は、木暮の胸に深々と突き刺さった。

　木暮は夫婦と、五歳になる娘を加えた三人家族だ。その一人娘の京香が通う幼稚園のおとまり遠足に、木暮は一緒に行く約束をしていたのだ。

　だが、あんな不可解な事件があった後では休暇などもってのほかだ。米中の緊張も日に日に切迫感を増している中、日本の陸海空三自衛隊はさらにレベルを引きあげて警戒を強めていた。

　父親としての落胆と自衛官としての使命感という二つの感情に、木暮の心は揺れていた。

「京香、がっかりしたみたいだな」

「当たり前でしょ」

「そうだよな」

妻の千秋《ちあき》を前に、木暮は椅子にもたれかかった。

京香は木暮に似て芯が強く、思いやりのある子だ。五歳にして大人の都合というものを理解できる大人びた子だった。ああは言っても、内心はかなりがっかりというのが本音だったに違いない。普段家をあけることが多い父親と、久々に遠出できると思っていたのだから。

「しかたがないから、京香の遠足は私が代わりに行くわ」

「すまん」

「でも、なに？　何カ月も前から言っていた話を急にキャンセルするなんて、よっぽどのこと？」

「ああ」

「それなりの理由があれば、あの子も納得するんじゃないかしら」

「…………」

「ああ、また仕事のことだから話せないって？　しょうがないわね。そういう自衛官の人と結婚した私が馬鹿なんだから」

「おいおい。そう責めるなよ」

木暮は眉間《みけん》に深い皺《しわ》を刻んで、千秋の目を見つめた。千秋は木暮の五歳下、知的でぱっちりとした双眸《そうぼう》を持つきれいな女性だった。童顔なためぱっと見は実年齢よりさらに若く見える。それを嫌ったのか、最近ストレート・パーマをかけてややイメージチェンジを狙ったようだった。

それにしても、今日の千秋はそれとは別にどこかおかしかった。普段は控えめで不平不満をこぼすことなどあまりない千秋が、今日はやたらとつっかかってくる。

「まったく！」

「……ん？　待てよ。今日は」

「そう、五月七日！」

「あ、ごめん。そうだった」

木暮は両手を合わせて謝った。

五月七日は二人の結婚記念日だった。しかも、一〇回めという特に記念すべき日なのだ。この日くらいは盛大なイベントをやろうと話し合っていたのに、木暮は忙しさのあまりすっかり忘れていたのだ。

「いいわ。期待していた私が悪かっただけ……」

「そんなこと言わないでくれ。今度……」

「いいえ」

そのとき、携帯電話の着信音が二人の会話を遮《さえぎ》った。とるまでもない。早く戻れという基地からの催促だ。

「ごめん。また今度。絶対に」

木暮は逃げるようにその場をあとにした。

「もう少し家庭に気を配っていれば」と思ったときにはすでに手遅れだった。後日、木暮は大きく後悔することになる。悔やんでも悔やみきれないひとときは、こうしてごくあっさりと過ぎていったのだった。


「遅いぞ。木暮」

「独身のお前とは違うんだよ。家族持ちっていうのはいろいろあってな。ところで」

嘉手納《かでな》基地は騒然としていた。もちろんアメリカ軍の世界的な再編が進んだ今、ここ嘉手納基地の主《あるじ》も代わっている。かつて極東最大のアメリカ空軍基地だった嘉手納は、日本に返還されて航空自衛隊南西航空方面隊の本拠地と化しているのだ。

「どうもこうもな」

木暮を待ち受けていた谷村英人一等空尉の表情は尋常ではなかった。なにか事件が起きたであろうことは一目瞭然だった。

「米中がついに衝突したんだ。東シナ海で米軍機が墜落した。それが中国の領海に入ったものだから、話が余計にこじれたんだ。撃墜された、してない、侵入した、してない、ともめているうちに今度は触雷騒ぎだ。しかも空母だぞ。もうアメリカも引っ込みがつかなくなったんだろうな。福州を空襲した。中国空軍南京軍区の本拠地だ。洋上に停止しているところを襲われれば、ひとたまりもない。空母を失うことは許されないという意識も働いたんだろうな。もちろん中国もただちに反撃に出た。周囲に潜んでいた潜水艦を攻撃に向かわせた。今、戦闘の真っ最中のようだ。湛江《じんこう》からは中国南海艦隊が出港し、衛星情報によると空軍も大きく動きつつある。もうどっちも本気だな」

「恐れていたときがついに来た、か」

「そういうことだな」

陸海空三自衛隊はコンディション・オレンジ＝準戦闘態勢＝に入った。

日本政府はいち早く中立を主張し、米中双方に自制を促すとともに停戦を働きかけるという方針を発表したが、それで済むほど国際社会は甘くない。一国の意思など、世界という大河の中では笹舟のような存在でしかないのだ。

米中から直接的、間接的な支援要請が当然あるだろうし、それを断わった場合、報復措置もあるかもしれない。また、望むと望まざるとにかかわらず、航空機の不時着陸や損傷艦艇の漂流、難民の流入といった飛び火がないとも限らない。

受け入れは困難だし、かといって人道的見地から完全な締め出しも難しい。

考えれば考えるほど、難題が浮かんでくる。

翌日、木暮は尖閣《せんかく》諸島付近の危険空域を飛行していた。南西の領空境界線上である。

空自は昨日の米中開戦を受けて、当該空域をCAP（Combat Air Patrol＝戦闘空中哨戒）さながらの厳戒態勢で警戒にあたっている。

木暮は緊張感あふれる空域に愛機F－2を踏み入れ、機体越しに戦時というぴりぴりとした空気を感じていた。

（迷わず撃て、か）

任務にあたっての上官の訓示を思いだしていた。

「我々の任務はあくまで我が国の防衛だ。戦争には加担しない。だが、状況は知ってのとおりだ。必ずしも中央（政府）の思惑どおりに事が進むとは限らない。最悪の場合、米中の戦闘に巻き込まれるケースもないとは言いきれない。ここではっきりさせておく。我が国の領空に戦域が広がった場合は、迷わず撃て」

中途半端なままでないのはいいとしても、そうならないことを願いたいものだ。自衛隊は長い間、国の内外で不当な扱いを受け続けてきた。軍であって軍ではない。軍人であって軍人ではない。そういった異質な存在だった。

世界的に見ても装備は一流だが、それを使用するには恐ろしく高いハードルがあった。二重三重の許可が必要で、実弾装備すらままならない時期もあった。敵が間近にいたとしても自分から発砲するのはご法度《はっと》で、先に手を出させぬ限り攻撃は不可能というありさまだった。砲やミサイルを持ちながら、自発的には機銃弾一発すら撃てなかったのである。

組織的にも問題で、その長たる防衛庁長官には予算を請求する権限すらなかった。

二一世紀に入って戦地に派遣されるようになってからは、その現実と建前との乖離《かいり》がさらに鮮明になった。同盟軍の将兵がばたばたと倒れる中で、満足な武器の携行が許されなかったのだ。

それに対する首相の答弁も、実に苦しいものだった。アメリカ軍がコンバット・エリア（戦闘地域）と呼んでいるところでも、自衛隊が行くところが安全地帯なのだと。ここまでくると、詭弁《きべん》以外のなにものでもない。

もちろん、それで犠牲者を出すわけにもいかない。あげくのはてに取られたのは、外国の軍に護衛を請うという屈辱的な措置だった。

「これでは隊員たちがかわいそうだ」「世界の笑いものだ」と思う国民も多かったに違いない。

よって、今では自衛隊を取り巻く環境は変わってきている。防衛庁は防衛省に格上げされ、憲法上自衛隊の存在そのものが明記された。「軍」を名乗りこそしないが、「国防を担う組織」として一定の戦力保持が名実ともに公認されたのだ。

もちろん、戦争の永久放棄という憲法の理念は健在だし、集団的自衛権の解釈についてはいまだに議論が尽きていないが、少なくとも現場レベルでの「防衛」に関する交戦規定は大幅に整備された。監視や厳格なルールといったものを前提に、現場や前線のリーダーの権限は増し、撃てないままに撃たれるという非現実的な足かせはなくなった。

したがって、非常事態に備えて、木暮とサポート役を務めるウィングマン橋浦勇樹三等空尉の二機はＡＡＭ（空対空ミサイル）フル装備で警戒出動してきている。

問題はそれを撃たないで済むかどうかだ。

「こちらビッグ・クラウド。トルネード・リーダー、聞こえるか」

周辺空域を広く探索しているＡＷＡＣＳ（Ａｉｒｂｏｒｎｅ　Ｗａｒｎｉｎｇ　Ａｎｄ　Ｃｏｎｔｒｏｌ　Ｓｙｓｔｅｍ＝空中早期警戒管制機）から通信が入った。コール・サインのビッグ・クラウドはＡＷＡＣＳ、トルネードは木暮のエレメントを指す。今回出撃してきたのは二機一組のエレメントである。エレメント・リーダーである木暮が、トルネード・リーダーというわけだ。

「中国軍機二機が警戒にあたっている。もちろんこちらの領空外だ。いらぬ刺激はするな」

「ラジャー（了解）。しかし、米軍も黙って見ているわけはあるまい。海軍が展開しているんじゃないのか」

「心配は無用だ。東シナ海に有力な艦隊は存在しない。空母戦闘群はまだはるか先だ。この海域にいるのはせいぜい潜水艦だ。無論、戦略型潜水艦でないのを祈るがね」

「同感だ。ビッグ・クラウド」

木暮は小さく息を吐いた。

戦略型潜水艦とは、その名のとおりの究極兵器だ。魚雷や巡航ミサイルで戦術的な勝利を狙う攻撃型潜水艦とは根本的に異なる大型の潜水艦である。搭載するのは核弾頭の弾道ミサイルＳＬＢＭ（Ｓｕｂｍａｒｉｎｅ　Ｌａｕｎｃｈｅｄ　Ｂａｌｌｉｓｔｉｃ　Ｍｉｓｓｉｌｅ）である。それで敵の中枢を一挙に壊滅させて、戦略的勝利を狙うのだ。

この戦略型潜水艦は特に最上級レベルの隠密性が必要とされるため、長期間、できれば半永久的なまでの潜航能力が必要とされる。よって、必然的に核動力機関を有するのが普通である。

そのためこの戦略型潜水艦は、ＳＳＢＮ（Ｎｕｃｌｅａｒ　Ｂａｌｌｉｓｔｉｃ　Ｍｉｓｓｉｌｅ　Ｓｕｂｍａｒｉｎｅ＝原子力弾道ミサイル潜水艦）と呼んでもさしつかえない。

アメリカ海軍でいえば全長一七〇・七メートル、全幅一二・八メートル、水中排水量一万八七五〇トンのオハイオ級ＳＳＢＮがそれにあたる。

搭載するＳＬＢＭは射程六五〇〇海里、四七五キロトンの核弾頭を持つトライデントⅡ（Ｄ－５）ＵＧＭ１３３Ａである。

（そんなものが潜んでいて暴走でもされたらたまらんからな）

木暮は左右に視線を滑らせた。見渡す限りの青い空だ。蒼空という言葉がよく似合う美しい空だ。パイロットになってよかったと思う瞬間だが、ひとたび戦時となれば、ここも火炎が湧き立って硝煙にむせぶ汚れた空になるのだ。

「トルネード・リーダー。しばらく周辺を。いや、待て。む……」

「どうした。ビッグ・クラウド」

木暮は瞬時に状況の変化を悟った。もちろん悪い方向でのことだ。ＡＷＡＣＳの管制官は努めて冷静に対応しようとしているようだが、レシーバーをとおして緊張と焦《あせ》りが伝わってくるのだ。

「米軍機だ。米軍機が現われた。空母戦闘群はいないはずだったが、なんでこんなところに。目的は……」

「グアムからでもどこからでも、空中給油機さえいればどこでもいける。脅威度は？　とにかく位置と脅威度を知らせてくれ」

「あ、ああ」

管制官は正気に戻るのになお数秒間を要した。

木暮はスロットル・レバーとラダー・ペダルに乗せた手足に全神経を集中した。

航空戦は瞬発力と反応が命だ。指示を受け次第、矢のごとく飛んでいくつもりだった。

「米軍機は中国軍機を我が領空に追い込む針路を辿っている。高度一万三〇〇〇、針路三〇度、速力……」

「ラジャー。なんとかしてみる。いくぞ、橋浦」

木暮はラダー・ペダルを踏み込み、操縦桿を鋭く倒した。まるで杭《くい》を抜かれたように機体が横倒しになり、視界が急転する。そのまま機体は、背面飛行に移りつつ旋回していく。

炭素系複合材料を使用した台形、大面積の主翼は、F－2の高い旋回性能に貢献していた。後継機たるF－22Jも控えてはいたが、特にエンジンを換装して総合性能を向上させたD型は、当面日本の海空の守護神として活躍するはずである。

接触はまもなくだった。

「来たぞ」

木暮はレーダーの反応をいち早く読み取るなり、機体を横滑りさせた。アメリカ軍機が中国軍機に攻撃を仕掛ける前に、その間に割って入って引き返させるつもりだった。

「無理をするつもりはないが、できるだけのことはしなければならない。どちらからも発砲される危険はある。覚悟はいいな」

「ラジャー」

「よし、いくぞ！」

橋浦の反応を確かめ、木暮は機体を加速させた。

F一二一－IHI－一四〇エンジンのうなりが高まり、機速を示すデジタル数字が跳ねあがっていく。初期のジェット・エンジンはスロットル操作にナーバスで、最悪の場合エンジン停止を招くなどパイロットにいらぬ神経を使わせたものだが、今は違う。

多少乱暴な扱いをしても、確実に機はついてくる。むしろ、複雑、高性能化した各種のシステムは、並みのパイロットでは一〇〇パーセントの性能を引き出せなくなっているくらいだ。

押し寄せる風圧は倍加しているが、流線形をしたF－2の機体形状はCd値（空気抵抗値）も優秀だ。滑らかに成形された機体は、巨大な風塊を軽く受け流していく。

「こちらに敵対するつもりはない、か」

ミサイルの接近を告げるアラーム音はない。急旋回して向かってくる兆《きざ》しもない。木暮は橋浦を率いて、慎重にかつ急いでアメリカ軍機に向かっていく。

「やはり空軍機か」

視界に入ってきた機は、たしかに見覚えのある機だった。直線的な機体形状、角ばったエア・インテーク、垂直に立てられた大型の双垂直尾翼——これまで合同訓練などで何度も目にしてきたF－15イーグルだ。全長一九・四三メートル、全幅一三・〇五メートル、自重一四トン弱の機体は、推力一万七八〇キログラムのF一〇〇－PW－二二〇エンジンによって、最高速度マッハ二・五で飛行することが可能だ。

初飛行からすでに四〇年が過ぎ、空軍の主力機はステルス（低被発見）性を兼ね備えるF－22ラプターに移っているが、基本性能が優れているためにまだ相当数が第一線機として活動している。空自も装備しているF－15は、遠目にもよくわかった。

「こちらトルネード・リーダー。米軍機を捕捉した」

「ビッグ・クラウド、了解。音声クリア。自制の警告を実施せよ。オーバー」

「ラジャー。これより警告を実施する」

木暮はF－15四機の前に躍り出た。

「この空域一帯での戦闘行為は、我が日本国に重大な影響をもたらすものであるからして認められない。針路を変更して引き返すべし」

応答はない。いったんフライ・パスして反転、並走する態勢に入る。橋浦は木暮の斜め後方に位置し、不測の事態に備えている。

「この空域一帯での戦闘行為は、我が日本国に重大な影響をもたらすものであるからして認められない。針路を変更して引き返すべし。繰り返す」

だが、アメリカ軍機が応じる気配はない。木暮の呼びかけを無視して巡航飛行を続けている。

「ええい。戻れ。戻れと言っている！」

木暮は兵装のディスプレイを一瞥した。

「ビッグ・クラウド。こちらトルネード・リーダー。警告射撃の許可を求む」

「こちらビッグ・クラウド。許可はできない。米軍機はまだ領空外だ。連中の言うフリー・コンバット・エリア（自由戦闘空域）だ。下手に手を出せば、敵対行為と受け取られかねない」

AWACSからの返答は明確だった。言葉の端々《はしばし》に微塵の迷いも感じられない強い口調だった。上層部からはっきりとした方針が下りてきている証拠でもある。

（ええい）

木暮は舌打ちして、Ｆ－15に接近した。このままいけば、アメリカ軍機と中国軍機との戦闘は避けられない。こんなところで空戦を始められたら、やがて日本の領空にも入り込んでくる可能性大だ。そう思っている間に、Ｆ－15四機が速度を上げた。アフター・バーナーの炎を煌《きらめ》かせて、北東に突進していく。

「ビッグ・クラウド。米軍機が速度を上げた。攻撃態勢に入ったようだ。警告射撃を！」

「駄目だ。我が国からアメリカに宣戦布告するわけにはいかない……」

そこで管制官の言葉が止まった。重大な変化でもあったのか。

「残念だ。トルネード・リーダー。中国軍機にも動きが生じた。米軍機に向かっている。もはや戦闘は避けられない。現空域を離脱せよ」

「………………」

木暮は無言で唇を嚙んだ。

感情を爆発させるタイプの男だったら、液晶ディスプレイを力任せに叩いたり無造作に機体をロールさせたりしたかもしれない。しかし木暮は、ひたすら感情の高鳴りを内面に押しとどめた。少なくとも表面上は常に冷静に。それが、木暮がクールと評される所以《ゆえん》だ。

（俺たちはこれほどまでに無力なのか）

木暮はF－15を追った。チャンスがあれば戦闘をやめさせるつもりだった。

だが、そのとき、一瞬、計器類が揺らいだ気がした。デジタル機器が明滅し、数字が一瞬止まったような気がした。

（離脱？）

ふいにF－15が反転し、全速で向かってくる。攻撃かと身構えるが、そうではないようだ。木暮と橋浦のF－2には目もくれずに、全速で離脱していく。

「そこを離れろ！　これは……」

絶叫にも近い管制官の声が飛び込んできたのは、そのときだった。

木暮が事の真相を知ったのは、嘉手納に帰投してから一時間以上が経過してからだった。

「核!?　核を使ったというのか？」

「しっ。声が大きいぞ。木暮」

同僚の谷村英人一尉の言葉に、木暮は思わず詰め寄った。谷村が声をひそめて続ける。

「アメリカが核弾頭のトマホークを蕪湖《ぶこ》基地に撃ち込んだんだ。知ってのとおり、中国空軍南京軍区の中心基地だ。現場の独断かミスか混乱だったのかは知らないが、報復に中国がＩＣＢＭ（大陸間弾道ミサイル）を発射した。東風５号ってやつだろうな。これで米中の核戦争は決定的になった。その後一発ずつが発射されて双方に甚大な被害が出たらしい」

「それで？　俺たちは、日本はどうする？」

「わからん。政府は情報の収集に全力を挙げるといっている。統幕も同様だ。公表は国民のパニックを招くとして当面控えるらしい」

「そんな悠長なこと！」

木暮は語気を荒らげた。

「中国で核が炸裂したとなれば、偏西風でこの日本にも核物質が流れてくるんじゃないのか。今日の天気図は？　移動性高気圧があったんじゃないか。ジェット気流の流れならすぐにでも……、しまった！」

木暮は私物の携帯電話に飛びついた。祈るような気持ちでボタンをプッシュする。

今日は娘の京香の遠足の日だ。妻の千秋も一緒のはずだ。核シェルターはなくても、せめて屋内にいるだけでもリスクは下げられる。

(出てくれ。早く！　頼むから出てくれ)

だが、木暮の祈りもむなしく応答はなかった。

「電源が入っていないか、電波が届かない……」という録音の声が繰り返し流れるだけだ。

木暮は珍しく感情をあらわにした。携帯電話を床に投げつけ、後先かまわず飛び出そうとした。

「木暮！」

「千秋と京香が久米島《くめじま》に行っているんだ」

どうしたのかと問われる前に、木暮は言った。そのまま「止めても無駄だ」という形相で谷村を見つめる。

「奥さんと娘さんがな。行くなとは言わんよ、俺は」

谷村はあっさりと言った。

「お前個人のことに、とやかく口を出すつもりはない。独り者の俺には、妻子を思う気持ちもわからんからな。ただ……」

そこで、谷村の表情が変わった。友人としての顔から真剣みを帯びた敏腕パイロットの顔に変貌する。

「もはやコンディション・レッドだ。そうだろ?」

(たしかにそうだった)

木暮の動きが止まった。外出など許される状況ではない。今や空自全体が最高レベルの警戒態勢にあるのだ。それがわからない木暮ではない。

(お前が勝手な行動を起こすことで、何千何万の人が犠牲になるかもしれない。アメリカからでも中国からでも、いつ火の粉が飛んでこないとも限らないのだ)

自分を見つめる谷村の目は、無言でそう言っているように見えた。

(たしかにそのとおりだ。しかしここで俺が行かなければ、なにも知らない千秋と京香はどうなる。いや、それは杞憂《きゆう》にすぎないかもしれない。風向きはあくまで憶測だし、仮に大陸からの風が吹いたとしても日本まで放射性物質が届くかどうかもわからない。それに久米島となると、おいそれと行ける場所ではない。民間航路では今日中の到着は無理だ。どうする? いや……)

激しい葛藤が木暮を襲った。

だが、結局、木暮が一個人として、夫として、父親として行動することはなかった。正確にいえば、できなかったのである。激しさを増す米中の戦いは、日本の領空領海にまで及び、空自は二四時間全員体制の待機を強《し》いられることになったからである。

　そして、事態は悪化の一途を辿った。翌日、日本全土には緊急事態を告げるサイレンの音が鳴り響いた。放射能を含む死の灰が、やはり日本の上空に流れ込んだのだ。外出を極力避けるよう呼びかける当局の車と、中和剤を散布するヘリコプター——しかし、そんなものはしょせん後の祭りでしかない。

　全地球規模に拡散する放射能汚染は、もはや誰にも止められなかったのである。

　一週間後、木暮は琉球大学付属病院内で泣き崩れる妻を抱き、天を仰いでいた。放射能汚染は、子供や病人、老人といった弱者にまず影響を及ぼした。木暮の一人娘の京香は、昨晩血を吐いて倒れた。診断結果は急性白血病——疑いなく被曝症状であった。

「どうして！　どうして……」「あなたがいながら、なぜ」と胸を叩く妻に、木暮はなにも言えなかった。「あのとき無理にでも駆けつけていれば」という後悔が、針のように木暮の心中を幾度も衝いた。たった一人の娘さえ守れなかった自分が国を守れるわけがないと、落胆と失望にさいなまれる木暮だった。

有効な治療方法はなく治癒する見込みは数パーセントと、医者ははっきりと言った。娘以外にも同様の症状を訴える者が、全国に続々と現われているという。

まさに黙示録の様相だ。特に核が炸裂した地点に近い沖縄の被害は深刻で、病院はどこも被曝症状を訴える患者であふれかえっていた。

患者数そのものもそうだが、事態を悪化させているのはその特殊性だった。風や風疹《ふうしん》、水痘《すいとう》などといった普通に見られる病気ならまだしも、放射線障害となると経験した医師はほとんどいない。また、重症患者となるとそれなりの設備が必要になるが、中小の病院はおろか総合病院でさえもそういった特殊設備を備えているところは少なかった。

待合室は治療の順番を待つ患者が数珠《じゅず》繋ぎになっている。青紫色に変色した皮膚を見せながら苦しそうに息をしている者、鮮血の混じった咳を繰り返す者、中には白眼を剝《む》いて体半分がすでにあの世に行ってしまったような者さえいる。

「早くしろ。いつまで待たせるんだ」

「このままでは死んでしまう。なんとかしてくれ」

「こっちは重症なんだ。先を譲ってくれ」

「誰も一緒だ。こんなときに抜けがけなど見苦しいぞ」

苛立ちと焦りから病院への苦情を大声でわめきたてる者や、患者や保護者同士の言い争いもほうぼうで発生している。文明社会が突如として無法地帯と化した様相だった。怒号が渦巻き、悲鳴と涙が交錯していた。

そんな中で、財力にものをいわせて自分だけ特別に優遇して治療するよう持ちかける初老の男女や、それを受け入れる倫理観が欠如した医師も存在した。極限の環境に至ると、本性が現われるという典型だ。

だが、そうやって治療を受けにこられる者はまだましだったのかもしれない。日本が本格的な格差社会に突入したのは九〇年代といわれるが、現在その格差はさらに広がりを見せており、こと医療に関しては医療崩壊と呼ばれる状況にまで至っている。

政府が自己負担分を五割にまで引きあげるという大鉈《おおなた》を振るったために、病気になっても経済苦で病院にかかることができない者が激増し、そういった者たちは、ただただ自宅で自然治癒の見込みのない症状に耐えるしかなかったのだ。

医師の中には、こうした緊急事態を見かねて患者の身分や経済力を問わずに報酬なしで治療を受けつける者も出ていたが、当然そういった医師には患者が殺到し、過労のため医師自身が倒れてしまう悪循環まで引き起こしていた。

死者が路上に、各戸にあふれていく、地獄のような光景が現実となるのだ。

幾重にも重なるうめき声を耳にして、木暮はあらためて事の重大性を噛み締めていた。日本は深刻な放射能汚染に晒された。その責任は米中戦争を止められなかった自分たちにある。

木暮は心中に大きな傷を負った状態で、厳しい任務に戻らねばならなかった。

二〇一五年五月一七日　東シナ海

高度一〇〇〇メートルの低空を、四機のF－2が飛行していた。

「嫌な雲ゆきだぜ」

「アロー1」のコール・サインを持つ谷村英人一等空尉は、灰色の雲を横目につぶやいた。

高々度飛行と異なり、雲の下を飛ぶ低空飛行は天候の影響をまともに受ける。今にも泣きだしそうなたっぷりと水分を含んだ灰色の雲は、見るからに憂鬱《ゆううつ》なものだった。

「米中の水上艦艇が交戦している。海自の護衛艦が向かっているが、その活動を援護すべし。双方の航空隊が進出してくるのは確実だ。これ以上、我が国の領海領空に影響を及ぼすことは許されない。警戒と監視を厳重にし、侵入者は全力をもって排除せよ」

命令を受けた谷村はただちに出撃し、該当空域に急いでいた。

出撃してきたのは、谷村が率いるエレメント（二機編隊）と木暮雄一郎一尉が率いるエレメントの計四機だ。四機の指揮を執るのは谷村で、木暮がサブ・リーダーとなる。

「大丈夫か。木暮」

「ああ。余計な世話をかけてすまんな。心配ない。大丈夫だ」

木暮の一人娘が急性白血病で入院したことを、谷村は知っていた。本来ならば、とても出撃できるような心理状態ではないはずだった。自分を責め、限りない失望感に、木暮の心はずたずたに引き裂かれているだろう。

だが、木暮は人一倍強い使命感をもって、国防という任務に没頭することで個人的感情を忘れ去ろうとしている。

その個人的感情が危機的な瞬間に顔を覗かせなければいいがと、谷村は危惧していた。口ではああは言っても、木暮が無理をしているのは明らかなのだ。

「こちらビッグ・クラウド。聞こえるか」

ＡＷＡＣＳ（空中早期警戒管制機）からの連絡だ。

今日も周辺海域の監視はコール・サイン「ビッグ・クラウド」を持つクルーたちであった。

谷村はビッグ・クラウドに大きな信頼を寄せていた。

「こちらアロー1。聞こえている。音声クリア。どうぞ」

「アロー1、了解した。中国軍機が現われた。機数六。東北東に向かっている。注意せよ。近いぞ」

「ラジャー（了解）。米軍機は？」

「まだ捉えていない。だがいずれ現われるはずだ。警戒厳重に。オーバー」

それから数分後、谷村らの機上レーダーも中国軍機を捕捉した。日本の領空からすればまだ先のはずだったのだが……。

「なに！」

レーダー・ディスプレイ上の激しい輝点の動きに、谷村は片眉を大きく跳ねあげた。

「こちらアロー1。ビッグ・クラウド……」

「展開する全機に告ぐ」

谷村が問い合わせるのと入れ違いに、ビッグ・クラウドからの連絡が入った。

「空戦が始まった」

「米軍機はまだ現われてなかったんじゃないのか」

「すまん。反応が弱くて見落とした。恐らくステルス機だ。中国軍機を北に追い立てるように進んでいる。そのままいけば我が国の領空だ。任務を警戒から阻止に変更だ。充分注意せよ」

「ラジャー」

「ラジャー」

(大丈夫か、木暮)

谷村は四機のF−2を散開させつつ、同僚の木暮の動きを追った。不自然なところはないが、やはり心配だった。戦闘になればごまかしはきかない。

接触はその数分後だった。

「あれか!」

中国軍機を視界に捉えて、谷村はうめいた。すでにレーダー・ディスプレイには変化が表われている。二つの輝点が消滅――中国軍機が撃墜されたのだ。残りの四機が逃げるように向かってくる。事実、そのとおり逃げているのだろう。

相手はステルス機だ。電子兵装の分野では決定的に遅れている中国のパイロットからすれば、まさに幽霊に襲われているといっても過言ではない。見えない敵に攻撃されることがどれほどの恐怖か。谷村にもわかるような気がした。

だが、かといってこのまま見過ごすわけにはいかない。中国軍機を領空に入れれば、それを追ってくるアメリカ軍機までが領空に侵入してくることになる。

そうなれば、日本の空が戦場になってしまう。残骸や被撃墜機が市街地に落下したり誤射されたりと、思わぬ被害が出る可能性もあるし、最悪、中国軍機に逃げ場を与えたとしてアメリカから敵視されることにもなりかねない。

また、それとは別に、防空能力が欠如しているとして、日本という国の国際的地位も低下しかねない。信頼も失うことになる。

「中国軍機はＦＣ－１？」

谷村はうめいた。

パキスタンからの資金援助で生み出された新型機とのことだが、旧態然とした円錐形の機首レドームや取ってつけたような胴体両側のエア・インテークなど、FC－1は外観からすると二世代から三世代前の旧式機を思わせる。

空自にしてみれば、廃棄が進むF－4EJ改に相当するようなものだ。内蔵機器のレベルも外観から推して知るべしといったところだろう。

中国空軍はステルス性も備えると主張しているらしいが、そのセンスはかけらも感じられない。中国の技術力というのはいまだにこんな程度なのかと、谷村は驚きを禁じえなかった。

「中国軍機に告ぐ。これ以上の北上は認められない。即座に針路を変更せよ。このままいけば日本国の領空に入る。繰り返す。針路を変更せよ。日本の領空を侵犯することは、いかなる理由があろうとも許されない」

中国軍機のパイロットからすれば、場所を選んで逃げる余裕などないのが正直なところなのだろう。しかしそれを阻《はば》むのが自分の仕事だと、谷村は自分に言い聞かせた。そもそもこの場にいるということ自体、それなりの危険に対する認識と覚悟があるはずなのだ。

谷村は速度を上げて銃撃を交えながら、中国軍機の針路を横切った。

M61A1二〇ミリバルカン砲の火箭《かせん》が灰色の空を突き抜け、堅陣の柵を成す。

「これ以上は進ませぬ」という敢然たる意思を示すことで、中国軍機のパイロットたちに翻意を促《うなが》したのだ。

谷村の行動は図にあたり、中国軍機四機がしぶしぶ機体を翻《ひるがえ》していく。

全長一四メートル、全幅九メートルと、F－2よりひと回り小さい単発機が緩やかに旋回していく。劣勢な状況にあるためか、機体がそれ以上に小さく感じる。

中国は大型のSu－27をロシアから購入してみたり、FC－1と同等の小型機の殲轟《シェンジー》10型をイスラエルと共同開発してみたりと一貫性がない。これも自主開発に失敗、あるいは頓挫《とんざ》しているという証拠を示す迷走か。

主翼両端に装備したミサイルと一枚の切り立った垂直尾翼が印象的だと思ったとき、アメリカ軍機のミサイルがやってくるのが見えた。回避する間もなく、一機がまともに食らって粉微塵に消し飛ぶ。赤黒い爆炎が広がったかと思うと、ガラス屑を撒き散らしたように空中に無数の星が煌く。

残った三機があわてふためいて離脱する。上下左右に、なんとかミサイルの追尾を免《まぬが》れようと逃げ回る。

（木暮！）

谷村は愕然として、突進していくF－2に目をやった。アメリカ軍機に向かうつもりなのか、逃げ惑う中国軍機の中に入っていく。

「正気か、木暮。標的になるぞ」

事実、このときの木暮は常軌を逸していた。病床で苦しむ娘と妻の涙——戦争がもたらした悲劇の一面が木暮の脳内を支配していた。

「お前たちが、お前たちが戦争を始めるから!」

状況を的確に判断できる状態ではない。木暮の目には、アメリカ軍機も中国軍機もなかった。すべてが悪の元凶としか映っていなかったのだ。


「邪魔な奴らだ」

日本機の登場に、アメリカ第五空軍第三五航空団に所属するトニー・ディマイオ大尉はつぶやいた。

ディマイオらは東シナ海に展開していた第七艦隊の支援を目的として、グアムから飛来していた。中国軍機を一掃し、航空優勢を勝ち取るというのが任務だったのだ。

そこに中立の日本機が入ってくるとなると、少々厄介だ。識別は機内に内蔵された電子機器が行なうとしても、自由な機動の妨げになる。

また、それ以上に、ディマイオにとってはそれらに監視されていること自体が気に入らないことだった。

「ブリザード1より全機へ。邪魔をする機《やつ》は片っ端から撃墜してかまわん。戦闘を続行せよ」

続けてディマイオは、列機のショーン・フリンツ少尉に向けて言った。

「ヘイ、ショーン。ジャップだ。ジャップが現われたぞ。中国だろうと日本だろうと、黄色い猿どもに変わりはない。この地球に奴らが一緒に住んでいると考えただけで胸くそ悪い。さっさと地獄送りにしてやろうじゃないか」

「相変わらずどぎつい言葉ですな。でもいいんですか、奴らは中立国ですよ。少なくとも今は」

「かまわんさ。勝手にコンバット・エリア（戦闘空域）に入ってきた奴らが悪い。撃たれても当然ということだな」

「了《りょ》ー解《かい》」

フリンツはわざと間延びした返事をして、口元を緩めた。

やはり実戦の興奮は、訓練とは比較にならない。敵を撃って撃って撃ち落とす。

それを快感に覚えるディマイオとフリンツだった。

警戒を促す電子音に、木暮雄一郎一等空尉はようやく我に返った。

「ミサイル⁉」

敵ミサイルの接近を告げる警戒装置のアラームが、激しくコクピット内に鳴り響いている。

「上！」

続いて飛び込んできた編隊長谷村英人一尉の声に、木暮はとっさに機体を翻した。左の主翼が下に、右の主翼が上に跳ねあがり、振り回すような機動に体内の血液が逆流する錯覚を覚える。

軽量であり大面積の主翼を持つF－2は、良好な機動性を持つ。鈍重な重戦闘機だったら、今ごろはミサイルの直撃を食らって空中の塵《ちり》と化していたはずだ。

「くそっ！」

せきたてるような警戒装置のアラームに神経を尖らせつつ、木暮は急旋回を繰り返した。

が、敵ミサイルの追尾は続く。ＨＵＤ（ヘッド・アップ・ディスプレイ）上の

「ＷＡＲＮＩＮＧ」の赤い文字も、危機感をあおるように点灯したままだ。

「振り切れないのか！」

チャフとフレアをばら撒く。チャフはレーダー波を攪乱する欺瞞の金属片であり、フレアはＩＲシーカーを欺《あざむ》く囮《おとり》の熱源だ。

「Ｆ－22！」

視界の片隅を、かすかに機影が横切ったような気がした。はっきりと機体形状がわかる距離ではなかったが、状況からいって十中八九間違いあるまい。

敵レーダー波の乱反射を防ぐために突起物を廃し、垂直面を皆無にしたステルス形状の機体が悠々と戦場を眺めているのだ。

「木暮！」

木暮の危機に谷村が駆けつけようとしたが、それはあまりに無謀だった。

Ｆ－22の第二撃が迫ってくる。

「人のことなんてかまっている場合かよ。まとめてあの世にいきな」

トニー・ディマイオ大尉は、明確な悪意を込めてＡＡＭ（空対空ミサイル）の発射ボタンを押した。胴体下面格納槽のサイド・ゲートが開き、ＡＩＭ－１２０ＡＭ

RAAMが放たれる。

AIM－120AMRAAMは、約五〇キロメートルの射程を持つ中射程AAMである。アクティブ・レーダー・ホーミングとセミ・アクティブ・レーダー・ホーミングとを組みあわせて、誘導信頼性を高めているのが特徴だ。

推力七〇キログラムのロケットモーターをうならせたAMRAAMが、急加速してF－2に迫っていく。

「死ねえっ」

排除、消去、殺戮《さつりく》――時代錯誤の強烈な人種差別主義者であるディマイオにとっては、アジア全体が忌むべき存在であった。「敵」という感覚をはるかに超えた殲滅すべき対象として、ディマイオは黄色人種を見ていたのだった。


「大丈夫か」

「俺にかまうな！　お前こそ」

木暮雄一郎一等空尉に続いて、谷村英人一等空尉もまた、アメリカ空軍機が放ったAAMに付け狙われていた。

互いに事態は切迫している。チャフやフレアに惑わされることなく、敵のAAM

は着実についてきていた。距離も刻一刻と縮まってきている。

あの世への階段を一歩一歩昇らされているような気分だったが、木暮には恐怖や焦慮《しょうりょ》といった感覚はほとんどなかった。「自分にはまだまだやるべきことがある。こんなところで死んでたまるか」といった気持ちが、木暮を突き動かしていたのである。

「これでどうだ！」

木暮は自らに気合を入れるように叫んで、機体を急降下させた。機体をひねって右半回転から背面飛行に移りつつ、海面に向けて進んでいく。前上方にあった灰色の雲が真後ろに吹き飛び、代わりに鉛色の海面が迫る。強烈なまでの大気との摩擦が機体を襲うが、Ｆ一二一－ＩＨＩ－一四〇エンジンの咆哮がそれらすべてを吹き飛ばす。

三角形の角《かど》を落としたような特徴的形状の機首が風塊を突き破り、機体を構成する滑らかな曲線に沿って膨大な大気が左右と後方に散らされる。速度を示すデジタル数字が跳ねあがり、高度を示す数字が反比例して減少していく。敵ミサイルも続く。

「一〇、九……」

目の前の波濤が視界いっぱいに広がったと思うや否《いな》や、木暮はスロットルを絞り思いきり操縦桿を引きつけた。

涙滴形に設けられたF－2のコクピットは、全周視界が良好だ。海面がせり上がるような錯覚を覚えるとともに、F－2の機首から胴体下面が波濤を舐めるように通過する。木暮は海面に激突する寸前で、機体の引き起こしに成功したのだ。

木暮機の通過に伴う風圧で白く抉《えぐ》られた海面に、敵ミサイルがたまらず飛び込んでいく。海面下に橙色《だいだいいろ》の閃光が走ったかと思うと、海面が灰白色の小山となって盛りあがる。

木暮はいちかばちかの賭けに勝ったのだ。海面に激突するリスクを冒し、代わりに敵ミサイルを誤爆させたのである。

（谷村は）

木暮は大きく首をひねって、僚機を探した。

「自分と同様に敵ミサイルの追尾を躱《かわ》してくれ」

健全な姿で自分の前に現われてくれと祈りながら視線をふった。だが、この日、戦いの女神は木暮らに徹底的にそっぽを向いていたらしい。

「被弾した。コントロール不能」

レシーバーから飛び込んできた谷村の声に、木暮は目を剝いた。数秒後、視界の陰から白煙を曳《ひ》いたF－2が降ってきた。木暮から見て、真上から前方に落ちる格好だ。なんとか機体を立てなおそうとしている様子は感じられるが、尾翼やフラップが損傷しているのか機体は言うことをきかないらしい。緩やかに左に傾きながら、吐き出す白煙の量が増大していく。

「ペイルアウト（脱出しろ）！　ペイルアウト！」

木暮は半狂乱になって叫んだ。

もはや、谷村のF－2は墜落を免れない。そのまま海面に激突するか、空中で爆発するか、どちらにしても機体を持ちこたえることが不可能なのは明らかだ。

ここは射出座席を使って、自分の命だけでも助かるようにすべきだと木暮は叫んだ。

が……。

「駄目だ。もうやっている。どうやらこれもいかれちまったらしい」

「谷村。お前にはまだ借りがある。ダーツの借りが。全日本のタイトルをとるんだろう？　谷村！」

「木暮。頼むぞ。俺の分まで、な……」

通信はここで途切れた。赤黒い爆炎が中央に湧き出したかと思うと、谷村の機体は爆発、四散して壮絶に果てた。

「谷村、谷村――っ！」

虚空に響く悲痛な叫び。それはどこに届くこともなく小さく消えていくのみ。

向けられた怒りは、自身に対して甘さと無力を問う。

どうして、なぜ、できなかったのか。

いつか来ると思っていた――戦争がもたらすであろう漠然とした恐れが友の死という現実になった今、木暮は大きな転換点を迎えていた。

悲嘆にくれたり絶望感にさいなまれたりする間もなく、ねじれた運命の歯車は、木暮を予想もしない方向に突き動かそうとしていた。

第二章　時空邂逅《かいこう》

二〇一五年五月二〇日　沖縄

「京香。頑張るんだぞ」

航空自衛隊南西航空方面隊第九航空団第三〇二飛行隊所属の木暮雄一郎一等空尉は、自衛隊病院の集中治療室で最愛の娘の手を握っていた。

環境は静かだった。さすがに自衛隊管轄の病院だけあって、不満をぶちまけたりする者はいない。誰でも入れるという性格の病院ではないため、「特権」を使った格好にはなるのだが、一般の人たちに申し訳なく思う気持ち以上に、木暮としてはとにかく娘を救いたいという父親としての気持ちが先行している。

被曝が原因の急性白血病におかされた一人娘の京香の容態は、日に日に悪くなっているようだった。吐血は、頻度、量とも不気味に漸増《ぜんぞう》し、体力も衰えてきているらしい。ちょっと動いただけでも脈が早まり、息が切れるようだった。なによりも、身体に何本も通されたチューブが痛々しい。それでも京香は、父親に心配をかけまいと気丈に振る舞っていた。それがなお一層、木暮の心を打つのだ。

「心配いらないよ、父さん。私のことは大丈夫だから。みんなのことを守ってね。いつも言ってるよね、日本の青い空は父さんが守ってるって」

「京香……」

木暮は娘の手をさすった。できることなら娘と代わってやりたい。病を自分が背負い込むことで娘が快《よ》くなるのなら、命も惜しくないと思う。

「そうだよ、京香。父さんは、この日本の空を守るんだ。京香が快くなって、お日さまの光を好きなだけ浴びられるように頑張るから、京香も頑張るんだよ。きっと快くなるから」

「そうだよね。わかったよ」

「約束だ」

二人のやりとりを、木暮の妻の千秋はガラス越しに見守っていた。指きりをする二人の後ろで、千秋は潤んだ両目にハンカチをあてて静かに涙を拭っていた。

同日　嘉手納

第三〇二飛行隊の雰囲気は、沈滞したものだった。戦争という人間の悪しき行為が及ぼす余波は確実に日本を蝕《むしば》み、環境や人に様々な悪影響を与えていた。

「木暮一尉は？」

川原太一士官候補生の声に、同僚の沼田一平士官候補生は小さく首を横に振った。

「そうか。そうだよな」

川原は机上の紙面に目を向けた。新聞の一面は、どこも自衛隊機墜落を伝えるものだった。

政府はアメリカに厳重な抗議と釈明を求めたものの、「戦闘空域に踏み込んだ日本側にも責任がある」「誤射は偶発的なもの」と、アメリカ側に応じる気配はない。

「運が悪かったで片づけられちゃたまらないよな。それが戦争なのかもしれないけど」

「おい、川原。そんな軽く言うなよ」

「軽くなんて言ってない。俺だってショックなんだ。わかるだろう？」

「そうか。そうだよな」

二人は顔を見あわせてうなずいた。

米中戦争はいっこうに収まる気配がなかった。全面核戦争こそ免《まぬが》れてはいたものの、海空の戦闘は日増しに激しくなり、昨晩はアメリカの空母戦闘機群が中国海軍の潜水艦隊に執拗な攻撃を受けたという情報が入っていた。

中国海軍潜水艦隊はほぼ全滅に近い損害を出しながらも、ニミッツ級原子力空母の『カールビンソン』を大破に追い込むことに成功したらしい。もちろんアメリカがそれで黙っているわけはなく、未明には海南島がアメリカ空軍の猛爆を受けた。基地機能は完全喪失して生存者すらないという、報復と言うには余りあるアメリカの攻撃だったという。

また、いつ核ミサイルが飛んでも不思議ではなく、ロシアやオーストラリアなども巻き込んで第三次世界大戦に発展するのではないかと懸念を抱かせる状況だった。

同日　つくば

日本の科学技術省の外郭機関である天体物理研究機構のスーパー・コンピュータが、恐るべき数字を弾き出していた。

「衝突？　まさか」

太陽系の惑星公転や衛星軌道を研究するチーム・リーダーは、信じ難い結果に何度も計算をやり直した。だが、結果は同じだった。二日前に突如太陽系に侵入した隕石《いんせき》が、速度を上げながら地球への衝突コースを辿《たど》っているというのだ。しかも、隕石の直径はおよそ一〇〇〇キロメートル。比重がどうであれそれだけ巨大な物体が衝突すれば、地球がただで済むわけがない。

巨大な質量爆弾の衝撃によって、想像もできない天変地異が生じるのは間違いない。人類の絶滅どころか、地球そのものが存続できるかどうかの危機といっていい。隕石はまるで地球に吸い寄せられるように、加速度をつけて接近している。このまま いけば、衝突は一週間以内だ。チーム・リーダーは事の重大さに震えあがった。

報告は？　対処は？

自分がどうするべきか、思考が空回りして動くことすらままならなかった。

その巨大隕石が地球の空に現われるのに、さほど時間はかからなかった。

中世ヨーロッパでは、彗星の出現は不吉の象徴として恐れられていたというが、巨大隕石の出現はまさに人類破滅を予告するものだった。

二〇一五年五月二二日 嘉手納

レシーバーから伝わる教官の声は、もはや怒鳴り声だった。

「何度言ったらわかるんだ！ 降下角度が深すぎるぞ。お前、勘違いしているんじゃないのか。俺が出した命令は着陸だぞ。誰が地面に突き刺されと言った。俺は心中はご免だぞ」

「おいおい。オーバー・ランして民家に激突なんてなったら、お前の責任では済まないんだぞ。わかってんのか。ぼけ！ ふかすんだよ。いいからふかせ！ びびってんじゃねえ。暴走族でもなんでもいいんだよ。いいか。飛行機乗りはな、飛んでなんぼなんだよ。騒音公害やなにやらはお前が考えることじゃねえ。お前はな、まず空に上がることを考えなきゃならねえんだよ。そのための空自のパイロットだろうが。お前、地上勤務希望か。違うだろ？　さっさと地面を蹴って空に上がらんかい！　お前みたいなのはな、そのまんまじゃ照り焼きにされちまうぞ。羽をむしられたなんとかってな！」

「は、はい」

「はいじゃねえ。やれ！」

「は、はいー」

頼りない声をあげているのは、士官候補生の沼田一平と川原太一であった。

沼田は着陸、川原は離陸と、いまだに克服できない致命的な技量不足を抱えていた。教官が言うには、どちらも精神的な問題だという。それでなければ空自の隊員にはなっていないし、そもそもなれない。パイロットとしての適性試験も当然パスできないはずだ。そんなに空自の試験は甘くない。すなわち、沼田と川原の二人はびびっているのだ。

その様子を木暮雄一郎一等空尉は、上空を旋回しながら表情ひとつ変えずに見守っていた。

本来、空自のパイロット養成は、浜松の第一航空団や松島の第四航空団など、飛行教育隊の仕事である。しかし、日米同盟消滅と昨今の世界情勢の緊迫化は陸海空三自衛隊の大幅拡充を促《うなが》し、空自としても大規模な飛行隊の再編とパイロットの養成を迫られたのだ。

ここで注意しなければならないのは、単純な数の増勢ということではなく、機体、パイロットとも質的向上が必要とされることである。多機能化と電子戦を含めた高度な攻撃、防御能力の獲得と、それを十二分に使いこなせるようにするパイロットの技量向上だ。いずれにしても浜松や松島だけで手に負える仕事ではなく、現場実習の名目で各地の実戦部隊にも防大卒の新人が割りあてられるようになったのだ。

その結果、今の嘉手納基地がある。

極東最大のアメリカ軍飛行基地だった嘉手納は、空自の精鋭が揃う第三〇二飛行隊が駐屯して南西方面に睨《にら》みをきかせていたが、沼田や川原のような新人がその中に放り込まれてきて連日連夜鍛えられていたのである。

だが、沼田と川原は重症だった。沼田はバウンドぎみに滑走路に降り、川原は滑走路前端の雑草を刈りながらふらふらと浮きあがっている。まるで某テレビ番組の鳥人間、人力飛行機のようだった。あれでは複座のF－2であるB型に同乗する教官も気が気でないだろう。

だが、それ以上のことを木暮が気にかけることはなかった。病に苦しむ愛娘と親友の死という深い傷を心に負った木暮には、新人を気づかう余裕などどこにもなかった。

アメリカでも中国でも、敵が来るなら来ればいい。戦争になるならなればいいと、このときの木暮はなかば自暴自棄になっていたとさえいえる。

木暮が目を覚ますには、まだ時間が必要だった。

そして事態は、木暮らの想像をはるかに超えた驚愕的スケールで変化していくのだった。数奇な運命に翻弄されつつも、木暮が自分の力で歴史の扉をこじあけるのはまだ先の話だった。


「おいおいおいおい、おい！　なんだあのざまは。それでも空自の一員か、お前ら」

訓練飛行をやっとのことで終えた沼田と川原を待っていたのは、中野瀬宏隆一等空尉の容赦ない罵声《ばせい》だった。

政財界に通じる有力な家系の出で野心家として知られる中野瀬は、常に人を見下す傾向があった。能力のない者、失敗した者に対しては度を超えて叱責する中野瀬である。文字どおり言いたい放題の言葉が次々と浴びせかけられてくる。

「お前らみたいなのがよく空自に入れたものだな」

中野瀬は、沼田と川原の前を両腕を組みながらゆっくりと歩いた。次いで、過剰なまでに顔を近づけて叫ぶ。わざと唾を飛ばすようにして。

「お前らな。F－2やF－15はおもちゃじゃないんだぞ。一〇〇億（円）近くもする機はだなあ」

そこで中野瀬は片足を大きく上げて、わざとらしく二人の間に踏み込んだ。

「子供《ガキ》には、あ、つ、か、え、ないんだぞ」

「申し訳ありません」

沼田と川原は、唇を震わせてうつむくだけだ。たしかに自分たちの技量は、まだまだ低次元のものだ。言い方の問題はあるにしても、中野瀬の言うことは嘘ではない。なにも言い返せない二人だった。

「せめて俺の邪魔だけはしないでくれよな」

「中野瀬一尉。お疲れ様でした」

中野瀬の取り巻き連中が寄ってくる。どこにでも金と権力にたかる連中はいるものだ。

「今日もアグレッサー（AGGRESSOR＝飛行教導隊）を返り討ちにしたんで

すって？　さすがです。一尉」

「谷村一尉の後任は、きっと中野瀬一尉ですよ。一尉でしたら、F－22Jの性能を存分に発揮して……」

　取り巻きに囲まれて、気分よさそうに中野瀬は去っていく。人をひきつけるものが金と権力という、人望厚かった谷村とは似て非なる光景である。

「谷村一尉がいれば」

「谷村」という声に、木暮は振り向いた。

　べそをかく子供のように不安を丸出しにした表情の沼田と川原を一瞥《いちべつ》して、木暮は言った。

「谷村はもういない。現実を受け入れろ。お前たちも、俺もな」

「(木暮)一尉」

　沼田と川原は無理に表情を引き締めて、天を仰いだ。双眸から涙がちぎれ飛ぶ。

　木暮の胸中にも、様々な思いがこみあげた。防大や空自入隊後の厳しい訓練とそれをともに乗り越えたときの爽快感、実戦さながらの火花を散らした戦技訓練、そしてダーツ大会での活躍――何度となく喧嘩をしながらも、そのたびにさらに絆《きずな》を強めてきた。自分の結婚を、誰よりも祝福してくれた。そんな公私ともにかけがえのない親友は、もういない。

「いったいどうなってしまうんでしょうか。これから」

沼田が東の空を見あげた。赤みがかった黒点が、日増しに大きくなっている。

「巨大な隕石が迫っていて、衝突する可能性もあるっていうじゃないですか。こんな訓練なんかしてる場合じゃ……」

巨大隕石の出現は、これまで全世界にオープンな情報として流されていた。地球に衝突する可能性があること、それを回避するために各国が協力してあらゆる手段を取ること、それらが各国政府から発表された。

日本政府も、努めて冷静な行動を心がけるよう国民に呼びかけた。

アメリカと中国との戦争も、一時停戦になっていた。物事には優先度というものが存在する。地球外の脅威は、地球内の脅威に優る。地球そのものがなくなれば、戦争どころではなくなるのだ。

「もし衝突したらどうなるんですか。恐竜みたいに僕たちも死に絶えるのでしょうか」

「さあな」

川原の問いに、木暮はそっけなく答えた。

「人類破滅か。それもいいかもしれない。遅いか早いかだけさ。勝手に核戦争を始めて滅びに向かった人類に対する神の裁きかもな」

「一尉。そんなこと言わないでくださいよ」

「でも、一尉の言うとおりかもしれない」

川原の言葉に、沼田ははっとして目を剝《む》いた。

「それって」

「隕石の危機が去ったら、アメリカと中国は戦争を再開するかもしれない。また核ミサイルが飛び交って、死の灰が降りそそぐかも」

「…………」

暗い表情で視線を伏せる沼田と川原に、木暮は背を向けた。

（どうにでもなればいい）

このときの木暮は、本気でそう思っていた。木暮の精神はそれほどまでに病んでいたのだ。

二日後、巨大隕石急接近の報を、木暮は嘉手納基地のパイロット待機室で聞いた。

「隕石が加速しているって？」

「衝突まで数時間？　嘘だろ？」

（京香。千秋）

木暮はまっさきに娘と妻のことを気にかけた。人類が破滅するかどうか、地球が存続するかどうかわからないが、この決定的な時間を一緒に過ごしてやれない自分が悔しかった。そもそも京香が死線をさまよいつつある今、千秋はなお一層不安でいるであろう。

だが、この非常事態だからこそ手が離せないのが自衛隊である。災害救援の意を含めて、陸海空自衛隊はほぼ全員に召集をかけて待機状態に入っていた。ローテーションからいって、非番なはずの木暮もだ。

「まさか迎撃に飛び立てるわけでもあるまいが。なにができるか」

「弱気だな。ずいぶん」

木暮のつぶやきに、中野瀬のいやみたっぷりな声が飛んできた。自分が選に漏れたF－22Jのテストパイロットに木暮が選ばれたことを、いつまでも根にもっている。ねたみと悪意を絡めた視線を痛いほどにぶつけてくる。

「なんでも来やがれって。その気になれば大気圏内でまとめてミサイルをぶち込んでやるぜ。もっとも、羽の傷ついた天使ちゃんではなにもできんだろうがな」

「羽の傷ついた天使」というのは、もちろん木暮のことだ。精神的にまいっている木暮の傷口にさらに塩を塗るような中野瀬の言葉だったが、それを無視して木暮の視線は四二インチのテレビ画面に向いていた。

ＧＪＮ・ＴＶ（Ｇｌｏｂａｌ Ｊａｐａｎ Ｎｅｔｗｏｒｋ Ｔｅｌｅｖｉｓｉｏｎ＝グローバルジャパンネットテレビ）――通常の地上波局では絶対に放映しないコアで深い情報を提供するネット配信専門のテレビ局だ。

ここ最近の多様化と専門性という日本国民の嗜好性にマッチして、急成長しているらしい。こういったニュース配信でも、他局にない斬新で鮮烈な内容が期待できた。

「どこだ？　ここは……」

画面の背景に映った場所は、意外な場所だった。あたり一面に真っ青な海が広がり、人気《ひとけ》がない。海鳥のさえずりが妙にきれいに聞こえる。海の色もとても国内の海とは思えない澄んだ色だ。見ているだけで爽快感が湧いてくる。

『私たちは今、日本の最東端にある南鳥島にいます』

「み、南鳥島⁉」

リポーターの声に、誰かが頓狂な声を上げた。

さすが、GJN・TVである。日本でもっとも日の出が早い南鳥島なら、朝晩の光景は、本州、四国、九州とはまったく違うことだろう。自然環境面も然《しか》りだ。

こういったとっぴな行動が、コアな視聴者を惹《ひ》きつけるのだ。この非常事態に見あげた報道魂といえる。生きるか死ぬかもわからない状況で、どうせならやりたいことを思いきりやろうというスタッフの開き直りにも似た意気込みが、存分に伝わってくる。

「視聴者の皆さん。ご覧ください。あの火の玉を」

東の空に、さらに大きさを増した巨大隕石が妖《あや》しい光を放っていた。中心部は黒色だが、その周りに何倍もの赤い光輪を纏《まと》っている。

もちろん宇宙空間の真空下で隕石そのものが燃えるわけはない。あくまで赤い光は太陽光の反射によるものだが、見るからに不気味な印象を与えてくる。まさに不吉の象徴といっていい。

「あ、ここで連絡が入りました。はい、はい」

三〇代と思われる男性リポーターが、イヤホーンを押さえながら興奮した様子でうなずいている。

「ちゅ、中国です。中国がミサイルを発射した模様です。えー、到着時刻は、いや、着弾です。着弾予定は」

　中継や情報もやや混乱している。

　そもそもここまでの情報も、GJN・TV独自の怪しい情報網がなせる業《わざ》なのだ。現に空自の嘉手納基地には、そこまでの情報は届いていない。

『着弾は二分後。約二分後にミサイルが着弾します』

　興奮と期待を込めて、リポーターが東の空を仰ぐ。夕刻の薄暗い空に、妖しい第二の太陽が輝いている。少し前に比べて少し大きさを増しているようにも見える。憂慮《ゆうりょ》すべき事態というよりも、もはや覚悟すべきときといっていいかもしれない。

『映画のワン・シーンだったかなにかで、人類は不滅だというセリフがあったと思いますが、信じましょう』

　リポーターの言葉に、何人かの唾を飲み込む音が聞こえた。パイロット待機室は、いつのまにか静まり返っている。男たちの視線はすべてテレビ画面に釘づけだ。

『五秒前、四、三……』

　第二の太陽の前に一筋の光跡が飲み込まれていく。

『着弾です！』

　その瞬間、眩《まばゆ》い閃光が東の空を切り裂いた。第二の太陽を中心として、一回、二回と橙色《だいだいいろ》の閃光が弾け出る。夕刻の薄紫色に染まった空が、まるでカメラのフラッシュのように閃《ひらめ》く。特大の稲妻が走ったように。

閃光は合計五本続いた。

が……。

『うっ』

リポーターが声にならないうめきを発した。

第二の太陽は、まったく変わることなく東の空に浮かんでいた。リポーターを映すカメラも、心なしか揺れている。恐怖にカメラマンが震えだしているのだ。

『ど、どうしたことでしょうか。中国のミサイルをものともせず、巨大な隕石は接近しつづけています』

リポーターの上ずった声が、スピーカーから響く。画面の向こうの表情も、明らかに変わっていた。血の気が引き、頬が引きつり始めている。つい数分前の興味本位半分にリポートをする顔は消え失せ、まったく余裕がない逼迫《ひっぱく》した様子があらわになっている。

核ミサイルを一発か二発撃ち込めば、隕石など簡単に粉砕できる。少なくとも軌道を変えることぐらいたやすいことだと思っていたに違いない。

第二の太陽はなおも迫る。三割増し、五割増し、さらに倍に膨れあがってくる。衝突した場合の被害は未知数との政府見解は、まったくのでたらめとしか思えない。間違いなく、人類は恐竜の後を追うのだ。

『あ。つ、次の情報です』

もうスタッフには余裕のかけらもない。画面の中にアシスタントが走り出て、リポーターに紙片を渡す。

『米英、米英です。イギリスとアメリカがミサイルを発射しました』

リポーターの声は完全に裏返っている。

『ロ、ロシアもフランスもです。頑張れ人類、頑張れ地球』

もうリポーターの言ってることは滅茶苦茶《めちゃくちゃ》だった。それでも視聴者にはそれをおかしいと思う余裕がない。表現などもはやどうでもいい。事態はそれほど深刻化しているのだ。

アメリカから、イギリスから、ロシアから、フランスから、ミサイルが撃ち出された。巨大な弾道ミサイルが、地球という大地を蹴って未曾有《みぞう》の脅威を排除すべく宇宙に飛び出していく。真っ赤な噴炎と轟音を残して、対流圏、成層圏、そして熱圏らを突っ切って宇宙空間に突入する。

これまではある意味人類にとって脅威だった弾道ミサイルが、逆に人類を救う武器となるのも皮肉な運命のめぐりあわせか。

それぞれの国を背負った兵器が、今や地球全体を背負って進む。人類の果てなき野望と欲望が作りあげた悪魔的究極兵器が、今は人類の夢と希望をつなぐために進んでいるのだ。


嘉手納のパイロット待機室は静まり返っていた。木暮をはじめ誰もがひと言も発することなく、画面に食い入るようにして事態を見守っている。

(弾着だ！)

薄暗くなった空が、再び閃いた。失われつつある太陽の恵み――希望の光を取り戻すように、鮮烈な光が東の空に幾度も弾ける。凶星と化した巨大隕石は黄白色の光に包まれ、しばし視界の裏側に去る。

「やったか！」

爆発光が弱まった束の間、巨大隕石が姿を現わした。明らかに形が変わっていた。纏っている炎のごとき赤色の光は、大きな輪から楕円か複雑な幾何学模様になりつつあった。そこに新たな弾道ミサイルが突入し、再び連続して空が閃く。

何十発が叩き込まれたかわからない。時間にすればたった数分間の出来事だったかもしれない。人類の必死の迎撃は、最悪の危機――巨大隕石の地球への衝突をついに阻止した。……かに思えたのだが。

「あれは」

パイロット待機室に複数の声が重なった。

巨大隕石は、たしかに消えた。しかし、無数の黒点が紫色の空に浮かんでいた。

各国が放った弾道ミサイルは、巨大隕石を完全に破壊することはできなかったのだ。隕石は分裂して、なお宇宙空間に存在していた。地球の引力にひかれたそれらはますます加速度をつけて落下し、大気圏に突入してくるに違いない。

そんなことになれば……。

「いかん！」

木暮は大声をあげて立ちあがった。

夜の闇が支配し始める空に、多数の流星が出現するのにそう時間はかからなかった。華やかな天体ショーの対極に位置する不吉な前兆だ。分裂した隕石が、いよいよ地球に降りそそいできたのだ。

大気との摩擦熱によって燃焼し発光した大小の光跡が地球の空を覆う。燃え尽きるのならいい。しかし、あれだけの巨大隕石だ。破片などという生やさしいものではあるまい。巨大な質量体が、天から降りそそいでくるのだ。それがもたらす影響とは……。

木暮は背筋に冷たいものを感じた。

突如テレビ画面の映像が乱れ、音声が途切れ途切れになった。電離層が異常をきたしているのだ。映像は数秒おきに波打ち、音声が五秒間隔くらいで流れては止まり、止まっては流れてを繰り返した。そしてとてつもない大音響とともに、ついにスピーカーからの音が完全に絶たれた。

「な、なんだ。なにが起こった」

変化は次の瞬間だった。鮮烈な赤色光が画面の中に射し込んだかと思うと、今までにないくらいに映像が揺らいだ。衝撃の大きさが画面を飛び出して伝わってくる。だが、必死にスタッフはカメラを回しつづけたのだろう。海に向けられたカメラが、想像を絶する光景を映し出した。史上最大といっていいほどの津波だ。高さ一〇〇メートルはあろうかという水壁が、沖合からすさまじい勢いで迫ってくる。

それも一瞬だった。声を発する間もなく画面は灰色に染まり、そこで映像は唐突に断ち切られた。白濁した海水が、凶暴な牙を剥き出しにして襲ってきたのだろう。

恐らく南鳥島の近海に分裂した隕石の残骸が落下し、巨大な津波を発生させたのだ。津波はＧＪＮ・ＴＶのスタッフや機材を始め、島全体を飲み込んだに違いない。

「そんな恐ろしい光景が世界各地に」と思ったとき、嘉手納基地の地面が揺らいだ。腹に響く重低音とともに、顔が上下に微動する。天井からは埃《ほこり》が舞い落ち、安定の悪い置物がかたかたと音をたてて揺れ動く。

（落ちたな）

木暮は直感した。音と振動とのタイムラグが小さいことから、落下地点は近い。また、衝撃がさほどでもないのは落下物が小さかったことを物語る。幸い嘉手納基地は大災害に見舞われなくて済んだようだ。

だが、地球上はこういった幸運なところだけではない。南鳥島を上回るような大災害が、世界各地を襲っていたのだ。

アフリカでは大陸最高峰のキリマンジャロに隕石の残骸が衝突した。近年、地球温暖化の進行に伴い、著しく減少していたキリマンジャロ上方の永久凍土ではあったが、人間という小さな存在からすれば総量は膨大なものだった。衝突とともに標高五八九五メートルの巨峰が鳴動し、永久凍土は巨大な雪崩となって麓《ふもと》を襲った。隕石の落下エネルギーによって、半融解した永久凍土は濁流と化して下へ下へと進んだ。巨大な樹木をなぎ倒し、大小の動物や希少種の植物らもいさいかまわず押し流して乾燥した大地を泥濘に染めていく。

おぞましいまでの光景だった。環境激変という言葉は、このことのためにあるように感じる光景だった。キリマンジャロの頭部は数百メートルにわたって抉《えぐ》り取られ、そこから麓までまるで垂れ幕でも敷いたように雪崩と土石流の跡がくっきりと残されたのだった。

また、地中海を臨むフランス第三の都市マルセイユはさらに悲惨だった。リヨン湾に落下した隕石が直径一〇キロメートルにもおよぶクレーターを作り、周辺に壊滅的な打撃を及ぼした。メディタレニアン・ブルーの海水は瞬時に蒸発して消失し、強烈な衝撃波と熱風がありとあらゆるものを切り刻み、押しつぶし、焼き払った。人口八二万、ヨーロッパ第三の貿易港を持つ都市は、古代ギリシャ・マッサリアの遺産ともども一瞬にしてこの世から消え失せたのである。

直接的な被害だけではなく、今後にも長く影響するであろう間接的被害も無視できなかった。

中東イラクに落下した隕石は、ようやく採掘、送油が軌道に乗り始めたナシリヤの油田を直撃した。どす黒い原油が砂漠を死の海に変え、発火、爆発した油井《ゆせい》やパイプラインが狂ったように燃え広がった。ただでさえ膨大な量の粉塵が舞いあがった地球の空はこのような排煙にも汚され、太陽光の遮断が今後深刻な問題になるだろうと思われた。

ロシアやフランスの原子力発電所も相次いで放射能漏れを起こし、周辺に危険な放射性物質を撒き散らした。もともとヨーロッパという地域は、大陸プレートのはざまに位置する日本やアメリカ西海岸と異なり、地震という概念そのものが欠落したところだった。震災への備えだとか危機意識といったものは驚くほど低く、それは原子力発電所の貧弱な防災設備として露呈《ろてい》した。

そもそもが隕石の直撃といった災害は想定外のものでもあったが、世界はかつてない混沌とした状況に陥《おちい》りつつあった。

二〇一五年五月二五日　東京

首相官邸の地下に設けられたシェルター兼統合作戦本部の多数のパネルは、世界中の惨状を映し出していた。

津波に押しつぶされた瓦礫《がれき》の山や、巨大なクレーターの底に沈んだ都市、今もなお燃え続ける油田の炎と大量の煤《すす》を撒き散らす油煙の数々。

「ひどいものだな」

日本国首相藤沢啓蔵《けいぞう》は、次々とパネルに目をやって顔をしかめた。

米中戦争勃発に伴って安全保障対策室が置かれていたこの部屋は、そっくりそのまま激甚《げきじん》災害対策室として動き始めようとしていた。部屋といっても実態は体育館並みの広さで、一〇〇人を超えるスタッフが働いている。食料や医薬品、生活雑貨の備蓄もあって、その気になれば一カ月は無補給で暮らすことができる設備であった。

「我が国にはたいした被害がなくて幸いでした」

官房長官及川正春《まさはる》が額に滲《にじ》む汗を拭った。彼のメタボリック症候群さながらの太い体はただでさえ暑苦しいものだが、この災害発生による忙しさと緊張と興奮によって、絶え間なく汗を噴き出させている。

「たしかに隕石による被害はそうだが、我が国はすでに米中戦争のとばっちりを受けているんだ。これ以上災難が降りかかってたまるか。どうなっているんだ？　その後は」

藤沢は不機嫌そのものの眼差しで、及川を睨みつけた。

「はっ。先日受けた報告によりますと」

「先日？　おい！　そんな悠長なことでいいのか。いいか、我が国は被曝したんだ。広島、長崎以来三度目のな。放射能の怖さを君はわからんのか。ただちに洗浄だ中和だ封鎖だと言って、何日が経つ。官房長官ともあろう立場の者が、昨日今日の情報を把握していなくてどうする！　なんなら君が現場に出向いて陣頭指揮を執りたまえ。もっとも……」

藤沢はひと呼吸置いて付け加えた。

「それで現場の活動が機能すればの話だがな」

困惑して立ち去る及川の後ろ姿に、藤沢は大きなため息を吐いた。

藤沢が民主自由連合、すなわち民自連の代表として政権をとって半年になる。民自連は中道タカ派というべき日本の政界にとっての新たな潮流だった。

二〇一〇年を過ぎてから、右傾化して強行路線を突っ走ろうとする政権与党の自民党は、党内分裂を起こして求心力を失い始め、また政権奪取を目論《もくろ》みつつなかなか保守派を切り崩せずにもがいていた民主党も、限界を感じた中堅や若手から内紛の炎が上がっていた。日本の政治は混乱し、右にも左にも前にも後ろにも進めないエンドレス・スパイラルに陥った。

その混迷する日本の政界に新風を吹き込んだのが民自連であった。

民自連のモットーは、明確な主張である。言うべきことは言う。やるべきことはやる。「有言実行」「行動力」が党の基本精神だった。ただし、右にも左にも偏《かたよ》らないというのがポイントだ。

急進派というのは、タイミングと環境によっては驚異的な支持率を得ることがあるが、歴史的に見てそれが長続きした例は少ない。急進派の台頭は、一時的なものでしかないのだ。

そういった意味では、民自連は他の主張を取り入れる寛容さを併せ持った組織だった。

上目づかいの媚《こ》びへつらうだけの政治家はいらない。また、「俺の言うことは絶対だ。正しいかどうかは関係ない。俺の命令は絶対だ」という凝り固まった頭の政治家もいらない。官僚や財界の手先となる政治家など論外だ。その上で、まさに偏りのない聖域なき国の大改造を行なう——そういったリベラルな組織が民自連であった。

与党からも野党からも協調する人間が集まり、政界は大きく再編された。

折りしも日米同盟の解消と在日米軍の撤退をはじめとする米軍の世界的再編、地域紛争の拡大や様々な経済摩擦、環境汚染の拡大など、世界全体も混沌としてきていた。このままでは、世界という土台とともに、日本という国も埋没してしまう。必要とされる挙国一致体制に、民自連は格好の受け皿となったのだ。国民は民自連を支持し、その代表である藤沢が首相の座についたのは、こういった歴史が呼んだ必然だった。


「首相」

自分を呼ぶ声に、藤沢は振り返った。不機嫌に歪《ゆが》んでいた顔が、即座に平静に戻っていく。信頼というものが成せる業《わざ》だ。

歩み寄ってきたのは、内閣調査室長桑野克彦《かつひこ》だった。大学の後輩で、新人代議士として藤沢が政界デビューしたころから親交がある男だ。身長一八〇センチ、彫りの深い端整な顔立ちで、容姿端麗と成績抜群を具現化したような存在であり、藤沢が直々《じきじき》に連れてきた人材であった。

その桑野が藤沢の耳元でなにやらささやいた。うなずくたびに藤沢の表情ががらりと変わっていく。

「徹底的に調査だ。海保では荷が重かろう。海自と空自の調査を。防衛大臣を呼んでくれ。それがなにか突き止め、場合によっては安全保障会議を招集する。頼むぞ」

「はっ」

桑野は姿勢を正し、足早にその場を後にした。

戦争、隕石に加えて第三の災厄か。普段強気で鳴らす藤沢も、なにかひっかかるものを感じていた。なにかとてつもない奔流が日本を襲っているのではないか。デスクをしきりに小突く藤沢の指は、しばらく止まることがなかった。

藤沢の脳裏は深い霧に包まれようとしていた。その霧が晴れたときに現われるのは、さらなる悲劇と絶望か。はたまた夢と希望の光か。

さまよう藤沢の視線は、答えという出口を見つけあぐねていた。

二〇一五年五月二七日　南西諸島沖

晴天の空とは逆に、海上は荒れていた。うねりは高く、白波立つ波濤が容赦なく艦体を叩いている。艦首に砕け散る水塊も派手に飛沫《しぶき》を巻きあげ、一部は甲板上に乗りあげながら左右の海面に帰結していく。

ＤＤＧ（対空誘導弾搭載護衛艦）『あしがら』は北緯二五度、東経一三〇度の洋上を南に向かっていた。

付近を航行中のまぐろ延縄《はえなわ》漁船が二隻、相次いで消息を絶った。単なる遭難騒ぎではないらしい。その証拠として、遭難救出に向かった海上保安庁の巡視船も操舵不能を訴えて命からがら逃げ戻ってきたというのだ。付近の空域を飛んでいたＪＡＬの旅客機のパイロットも、空が割れているのを見た、と証言している。

そこで政府と防衛省は、海上自衛隊と航空自衛隊に、周辺の海域、空域の調査を命じた。

『あしがら』がここにいるのは、そのためだ。

「天気晴朗なれども波高し、か」

第七四護衛隊司令速見《はやみ》元康《もとやす》海将補はかの日本海海戦の一節を引用して、航海艦橋内を流し見た。誰もが緊張に引きつった顔をしている。不可解な事件の調査という不透明性もさることながら、米中戦争のさなかということから準戦時態勢にあるためだ。

巨大隕石襲来によって米中戦争も一時停戦状態にはなっているが、アメリカや中国の潜水艦がいつでも行動可能なように待機しているのは間違いない。この日本近海にも、海自の哨戒網をすり抜けた潜水艦が潜んでいないとも限らないのだ。

それがなにかの拍子に攻撃してきたら……。

もしかすると、今回の事件も中国やアメリカの新兵器かなにかの実験ではないのか。

考えれば考えるほど、深みにはまっていく。憶測が憶測を呼び、不安を煽《あお》りたてる。

「対空、対潜警戒。厳に！」

『あしがら』艦長武田五郎一等海佐の声に、速見は苦笑した。

極度の緊張は、艦長にも及んでいるようだった。血の気が薄れ、頬が引きつっている。硬直した身体の動きは、角ばったようにさえ感じられる。

（まあ、無理もないか）

速見をはじめとして、海自の者たちに実戦経験のある者は皆無だ。

戦後七〇年となった今、旧海軍を経験して入隊した者たちは完全に定年除隊しており、いわば海自は全員戦後世代である。日本が戦争の永久放棄をうたった平和憲法を掲げて平和な時代を過ごしてきた世代の者たちであり、過度な反応を示すのはやむを得ないことだった。

速見は平常心を保とうと努めた。自分もさることながら、部下の精神状態も健全にせねばならない。それが上に立つ者の使命だと、自分に再度言い聞かせた。

「艦長」

速見は武田に声をかけ、両肩を軽く揺すってみせた。「肩の力を抜け」というジェスチャーだ。微笑して続ける。

「緊張しっぱなしだと、いざというとき力を出せんぞ、艦長。不測の事態に陥ったとき、的確に対処できるかどうかは精神面の問題だ。そのとき、それまでの訓練や教育に胸を張り、自分や部下を信じて対処する。それが重要だ。もちろんそういったことが自然にできるよう、普段怠《おこた》りなく、あくまで自然に当たり前に鍛錬しておかねばならんのだが」

速見は自信家だった。だが、根拠のない自信で猪突猛進するタイプとは違う、意識的に自分や部下に自信を持とうとするタイプの男であった。

自分や周りの力を信じ、前向きに行動することで一〇〇パーセントの力を示すことができる。

それが速見の考えだった。

それに対して、武田は謹厳実直を絵に描いたようなタイプの男である。命令に絶対忠実、古き良き軍人といったオーラを放つ男だった。

互いの相性はいい。速見と武田は互いにそう感じていた。

二一世紀に入って海自が国際協力の名の下に世界各地に打って出るようになってからも、『あしがら』のような本格的な戦闘艦の出番はほとんどなかった。

だが、『あしがら』は北朝鮮のミサイル発射実験の監視、追尾や戦技訓練では常に優れた成績を残してきた。今回もいける。これまで力を持て余してきた『あしがら』にとっては、格好の腕試しの機会だと速見と武田は考えていた。

「『はたかぜ』『しまかぜ』からなにか報告は？」

「ありません。異常なしとの定時連絡だけです」

「そうか」

通信長の答えに、速見はうなずいた。

速見の率いる第七四護衛隊は、『あしがら』『はたかぜ』『しまかぜ』の三隻から成り、ともにＤＤＧ（対空誘導弾搭載護衛艦）である。

海自の護衛艦隊は、現在四つの護衛隊群で構成されている。それぞれの護衛隊群は、防空を主任務とする護衛隊と、対潜、対地攻撃などを主任務とする護衛隊とを、それぞれ三つから四つを組みあわせて編成されているのだ。すなわち一個の護衛隊群で、あらゆる任務をこなせるようにまとめられているわけだ。

このうち第七四護衛隊は、呉を母港とする第四護衛隊群に属する防空を主任務とする護衛隊だ。

同時多数の目標を探知、追尾して効果的な迎撃を可能にするイージス・システムの完成は、弩級戦艦の誕生に匹敵する建艦史に残る革新事項といえたが、ＤＤＧ『あしがら』はそのイージス・システムを搭載する第二世代の護衛艦あたご型ＤＤＧの二番艦であった。全長一七〇メートル、全幅二一メートル、基準排水量七七〇〇トンの艦体は前級こんごう型をひと回り大きくしたものであり、各種のミサイルのほかにヘリコプター二機を搭載するのが特徴である。

『はたかぜ』『しまかぜ』は、従来型の防空護衛艦の中ではもっとも強力な迎撃能力を持つ、はたかぜ型護衛艦の一、二番艦である。

全長一五〇メートル、全幅一六・四メートルに達する艦体の艦首甲板にＳＡＭ（Ｓｕｒｆａｃｅ　ｔｏ　Ａｉｒ　Ｍｉｓｓｉｌｅ＝艦対空ミサイル）ミサイル・ランチャーを装備し、そのほか五四口径単装五インチ砲二基、四連装ＳＳＭ（Ｓｕｒｆａｃｅ　ｔｏ　Ｓｕｒｆａｃｅ　Ｍｉｓｓｉｌｅ＝艦対艦ミサイル）発射機二基、八連装アスロック（Ａｎｔｉ　Ｓｕｂｍａｒｉｎｅ　Ｒｏｃｋｅｔ＝対潜ロケット）一基などを有する。

最大出力七万二〇〇〇馬力のCOGAG（COmbined Gas turbine And Gas turbine）ガスタービン四基は、基準排水量四六〇〇トンの艦体を最速三〇ノットで走らせることが可能である。

今、『あしがら』『はたかぜ』『しまかぜ』の三隻は、『あしがら』を先頭とした単縦陣を組んで南西に向かって航行していた。

防空重視の輪形陣であれば、エリア・ディフェンスの中長距離SAMとディフェンス・アローン（個艦防御）の短SAMの効果を最大にするために艦と艦との距離を一〇〇キロメートルほどあけて航行するのが基本であるが、対空警戒レベルが低い現在は各艦の距離は二〇キロメートルほどに狭《せば》められている。『あしがら』から見て、『はたかぜ』を挟んだ『しまかぜ』がちょうど水平線に見え隠れする程度のものだ。

レーダーに反応はなく、ソナーも不審な音は拾っていない。波こそ荒いが、晴天の青空からは燦々《さんさん》とした陽光が降りそそいでいる。一見、平和な海にしか思えなかった。

「なにもありませんな。もしかしてなにかの事故を隠しただけでは？　海保の巡視船にしても、故障かなにかが重なって……」

「艦長。気持ちはわかるが憶測でものを言ってもなにも始まるまい。衝突の結果のあて逃げだったにしても、その根拠を見つけるのが任務になるからな。しかし、俺はな」

そこで速見の顔が真剣みを増した。まさに海に生きる男といったふうに潮焼けした顔からオーラが漂う。

「あのＪＡＬのパイロットの話が気になってな」

「ＪＡＬ？　空が割れたというあの言葉ですか」

「そうだ」

「空が割れた。うむ」

顎《あご》をつまんで考え込む武田の背後から、異音が響いた。武田と速見が振り向くのとほぼ同時に、きしむような音は耳を突く甲高い音に変わっていく。

「なんだ？　これは」

武田も速見もとっさに耳を塞《ふさ》ぐが、音はどんどん高くなっていく。人間の聴覚では認識できない超音波のレベルにまでなった。

「艦長！」

苦痛に顔を歪めながら、通信士が電話を差し出した。

「なに……」

艦内のCIC（Combat Information Center＝戦闘情報管制センター）に詰める砲雷長からの連絡だった。

レーダー・ディスプレイはすべて真っ白、計器類もすべて使いものにならなくなっているらしい。航海艦橋に設置された表示盤も、まるで乱数表をなぞるようにデジタル数字が踊りまくっているという。対空目標も、対水上目標も、なにもわからない。『あしがら』は丸裸の状態に陥ったのだ。

そうなると、高度に電子化されていることが逆に仇《あだ》になる。敵を捜索する目のみならず、迎え撃つはずの武装も、誘導はおろか発射することすらおぼつかないかもしれない。

『あしがら』は、洋上に浮かぶただの鉄の塊《かたま》りにすぎなくなってしまったのだ。

「ECCM（Electronic Counter-Counter Measures＝対電子対抗手段）はどうなっている⁉」

武田の怒号が航海艦橋に響く。

ECM（Electronic Counter Measures＝電子対抗

手段）を疑ってのことだ。これが敵の電子戦攻撃だとしたら、ＥＣＣＭが効果的に作動しさえすればすべて元どおりにすることができるはずだと、武田は考えたのだ。

だが、いつまでもレーダーは復旧しなかった。放送が終わった深夜のテレビ画面のようにディスプレイは砂嵐の状態であり、異常、正常、準備、稼動などを告げる各種のランプ類も、まるでフィーバーしたパチンコ台のようにランダムに明滅しつづけている。

「『はたかぜ』『しまかぜ』とも連絡がつきません」

「横須賀（自衛艦隊司令部）、市ヶ谷（防衛省）も応答ありません」

「衛星通信も駄目です」

「司令……」

武田と速見は顔を見あわせて苦渋の息を吐いた。やはり事件は真実だったのだ。消えた漁船も、異常を報告した巡視船も、そして恐らく「空が割れた」と報告したＪＡＬの機長の話も、すべて真実に違いない。

だが、それがわかったとして、自分たちが今、なにができるか。これが敵の攻撃かどうかもわからないまま、ただ立ち往生しているしかないのか。武田は頬を伝う汗を拭い、速見は無言で唇を噛んだ。

やがて照明が落ち、各種のディスプレイが完全にブラック・アウトして艦内は薄闇に包まれた。

速見と武田をはじめ艦内の者たち全員の思考が薄れていく。視野が狭まり、視界がかすむ。

（霧？　いや、違う）

速見らの思考はそこまでだった。艦内に霧が立ち込めたような錯覚を覚えたかと思うと、『あしがら』のみならず『はたかぜ』『しまかぜ』の第七四護衛隊の各艦は、乗員全員を乗せたまま忽然と海上から姿を消したのだった。

二〇一五年六月三日　南西諸島沖

空に浮かぶ雲はほんのわずかだった。綿をちぎり飛ばしたような純白の雲が、眼下に二、三個浮いているだけだった。

眩い太陽光を浴びながら、航空自衛隊南西航空方面隊第九航空団第三〇二飛行隊所属の木暮雄一郎一等空尉は、愛機F－2とともに調査空域へと急いでいた。

空模様とは裏腹に、木暮の胸中はどしゃぶりだった。どしゃぶりというよりも、水中で溺死寸前といったほうがふさわしいかもしれない。

急性白血病で入院中の一人娘の京香は、いよいよ余命一カ月と診断された。もちろんそのことは京香には知らせていないが、頭の良い京香のことだから、接する医者や両親の様子からうすうす自分の命が絶えつつあることを感じ取っているだろう。精神的にも体力的にも一番つらいのが京香自身のはずだが、それでいてなお「任務頑張ってね」と、かぼそい声で父親を気づかう。その姿を見ているのもつらかった。

妻の千秋は涙にくれる毎日で自然に口数が少なくなっており、うつ病の兆候もある。これも木暮の新たな悩みのたねだった。

しかし、空白の隊員たるもの、私生活や個人的感情を職場に持ち込むことなど絶対にできないと、重ねて木暮は自分に言い聞かせていた。

そして、親友であり最高のライバルでもあった谷村英人をも失った。木暮にとってはつらいだけの日々だったが、それを任務に打ち込むことで忘れようと開き直るつもりである。

自分の甘さが親友を死に追いやったという、悔やんでも悔やみきれない気持ちもあった。その償いのためにも戦争での犠牲者を最小限に抑えようと、木暮は自身に誓っていた。

「一見、なにもないように見えるが」

木暮は肉眼とレーダーで周囲を観察した。青い空、青い海、特に変わったものは見えない。レーダーにも不審な反応はない。

F－2は世界ではじめてアクティブ・フェーズド・アレイ・レーダーを搭載した機である。

アクティブ・フェーズド・アレイ・レーダーとは、アクティブな送受信モジュールで構成されたフェーズド・アレイ・アンテナを有するレーダーのことであり、フェーズド・アレイ・アンテナとは、従来のメカニカル・アンテナと違って物理的に目標方向にアンテナを指向させることなしに、位相制御によって電波の放射方向を変えることができるものである。

すなわち、アクティブ・フェーズド・アレイ・レーダーは、従来のレーダーに比べて、より早く、同時に多目標の発見、追尾が可能になるのである。信頼性や精度、索敵範囲なども従来とは比べるまでもない。

「だが……」

一見、なんの変哲もないように見える光景の中に、とてつもないなにかが潜んでいる。そのために自分は派遣されたのだと、木暮は再度自分に言い聞かせた。漁船、巡視船、護衛艦、哨戒艇、それらがことごとく消失する南西諸島沖の海域は、いつしかジャパニーズ・バミューダ・トライアングルと呼ばれるようになっていた。

空自もようやくこの海域に足を踏み入れたわけだが、これは海自側から自制してほしい旨の要請があったためだった。

陸海空三自衛隊は最高指揮官に首相を仰ぐ一元管理された組織のはずだったが、やはり陸、海、空、それぞれの組織間に少なからぬライバル意識があるのもまた事実だった。このジャパニーズ・バミューダ・トライアングルで一個護衛隊を失った海自が、メンツにかけても真相究明をはかろうとするのも当然であろう。

だが、現実は想像以上に難解で困難なものだった。捜索に出たＰ－３Ｃ哨戒機が第七四護衛隊の後を追うように姿を消し、また昨日一個潜水隊までをも失ったことで、ついに海自は空自に頭を下げることになったのだ。

その結果として、沖縄の嘉手納を本拠地とする第九航空団第三〇二飛行隊の木暮に白羽の矢が立ったというわけだ。もちろん偵察が主任務であるため、木暮単独の任務ではない。

偵察ポッドを懸吊《けんちょう》した茨城百里基地に駐屯する偵察飛行隊の第五〇一飛行隊所属のF－2一機の護衛が、木暮の役割である。

その偵察タイプにアレンジされたF－2＝C型と呼ばれる＝から連絡が入った。

「こちらシャドウ。トルネード、応答願う」

「こちらトルネード。感度良好。音声クリア。どうぞ」

「そろそろ危険空域だ。護衛しっかり頼むぜ」

「了解」

木暮はいっさい無駄な言葉を吐かずに応じた。

「しかし、なんだと思う？　中国かアメリカか、はたまた第三国かわからんが、敵の攻撃だとしても海自がそんなに簡単にやられるとは思えんが。新兵器か、それとも例の隕石の影響か……」

「それを調べるのが我々の任務だ」

「ちっ」

コール・サイン・シャドウを持つF－2Cのパイロット高橋明俊《あきとし》一尉が、「つまらん奴だ」とばかりに舌打ちするのが聞こえた。

普段は、感情を内に秘めてあらゆる場面で沈着冷静に振る舞う木暮の性格は、第三〇二飛行隊では誰もが知ることだが、その評判も偵察飛行隊までは届いていなかったようだ。

「思わぬ敵が出現したとしても、俺は全力でお前を守る。それだけは信頼してくれ」

「了解。かなりの腕利きとは聞いている。頼むぜ」

そこで通信は切れた。

この海域でいったいなにが起きているのか。自分たちの知らない自然現象か、あるいはアメリカかどこかの新兵器実験でも行なわれているのか。

二機のF－2は、高々度から次第に高度を下げ始めた。まずは低空で海面一帯を探ろうというのだ。

不可解な現象、不明な事象となれば、まずは潜水艦の仕業が疑われる。それが一番つじつまが合うからだ。隠密性が身上の潜水艦なら、こちらの哨戒網や監視の目をすり抜けている可能性もある。また、自然現象なら、新たな海底火山の噴火やそれに伴う潮流の変化、局所的な渦の発生といったことも考えられる。今のところ気温、風速、風向などに変化はない。念のために設置されたガイガー・カウンターにも目立った動きは見られなかった。

眼下を漂っていた雲が近づく。レシプロ戦闘機の時代だったら、戦術的価値が高かったものだ。雲を突き抜けての奇襲攻撃や雲中に飛び込んで敵の目を逃れる防御策など、レーダーや赤外線探知などの科学技術が未発達な時代は、自然を味方につけられるかどうかも勝負の重要な分かれめだったのだ。

真っ白な雲に機首が突っ込む。またたく間にコクピットも白い霧に覆われる。綿の塊りのような雲も、空に浮かんでいるのを見ると手でつかめそうに思えるが、中に入ってしまえばただの濃霧である。

しかし、それも一瞬のことだ。すぐ蒼空に突き抜ける……はずだったが。

「空が、割れている!」

そういった表現がまさにぴったりだった。

たしかに蒼空は蒼空だ。だが、純白の雲を突き抜けた正面だけは違った。信じられないことに、青い空の一部分に亀裂が入って赤い内部が覗いているのである。木暮は偶然にも、JALの機長が残した言葉とまったく同じセリフを口走っていた。

「トルネード。見えるか。なんだ、あれは。磁気が著《いちじる》しく変化している。風速は上昇。気温は……」

明らかに切迫した高橋の声だった。戦闘機然とした木暮のF-2タイプDと異なり、偵察タイプのC型であればより広く精度のある情報が入手可能だ。状況の変化が手に取るように伝わってくるのかもしれない。

「回避だ。反転するぞ。シャドウ」

「駄目だ。トルネード。操縦桿……ない。……反応……まったく」

「シャドウ。どうした？　シャドウ！　くそっ」

雑音で僚機との通信も困難になった。

「シャドウ。回避だ。回避！」

伝わるかどうかはともかく、とにかく呼びかけ続けるしかない。僚機を気にかけつつ木暮は回避行動に移った。ラダー・ペダルを踏み込み、操縦桿をひねる。ところが、普段は優れた反応性を示すF－2が、どうしたことか動きが鈍《にぶ》い。わずかに機首が振れるだけで、まるで空の亀裂に吸い寄せられるようにF－2は進んでいく。

「馬鹿な！」

高橋のF－2は、気流に流される風船のように赤い亀裂に吸い込まれていった。

「だったら、これで」

木暮はサイド・スティックの操縦桿を目一杯引きつけようとした。吸い寄せられる力があるのなら、その力を利用して急上昇に転じて逃れようとしたのだ。

だが、動かない。操縦桿は信じられないくらい重くなり、渾身の力を込めてもびくともしない。

「なんなんだ、これは。異次元？　まさかな」

赤い亀裂が近づいてくる。衝撃や痛みはなかった。コクピット内の液晶ディスプレイはブラック・アウトし、アナログ計器も完全に止まっている。いつのまにかエンジンも停止していたが、不思議と墜落する気配はなかった。

木暮と高橋のF－2二機は、静かに空の亀裂に飲み込まれていく。いつしか意識は遠のき、木暮は暗転する世界に放り込まれていた。

二〇一五年六月一〇日　東京

「見つかった⁉」

内閣調査室長桑野克彦の報告に、日本国首相藤沢啓蔵は思わず立ちあがった。

ジャパニーズ・バミューダ・トライアングルと名づけた南西諸島沖の海域の謎を解くきっかけを、ついに見つけたのだ。

民間の漁船から海自の護衛艦や哨戒機、潜水艦、空自の戦闘機にいたるまで、忽然と消失したという以外、有力な手がかりはおろか些細な情報すら入手できていなかった日本政府、防衛省・自衛隊が、ようやくつかんだ蜘蛛《くも》の糸だった。

「見つかったのは、一週間前から行方不明になっていた空自のパイロットです。発見場所は硫黄島です」

「硫黄島？」

藤沢は首を傾《かし》げた。

防衛官僚の出身でもなく防衛族の代議士でもない藤沢だったが、硫黄島の存在ぐらいは常識としてわきまえていた。東京から南に一〇〇〇キロメートル以上離れた孤島であり、かつての太平洋戦争の激戦地だったはずだ。

「硫黄島といえば、消えた場所からは一〇〇キロや二〇〇キロではきかんだろう。そんな遠いところに、なぜ」

「わかりません。目下調査中です」

桑野はひと呼吸置いて続けた。

「とにかく事実を早く首相に知らせようとの第一報ですので」

「わかった。遅いなどと怒鳴るつもりはない。ほかの奴ならいざしらず、君のことは信頼しているからな」

「恐れいります」

やや控えめに話していた桑野だったが、藤沢のひと言に安心して頭を下げた。

「ところで、首相。妙なことが」

「なんだ。硫黄島に流れついたという以外に、なにかわかったことでもあるのか。アメリカの仕業かなにか知らんが、日本は断じて許さないという態度を示さねばならん。遺憾の意などとお茶を濁さずにな。明確な主張が民自連のモットーなのだ」

「いえ、首相。流れついたわけでは……」

「そうだったな」

藤沢は頭をかいた。知らず知らずのうちに漂流したと思い込んでいたのだ。

「それでですが、首相」

桑野は神妙な顔つきで続けた。

「硫黄島の砂浜に不時着したパイロットなのですが……。別な時代を見てきたとか、時間を超えたとか、そんなことを言っているらしいのです」

「時空超越だと？　四次元空間だとでもいうのか。馬鹿な。精神状態に問題があるんじゃないのか」

「いえ。詳細な健康状態の調査はこれから行ないますが、少なくとも言葉ははっきりしていて外見上はなんら問題ありません。それにです。その話によると、あの空の亀裂は一九四四年以前につながっていると」

「一九四四年？　太平洋戦争中だぞ。君もそんな与太話を……」

藤沢と桑野は、互いを見つめあったまましばし押し黙った。

「失礼します」

そのとき、執務室の扉をノックする音が聞こえ、防衛大臣の緑川悟《さとる》が顔を出した。

緑川は通算四人めとなる防大卒の防衛大臣である。身長こそ一七〇センチそこそこだが、年齢を感じさせない甘いマスクと紳士的態度が国民の評判だった。

空自での勤務経験も一〇年以上あり、当然制服組とのつながりも強い。よって、狭い意味ではシビリアン・コントロール＝文民統制＝に反する人事といえるかもしれない。

だが、現役の自衛官ではないこと、また従来の自衛隊、防大から連想されるような体育会系イメージとはまったく異なる緑川の人柄が、そういった批判を封じ込めていた。

「首相。空自の無人偵察機が例の亀裂に。あ……」

緑川は桑野の存在に気づいて、セリフを止めた。

「席を外してくれないか」という視線を桑野にぶつける。

「かまわんよ。防衛大臣」

藤沢はかぶりを振って言った。

「調査室長は、実は俺の大学の後輩でな。俺が駆け出しのころからよくサポートしてくれた。俺に続いて（政界に）来いと言ったんだが、どういうわけか途中で警察庁に進んでしまってな。だが、連絡は取りあっていた。俺が首相の椅子に座って、（内閣）調査室長を誰に任命しようかと考えたとき、まっさきに浮かんだのがこの男だ。警察庁出身というのも考えてみればうってつけでな。大丈夫、信頼できる男だ」

「わかりました。首相がそうおっしゃるのならば」

緑川は数枚の写真を藤沢に差し出した。

藤沢、緑川、そして桑野は、顔を見あわせて大きくうなずいた。

今、七〇年あまりの時を超えて二つの世界が結ばれた。空に開いた次元の門――ディメンジョン・ゲイトは、いったい自分たちになにをもたらすのか。自分たちはなにをなすべきなのか。

途方にくれそうな難題だったが、藤沢は必死に答えという出口に向かって歩きだそうとしていた。

国益の追求という自分に課せられた使命を背負って、国が危機を迎えている今、これまでの方針を大胆に覆《くつがえ》す行動も必要なのかもしれないと、藤沢は思い始めていた。

第三章　オペレーション・タイムセイバー

二〇一五年六月一三日　那覇

病室の扉を開ける音に、航空自衛隊南西航空方面隊第九航空団第三〇二飛行隊所属の木暮雄一郎一等空尉は、静かに目を開いた。

「お帰りなさい、一尉」

手にした花束の向こうから顔を出したのは、士官候補生の沼田一平と川原太一だった。

「お前たち」

木暮は久しぶりに和《やわ》らいだ笑みを見せた。重病の娘、親友の死、そしてタイム・スリップと精神的疲労ははかり知れないほどのものだったが、その木暮が見せた自然な笑顔であった。

「訓練はいいのか」

「訓練……」

沼田と川原は気まずい顔を見せ、次いで笑ってごまかした。

「一尉がいきなりそうくるとは、つらいなあ」

「あ、いや。すまなかったな。余計なことを言うつもりはなかったんだが、ふと気になったものでな。とにかく来てもらって嬉しいよ。素直にな」

「いや、一尉。正直言うと……」

「おい、よせ」

口を塞《ふさ》ごうとする川原の手を振り払って、沼田は言った。

「前から思っていたんですが、川原の奴、やっぱり高所恐怖症の気《け》がありましてね」

「うるさい、沼田。閉所恐怖症の潜水艦乗りだっているんだ。おかしくはないぞ。そもそも飛ぶだけ飛んで地面に戻れないお前に言われたくないな」

「なにい！」

「おいおい。やめろ二人とも」

木暮はいきりたつ二人をなだめた。

「そういったことを克服して、いいパイロットになるんだ。逆に言えば、短所がはっきりしているだけ修正もしやすい。なによりまだお前たちは若い。可能性の塊《かたま》りだ。悲観的に考えることなんてないさ」

「本当ですか。谷村一尉も、あ……。すみません。思いださせてしまって」

沼田の言葉に視線を伏せた木暮を、川原が取り繕《つくろ》う。

「ところで一尉。お身体の具合は大丈夫なんですか。詳しい話は聞いておりませんが、一週間も行方不明だったって」

「大丈夫。俺は健康体だ。単なる検査入院だからな。暇《ひま》でたまらんよ」

木暮は大げさにベッドに倒れ込んで見せた。わざと力を入れて二、三回弾んでみせる。

(しかしな)

木暮は白い天井を見あげて、記憶を辿《たど》った。

記録映像でも見ているようだった。高層建築物や車のほとんどない古い町並み――しかし、そこは紛《まぎ》れもない沖縄だった。沖縄本島の嘉手納に常駐して毎日のように上空を飛んできた木暮にしてみれば、入り組んだ湾や山の形を見ればそこが沖縄だと見分けるのは造作《ぞうさ》もないことだった。見誤るはずがない。なのに、沖縄であって沖縄でないのだ。疑問を抱きながら飛行する木暮をさらに驚かせたのは、低空を飛行するレシプロ機群と砲を主兵装とする旧式の巡洋艦や駆逐艦だった。さらには、アングルド・デッキのない小型の空母までもがいる。

木暮は必死に自分の気持ちを落ち着かせて、次になにを為《な》すべきか考えた。見たところ旧海軍の存在は間違いない。戦時中、あるいは大戦前か。それを調べられるとすれば……。

ただ、降りようにも降りる場所がない。レシプロ機に比べるとはるかに高性能化した現代の航空機は、扱い方にもナーバスになる。

未舗装の凹凸路に着陸でもしようものなら、一発でいかれてしまうに違いない。また、そもそも滑走路の距離も足りないだろう。これならば海面に不時着水したほうが安全かもしれない。それとも、機を捨てて脱出するか。いや……。

木暮は考えた末に、硫黄島へ向かうことにした。

硫黄島にアメリカ軍の姿を確認できるかどうかで、大戦末期かどうかがわかるはずだ。今ここで機を捨ててしまうよりは、機上から確かめておこうと決めた。本当なら、グアムやサイパンかフィリピンへ向かいたいところだが、航続距離が足りない。硫黄島がせいぜいだ。

もっとも、そういった確認や仮説も、自分が知っている歴史の一部ならば、という前提の下《もと》でなのだが。

木暮は硫黄島が日本軍の支配下にあることを確認して、再び空の亀裂に飛び込んだ。

その結果として、今の自分がある。

木暮は冷静に状況を整理した。

あの巨大隕石に、空の亀裂だ。常識では考えられないことが起きている。自分が束の間見た世界は、自分たちのまったく知らない世界である可能性もなくはないが、そこはあまりに自分が知っている過去に酷似したものだった。やはり自分は過去に飛ばされ、再び現代に戻ってきたと考えるのが妥当だ。

同じ空域にあったわけではないが、最後にあの空の亀裂に飛び込んだことで、自分は現代に戻ってきた。あれは時空を超えて異なる時代をつないでいるのだ。

信じられないことだが、これが現実だ。

(待てよ)

木暮の脳裏に一瞬、電流が走った。過去から現代に戻ったということは、その逆も、つまりもう一度過去に行くこともできるということではないか。

もし、自分が過去でなんらかの行為を残したとしたらどうなる？　それは連鎖的にあらゆる人々や物の動きに影響して、現代も未来も変わるのではないか！

木暮はここにはっきりとした希望を見いだした。

国がどうの、世界がどうのという大それた考えではない。娘を救えるかもしれない。不幸な運命を背負わされた一人娘の京香を死の病床から救い出せるかもしれない。

そういった純粋な気持ちに、木暮の胸中は急激に高ぶっていった。たとえその可能性が一パーセントでもあるならば、自分の命を犠牲にしてでもそこに賭けてみようじゃないか。

確率の問題ではない。可能性があるのなら、なんでもやってみる。危険性や難易度などの問題でもない。かすかな光でも、つかもうとする糸がたとえ蜘蛛《くも》の糸でも、自分はそれをつかむためにあらゆることをしてみる。たとえこの身が果てようとも。

木暮の腹は固まった。全世界七〇億の人の中で、木暮はこのときまっさきに歴史改変を決意したのだった。

同日　東京・首相官邸

　安全保障会議は、内閣総理大臣、外務大臣、財務大臣、内閣官房長官、国家公安委員会委員長、防衛大臣、経済財政政策担当大臣で構成される。

　この仕組みができあがって以来、最大にして最難といえるアクシデントが今、日本を襲っていた。参集した面々は緊張した面持ちで、投影される画像に見入っていた。

「これは例の空の亀裂に突入させた無人機が送ってよこした画像です。技本《ぎほん》（防衛省技術研究本部）と我が空自とで開発した無人機のスカイキーパーは、最大七二時間の滞空時間と亜音速飛行が可能な……」

「前置きはいい」

　煩《わずら》わしいとばかりに、官房長官及川正春がかぶりを振って叫んだ。

　説明役を務める航空自衛隊幕僚監部の若手士官に小さくうなずき、防衛大臣緑川悟は続きを促《うなが》した。

「百聞は一見にしかずです。では、これを」

若手士官がリモコンのボタンを押すと、画像が切り替わった。真っ青な海から、原生林と思われる目の覚めるような濃緑色をたたえた木々が映る。次いで、土煙をあげて離着陸するレシプロ機だ。見たところ、管制塔や格納庫らしきものは見あたらない。

「なんだ、この草飛行場は。どこのものかね。あらかた成金の中小企業のものかなにかか」

及川の言葉に、緑川が微笑して指を鳴らした。

「拡大してお見せしろ」

画像が徐々にスケール・アップされていく。発着する機体の形が明らかになり、詳細が見えてくる。解像度は良好だ。

主翼に描かれているマークは……日の丸だった。しかもよく見ると、駐機してある四、五機も同じである。

「おい。クラシック飛行機の展示会なんか見てどうする。遊んでいる場合ではないんだぞ」

「いえ。官房長官。遊んでいるわけではありません」

緑川は首相藤沢啓蔵を一瞥《いちべつ》して言った。涼しい顔をして続ける。

「皆さん。これはフィリピンです。正真正銘のフィリピン・ルソン島です」

議場がどよめいた。

「なにを言っている」という呆れたような声や、「気でも狂ったのか」とさげすむ眼差しもある。また、事態を飲み込めずにぽかんと口を開けている者もいた。

緑川はすました顔で、若手士官に促した。画像が次々と切り替わる。人の服装、街並み、すべてがタイム・スリップしたかのようだ。

「私たち空自が調査した結果を総合的に判断いたしますと、これは大戦時、さらに詳しくはマリアナ沖海戦直後のフィリピンだとの結論に達しました」

「馬鹿を言っちゃいかん！」

「そうだ。そんなことあるわけが……」

「タイム・スリップを起こす理由はいくつか考えられます」

「ああ、わかっているとも。光より速く飛ぶとか、無限長の棒を回してどうとかいうのだろう？　そんなことはどうでもいい。事実を言ってくれ」

立ちあがった緑川に、及川はいきりたって言葉を浴びせかけた。渋面で緑川を睨《にら》みつける。

「防衛大臣。もっと具体的に説明してくれないか」

「我々にもわかるようにだ」

「そうだ！」

「与太話もほどほどにせんか」

「そうだ！」

「静粛に！」

その場を鎮《しず》めたのは藤沢だった。

「諸君。これは事実だ。信じ難いことだが、紛れもない事実だ。あの空の亀裂の向こうは七〇年前の世界なのだ。このフィリピンに限らず、呉や広島の調査結果もあったろう？」

藤沢の視線を受けて、再び緑川が若手士官を促した。

赤レンガの建物、軍港、すべて表札が違う。海軍兵学校、あるいは海軍工廠といった文字が見える。

「海自や陸自の資料とも照合させたが、一つ残らず食い違いはない。事実だ」

勢い込んで立ちあがっていた及川は、へたり込むように椅子に倒れかかった。夢だ幻だとつぶやいて、視線が宙をさまよう。

「諸君。この空の亀裂はディメンジョン・ゲイト、いわゆる次元の門だ。今後、予想だにしないことがさらに起きる可能性もある。慎重でありつつも厳然たる対応が必要だ」

藤沢の言葉には、力がこもっていた。確かな主張の民自連の代表にふさわしい口調だった。

「手を出さなければいい。触れなければいい。そうお考えの方も多いでしょう」

緑川が一同を見回した。鷹揚《おうよう》にうなずく者が何人もいる。

緑川は平然と続けた。

「ですが、事はそう単純にはまいりません。問題はこのゲイトが双方向に通行可能な点です」

「つまり、こちらから行かずともあちらから出てくることもあると」

「向こうの世界からも、こちらを見れるということか」

「そうです」

「その、なんだ。ゲイトか。それは封鎖できんのか」

「もちろん周辺の空域と海域は、空自と海自が責任をもって厳重に封鎖します。しかしながら、我々の技術ではあのゲイトそのものを閉じることは不可能です。成り立ちがわからない以上、たとえ核ミサイルを投入したとしても、破壊あるいは閉じる保証はまったくありません」

緑川の答えに、及川はうなだれた。

「首相はどうするおつもりなのですか。首相のお考えをお聞かせください」

「俺か」

外務大臣らの視線を受けて、藤沢は口をへの字に曲げた。確固たる主張、強力なリーダー・シップといったカラーに染まった藤沢だったが、さすがにこの重大事だ。即決が難しいことはもちろん、軽はずみな発言も慎《つつし》まねばならない。

「これは、ちょっとやそっとのレベルの問題ではない。そうだろう？　我々の前には過去へのレールがある。それを辿ることでなにができるか。そうだ。どうなるかではない。これはもう我々がどうすべきかという問題だ。もちろん俺なりの考えはあるが、もう少し時間をくれないか。それなりの裏づけも欲しいのでな」

藤沢は生涯はじめての迷いを経験していた。踏み出そうとする方向は見えているつもりだったが、日本という国を背負う責任と、もたらすであろう結果の重大性と危険性とが藤沢を鈍《にぶ》らせていた。

ディメンジョン・ゲイトの出現とタイム・スリップという現象は、タカ派中のタカ派である藤沢をも躊躇《ちゅうちょ》させる重圧だったのだ。

二〇一五年六月一五日　那覇

ディメンジョン・ゲイト＝次元の門＝に関する安全保障会議が開かれた二日後、木暮雄一郎一等空尉は南西航空方面隊の司令部が置かれている那覇に足を運んでいた。査問委員会への出頭命令のためである。

南西航空方面隊の幕僚はもとより防衛省幹部や政府関係者の出席は、この査問委員会の高い注目度を示していたが、木暮は防衛大臣緑川悟の姿を目にしても臆することなく振る舞った。

「では繰り返します。空の亀裂、これは今後ディメンジョン・ゲイトと呼ぶことにします……それに突入後、一尉は変わらず飛行を続けていた。気がつくと僚機のシャドウはいなかった。一尉が確認のために高度を落とすと、そこが沖縄近海であることがわかった。ただ、その沖縄には旧日本海軍のものと思われる艦艇や航空機が散見され、自分の知る沖縄でないことがわかった。戦時中ではないかと疑問を抱いた一尉は、硫黄島に飛んだ。そして駐留する旧日本軍を確認した。再びゲイトを発見した一尉はそこに飛び込み、現代に戻った後、硫黄島付近に不時着したと……以上で間違いないかね？」

　査問官の言葉に、木暮はうなずいた。

「間違いありません。ただ、ゲイトに飛び込んだという表現はふさわしくありません。二回目はたしかにそうですが、はじめてゲイトに近づいたときは、シャドウと自分は引き込まれるようにして中に入ったのであります」

「すなわち、近づくだけでもあのゲイトは危険だと。一尉はその認識に至らずに、故意にゲイトに近づいた」

「異議あり」

　第三〇二飛行隊長里中勝利二等空佐が、挙手して立ちあがった。

　木暮から見て直接の上司にあたる人物だ。中肉中背で顎のとがった角ばった顔をしている。強烈なのはファースト・ネームの勝利だ。ボクシング好きの父親が勢いでつけたらしいが、本人は「殴られて角がとれなくてよかったよ」と顎をなでながら笑い飛ばしている。こういったゆとりや余裕が本人のモットーらしい。

「この査問委員会は、事件の解明と対策が目的であり責任追及の場ではないと、冒頭にあったはずです。査問官の今の質問は、趣旨に反すると考えます。また、一尉はゲイトの探査を任務として与えられており、個人の意思が介在する余地はなかったと思います」

里中の擁護に、木暮は視線を振り向けて謝意を表した。

査問官は平然としたまま続ける。

「二佐の意見を聞く場ではありませんが、まあよしとしましょう。では質問を変えますが、一尉の帰還によってゲイトは双方向に通行可能であることが示唆《しさ》されました。無人機もすでに往復に成功しています。ただ、いまだ未解明の部分や潜在的リスクが残っているのも事実です。したがって、現在は無人機での任務のみが継続中です。そこでですが、一尉」

査問官の目つきが変わった。これまでの無表情な眼差しから、容疑者を追いつめる検事のような厳しい眼差しになる。

「有人飛行での探索が許可されたとして、一尉はその任務に臨《のぞ》めますか」

「もちろんです」

木暮ははっきりと即答した。

「よろしい。あのゲイトに関しては防衛省、政府内にも多種多様な意見があります。いっさい触れないようにすべきだという意見があるのも事実です。そんな中、リスクを勘案して探索という任務に意義を感じますか」

「はい。もちろんです。そのような任務がある場合、自分は志願します。なぜなら……」

「木暮一尉」

待ったをかけようとした里中を、査問官は軽く手をかざして退《しりぞ》けた。木暮に続けさせる。

「発言を認めましょう。一尉。なにか」

「はい」

木暮の顔が紅潮した。胸の内に秘めていたものを口にするときが来た。自分はもう誰にも止められない。木暮は不退転の決意で言った。

「あのゲイトの向こうは大戦時です。日本はアメリカと戦っています。その結果が今につながっているのでしょう。もしなんらかの影響でそれを変えることができれば、核戦争の余波もなくなるのではないかと自分は考えております」

「君は積極的に過去に介入しろというのか！　それがどういう結果をもたらすのか考えても……」

防衛事務次官が立ちあがった。文民＝官僚＝の立場から、リスクには過剰なまでの反応を示し、あたらず触らずという典型的な人物だった。

「過去が変われば、今が変わる。この危機的な状況を変えられるなら、その可能性に賭けてみるのです！」

木暮はひと息で言いきった。もちろん木暮自身としては、日本を救う、世界を変える、といった大それた考えはなかった。急性白血病で余命いくらもない娘を救いたい、平穏な日々を取り戻したい、そういった自然な欲求から辿りついた答えだった。

「ですから……」

「発言はそれまで」

「査問官。ちょっと」

木暮の発言を遮《さえぎ》ろうとした査問官を止めたのは、防衛大臣緑川悟だった。

「一尉の考えは、それはそれでいい。首相からも忌憚《きたん》なき意見を聞いてほしいと言われている」

緑川は査問官を制しつつ、木暮に顔を向けた。平然とした顔で言葉を並べる。

「一尉。向こうの世界はマリアナ沖海戦直後の世界だよ。一九四四年夏、絶対国防圏の一画を破られて日本の敗勢が濃くなってきた時期だ」

「ならば、なおさらです。まだ間に合う」

木暮は戦史に明るかった。自分を取り巻く今の状況＝自衛隊の発足、発展。アメリカ製の装備品。戦略的にもアメリカ軍の一翼を担わされていた時期もあった＝はすべて大戦の結果からきている。航空機の発展も大戦抜きには語れないと木暮は考えて、資料を読みあさっていたのだ。

「一〇月になれば、アメリカはフィリピンに押し寄せます。そのフィリピン奪回を阻止すれば、日本はまだ戦えたはずです。我々が加わればレイテ決戦の勝利による有利な条件での講和、いや、戦争そのものの勝利も夢ではないはずです！」

木暮の発言に、その場は大きくどよめいた。

査問委員会は、その後さしたる進展もなく閉会となった。木暮が主張した内容の是非はもちろん、一介のパイロットの主張がそこで大きく取りあげられるわけもなく結論らしい結論は出なかった。

ただ、防衛大臣緑川悟だけは、木暮の主張を心に刻んで笑みを浮かべて帰京していったのであった。

二〇一五年六月一六日　東京・首相官邸

ディメンジョン・ゲイトへの対処をめぐって、防衛省や日本政府には様々な波紋が広がっていた。迎撃態勢を布《し》いた上で厳重に封鎖すべきだという消極論もあれば、それを国益に有効利用すべきだという積極論もあった。そして、国益に利用すべきといっても、その手段、方法、目的には天文学的な選択肢があるのもまた事実である。

戦争への加担、資源の獲得と移送、技術や情報の供与、またそれらを日本単独で行なうかパートナーとなるべき国家を選んで協同で実行するべきかと、賛成、反対、それぞれの意見が各々の利害関係から複雑に絡みあっていた。

進むべきか、とどまるべきか、拙速《せっそく》か巧遅《こうち》か。

決断を下すのは、やはり首相藤沢啓蔵にかかっていた。

「そうか。例のパイロットもそんなことを言っていたか」

防衛大臣緑川悟の報告に、藤沢は湯呑みの茶をひと口すすった。

静岡産高級茶葉の上品な香りが、ゆっくりと身体にしみ入ってくる。ここのところ品種改良を重ねた外国産緑茶も馬鹿にできない品質を見せているが、やはり国内産の一流品にはまだ遠く及ばない。身体の疲れを癒《いや》す柔らかなこの香りは、そうそう真似できないと感じる藤沢だった。

「自衛隊内では打って出るべきだという意見が主流になってきています。もちろんシビリアン・コントロールがある以上、制服組が戦略方針に口を出すことはありませんが、いざそうなった場合、陸海空三自衛隊はスムーズに対応できるよう準備を進めさせております。現場の混乱や末端からの不安不満が出ないよう、隊内は引き締めておかねばなりません。米中戦争の緊張下にあったため態勢が整っていたのは幸いでした」

「打って出るべき、か」

藤沢は微笑した。

制服組の「打って出るべき」ということは、言うまでもなく過去への出撃だ。旧日本陸海軍に加勢して、太平洋戦争の敗戦を覆《くつがえ》すことだ。

自衛隊にいる者なら、誰しもが敗戦の陰影《かげ》を感じるものである。組織、行動、装備、あらゆるものに対する制約は、アメリカの厳しい監視の目と戦後に定められた憲法に縛られた故《ゆえ》のことなのだ。

もちろん平和憲法の理念そのものを否定するわけではない。民主化によって、国全体が良い方向に向かって繁栄したのも事実だ。

しかし国防という一点に限れば、日本は長い間アメリカにひざまずいたままである。

戦闘機自主開発に対する横槍、飛行空域の占拠、さらには対テロ戦争で自分が苦しくなると、支援だ援助だと、人、物、金、を露骨に要求してきた。自分たちが陸海軍を解体して骨抜きにしておきながら、他国との戦争が自分の手に余ってくると、こうだ。

もうアメリカに振り回されるのはご免だ。それを変えるチャンスがあるのならばと、奮い立つ者が多いのも当然であった。

「今のところ、アメリカをはじめとして他国に情報が漏れた形跡はありません。また、類似した活動の形跡はどの国にも見られません。ディメンジョン・ゲイトは我が国のみが手にしているキーのようです」

内閣調査室長桑野克彦が言った。

執務室には藤沢、緑川、そして桑野の三人だけだ。この執務室は官邸内でも特に厳重な盗聴対策が施《ほどこ》されている。電話は言うに及ばず、窓もなく、端末も二重三重のファイア・ウォールに守られている。情報セキュリティは万全だった。

「戦争は、しない、させない。それが我が国の基本方針であり、俺もそれを踏襲することに変わりはない」

緑川と桑野は、藤沢を見つめたまま静かに耳を傾けた。

「それは、現在においても過去についても同様だ。我が国は戦争に加担しない。俺は自衛隊の容認には賛成してきたし、また予算や装備の拡大も認めてきた」

ゆっくりとうなずく緑川に視線をぶつけて、藤沢は続けた。

「だがな。それは戦争をするためではない。戦争を回避するために必要な措置と考えたからだ。言葉だけの中立なんてものは、有事において敵に蹂躙《じゅうりん》されるだけだ。それは歴史が証明している。それなりの抑止力は必要不可欠だ」

藤沢はひと息吐いた。自身の考えを整理するように、しばし目を閉じて水をひと飲みした。

「過去へ行ってすべてを変えよう、といった選択肢もたしかにある。個人的には支持したい気もするが、感情で動くわけにはいかんのでな。あのディメンジョン・ゲイトには謎が多すぎる。俺が決断を誤れば、多くの若者の命を無駄にしてしまうかもしれない。命じるのは簡単だ。だが、そこでとどまるのも勇気であることを、俺は首相になって学んだ」

「心中お察しいたします」

緑川と桑野が小さく頭を下げた。

「しかしな。進むべきときは進まねばならんだろう。だが、その責を今の内閣や安全保障会議が負うのは無理だ。事なかれ主義や政官財の癒着といった我が国の根底に巣くう悪を打破すべく俺は民事連を立ちあげたのだが、今の奴らはやっぱり駄目だな。及川をはじめとして、たしかに自分のテリトリーには確固としたヴィジョンを持った奴らではあるが、危機対応能力がこれほどお粗末だとは思わなかった。まあ、俺も一期めは連中なしにはこの椅子に座れなかっただろうからな。平時と戦時との適性の違いもあるかもしれない。必要以上に個人を責めてもしかたないが……。とにかく次の内閣改造では、今の状況に対応できる骨のある奴を選ばんといかん。おっと、話がだいぶ脱線したな」

藤沢は鼻を鳴らした。

放射能に汚染された国土回復と、世界的全面戦争の危機回避——これ以上ない大きな政治課題である。それを根本的に解決する手段があるのならば……。だが、まだその段階ではない。まずはじめにやるべきことがある。

「防衛大臣。オペレーション・タイムセイバー発動だ」

「はっ」

緑川は踵《かかと》を揃えて敬礼した。

オペレーション・タイムセイバー＝時の救出者作戦＝とは、過去への自衛隊派遣に他ならない。

ただし、戦争加担ではない最低規模の派遣だ。海自なら一個護衛隊、陸自なら普通科連隊レベルがせいぜいである。なにしろ、過去へ送られた者たちが再び現代に戻れるという保障はないのだ。科学者たちが言うように、過去の変化がこの時代に思わぬ影響をもたらす可能性もある。個人個人や、日本という国そのものがなくなってしまう恐れもあるのだ。

戦争を回避しなければならないという一国の長としての決意と、危機的な国の状況を変えるためには、軍事的行動が必要であるという考えの矛盾――個人的には過去への積極的介入を主張したい藤沢だったが、公人として首相として、事を着実に運ぶ必要があった。焦《あせ》りは禁物なのだ。

「防衛大臣。当然このことはトップ・シークレットだぞ」

「わかっております」

小さな一歩とはいえ、ゴー・サインが出たことを緑川は好意的に受け取っていた。このことだけでも、今までの内閣や安全保障会議ではできなかったに違いない。リスクを顧《かえり》みずに猪突猛進することが正しいというわけではない。強大な権力があるからこそ、ここは慎重に事を運ぼうとする藤沢の立場を理解できない緑川ではなかった。

「目的はあくまで遭難者の捜索と救出だ。嘘でもなんでもない。これは本当のことだ。野党が追及してきたらそう弁明する。堂々とな。ただ……」

藤沢は真顔で続けた。

「事は重大だ。自分や仲間のみならず、一人ひとりの行動がとりかえしのつかない影響を及ぼす危険性があることを、出動する全員に徹底させる必要がある。守秘義務は言うまでもない」

「承知しました」

「頼んだぞ」

藤沢は鋭くうなずいて、緑川を送り出した。

とてつもないことが、これから始まる。世界中のどの国もどの人間も経験したことのない一歩を、自分たちは踏み出そうとしている。時間を股にかけた行動がもたらす未来とは、いったいどういうものなのか。

期待と疑問が入り混じった気持ちで、藤沢は明日を見ていた。どういう結果になったとしても、自分がその責を負うのだという覚悟とともに。

一九四四年八月二日　馬公《まこう》

ＤＤＧ（対空誘導弾搭載護衛艦）『あしがら』『はたかぜ』『しまかぜ』から成る第七四護衛隊は、台湾の馬公に錨《いかり》を下ろしていた。

とはいっても、作戦上の目的ではない。この世界に迷い込んでまもなく、旧日本海軍に発見されて連行されてきたのだ。すなわち、現況は軟禁状態といっていい。

「何度も言っただろう。俺たちは二〇一五年の人間なんだ」

「黙れ！」

クルーの一人が背中をつつかれるようにして、航海艦橋内に入ってきた。

『あしがら』は今、馬公警備隊に所属する海軍陸戦隊員の監視下にあった。第七四護衛隊司令速見元康海将補や『あしがら』艦長武田五郎一等海佐らの取り調べではらちがあかないとして、旧海軍は下士官から兵まで聴取の対象を広げている。

「まあ無理もないよな」

速見は武田に目配せをして、苦笑した。

「俺たちだって、ここが一九四四年だなんていまだに信じ難いんだからな」

「ですが、司令。状況が物語っています。彼らが言う内容は、我々の知る太平洋戦争当時の記録とぴたりと一致します。寸分の狂いもないといっていい。ここは一九四四年の日本領台湾です。そして日米の太平洋戦争の真っ只中です」

「違いはあるよ」

「は？」

速見の言葉に、武田は目をしばたたかせた。

「我々がいることだ」

納得して大きくうなずく武田に、速見は続けた。

「横須賀（自衛艦隊司令部）や市ヶ谷（防衛省）とも連絡がとれない以上、これからどうするかだが……力ずくであの海域に戻ればあるいは……」

「やりますか」

「まあ、待て。それは最後の手段だ。呉も横須賀も我々を見捨てることはあるまい。

なんらかの形で動いてくれているはずだ。今は手荒な手段は避けよう。最悪、我々の装備ならすぐにでも脱出できるはずだ」

「わかりました。司令の命令があるまで本艦は待機します」

「うむ」

「それでいい」とばかりに速見はうなずいた。

しばらく考えていてふと気づいたのだが、自分たちがここでなんらかの行動を起こした場合、歴史は変わるのではないか。自分たちがいることで、自分たちの知る歴史は違うものになってしまうのではないか。その場合、未来、すなわち自分たちの現代（二〇一五年）はどうなってしまうのだろうかという疑念が速見の脳裏に湧いて出た。

考えれば考えるほど、答えの出ない難題である。

一刻も早く戻るべきか。しかし、あまり大きな行動は起こせない。いや、そもそも戻ることができるかどうかも疑わしい。あの空の亀裂が今も存在するのかどうかもわからなかった。

速見の思考は、けたたましいサイレンの音に断ち切られた。

空襲であった。アメリカの空母機動部隊が出現したのだ。

「司令」

武田は速見に目を向けた。

本来ならイージス・システムを搭載した『あしがら』が敵の先制攻撃を許すはずがない。強力なレーダーで敵を早期発見してＳＡＭ（艦対空ミサイル）を送り込み、はるか彼方で敵を撃破しているはずだ。

だが、『あしがら』は今自由を奪われている。航海艦橋も戦闘の要《かなめ》となるＣＩＣ（戦闘情報管制センター）も、馬公警備隊の監視下に置かれて要員も離されているのだ。

「おい。一時的にでもいい。本艦を自由にしてくれないか」

「駄目だ。その隙《すき》に逃げようとするのは目に見えている」

「違う！」

速見は指揮官らしい中年男に食い下がった。階級章を見る限り下士官だ。叩き上げの現場監督という役回りがぴったりという風貌の男である。

そのうち、アメリカ軍機の轟々《ごうごう》としたエンジン音が迫ってきた。ジェットと違ってひたひたと忍び寄る音は、かえって気味が悪い。音質もびりびりとした低音で、威圧的な印象を与えてくる。

砲声が轟《とどろ》き始めた。防空部隊の高射砲が射撃を始めたのだ。しかし、それはあまりに貧弱だったと言わざるを得ない。そもそも開戦当初の破竹の勢いだったころに比べて、この時期の日本軍は兵の質、練度、物資、いずれも困窮し、満足な迎撃を行なえなかったはずだ。敵機がやすやすと近づいていることがそれを物語っている。

銃撃音と爆弾の炸裂音が二、三度続いたかと思うと、砲声はぱたりと止んだ。砲座そのものが破壊されたのか、砲兵がまとめて吹き飛ばされたのかはわからないが、申し訳程度の防空火器が沈黙を余儀なくされたのだろう。

「来るぞ！」

速見は外を見回して叫んだ。馬公に在泊している艦船は、今は第七四護衛隊の三隻だけだ。それをアメリカ軍が見逃すわけがない。

「おい！」

速見は警備隊の下士官に向かって再び叫んだ。下士官の表情は明らかに変わっている。敵と自軍とのあまりの戦力差に、呆然《ぼうぜん》としているのだ。

「おい！」

速見の声をかき消すように、至近弾の衝撃が『あしがら』を襲った。白濁した水柱が舷側をこすって突きあがり、航海艦橋に多量の飛沫《しぶき》を叩きつけてくる。前甲板に閃光が弾け、炎と黒煙が甲板を舐め始める。

「対空戦闘だ。艦長。第七四護衛隊の各艦に告ぐ。対空戦闘！」

「はっ。対空戦闘！」

速見と武田の命令に、やや間を置いて部下が動き始める。監視役の陸戦隊員の銃をどけ、所定の位置について準備にかかる。次々とスイッチ類がオンにされ、ディスプレイに光が戻った。機関のうなりが高まり、艦が微動する。

もはや陸戦隊員はそれらを見守るだけだ。リーダー格の下士官も、命令を出そうともせずになすがままという感じだ。この「敵襲」というアクシデントによって、第七四護衛隊は自由を取り戻したのである。

しかし、事態は容易ではなかった。いくら『あしがら』がイージス・システムを搭載しているといっても、敵機はもう『あしがら』に取りついているのだ。SAMの迎撃は間に合わない。

近接防御のCIWS（Close In Weapon System＝近接対空防御火器）が狂ったように火箭《かせん》を吐き出す。毎分三〇〇〇発の発射速度は、文字どおり目にも止まらぬものだ。

鞭《むち》のようにしなる赤い軌跡が、敵レシプロ機を捉える。見るからに頑丈そうな機体は、グラマンＦ６Ｆヘルキャットであった。無敵の強さで太平洋の奥深くに進出した日本海軍の零戦の前に敢然と立ちはだかって、アメリカ軍の防戦、反攻を支えた主力艦上戦闘機だ。先代のＦ４Ｆワイルドキャットに比べて、速度、上昇率、航続力、いずれもが向上した機である。

そのＦ６Ｆが角型の主翼をもぎ取られ、あえなく海面に墜落して果てる。

次にＣＩＷＳの洗礼を受けたのは、カーチスＳＢ２Ｃヘルダイバーだった。これも従来のＳＢＤドーントレス急降下爆撃機に代わって戦線に登場した機だが、操縦安定性に欠陥を抱えていて搭乗員には不評だったという。

そのヘルダイバーが爆弾槽を撃ち抜かれ、一瞬にして爆発四散する。眩《まばゆ》い閃光に続いて火球が膨れあがり、それが機体を包み込むなり大小多量の残骸が火の粉とともに弾け散る。

だが、『あしがら』が装備するＣＩＷＳはたったの二基だ。ＶＬＳ（Ｖｅｒｔｉｃａｌ　Ｌａｕｎｃｈｉｎｇ　Ｓｙｓｔｅｍ＝垂直発射機構）の扉が開いてＳＡＭも次々と撃ちあげられていくが、敵の数はそれらを上回るものだった。

再び被弾の衝撃が艦を襲う。

「後甲板に直撃弾！」

「右舷中央に直撃弾！　ヘリ格納庫損傷」

報告に、武田がただ黙ってうなずく。

日本は平和憲法の理念の下《もと》、長く戦争を回避してきた。それは自衛隊の存在を名実ともに認めた今も変わりはない。海自を含めて、自衛隊は抑止力としての己の存在を誇示してきたのである。

しかし、それは裏を返せば実戦経験がないという不安材料でもあった。いくら訓練を重ねていたとしても、「訓練」と「実戦」とは違う。有事の際にどこまで実力を発揮できるか。実戦経験のない自衛隊に問われる根本的課題であった。

だが、それにしても、予想もしなかった戦闘の推移に苛立《いらだ》ちがつのるばかりだった。自慢のイージス・システムが、その真価を発揮することなく敵の攻撃を受けるとは、なんたる無念、屈辱か。武田の無言のうなずきからは、そういった気持ちが感じられた。

（いったん懐《ふところ》に飛び込まれると、こうも脆《もろ》いものとはな）

速見も、その武田を横目に唇を噛んだ。

「消火急げ！」

「担架だ。担架！」

目まぐるしくクルーが艦内を行きかう。引きつった表情と激しい靴音が交錯し、時折り悲鳴と怒号があがる。国防の要として整備され、弾道ミサイル迎撃能力をはじめ海自の戦闘艦としては最優秀の性能を持つはずの『あしがら』が経験する皮肉な初陣だった。

戦闘は一五分ほどで終了した。

「『あしがら』『はたかぜ』『しまかぜ』の被害をまとめて報告してくれないか」

硝煙の臭いがこもる『あしがら』の航海艦橋で、速見は悠々と引きあげていく敵機を苦々しい目で見つめていた。

一九四四年八月九日　鹿児島沖

どっぷりと喫水《きっすい》を深めた船団が、内地へ急いでいた。

輸送船はどれも限界以上に荷物を積載している。船によっては、上甲板がようやく海面上に覗く程度のものすらある。敵襲はおろかちょっとした時化《しけ》でも転覆しかねない状態だったが、それもやむを得ない事情によるものだった。

積荷は戦線後退で南方から引きあげてきた陸兵と、錫《すず》や天然ゴムなどの戦略物資である。極めて危険な状態だが、敵の潜水艦や機動部隊が跳梁《ちょうりょう》している中では致し方ない措置だろう。もはや太平洋には、輸送船が安全に航行できる海域などどこにもない。数少ないチャンスを狙って、この八五四船団は南方から内地へ向かっていたのである。

そういった意味では、海没の危険があるとはいえ、この輸送船団に滑り込んだ陸兵はまだ幸運だったのかもしれない。部隊の撤収すらできず、坂道を転げ落ちるように敗走していく日本軍に、再び戦線を押し戻す余力などあろうはずもなかった。取り残された敗残兵が選べる道は、玉砕か自決か、あるいは密林の中に逼塞《ひっそく》して餓死や病死という悲惨な末路しかないのだ。

「ようやくここまで来たか」

船団の護衛を担当する第三二駆逐隊司令菱田《ひしだ》伊江門《いえもん》大佐は、これまでの苦労を振り返って大きく息を吐いた。

船団がこれまで受けた敵襲は一度や二度ではない。ジャワ海とフィリピン近海では敵潜の襲撃を、ニューギニア西部や内南洋では敵陸上機の襲撃を受けた。いずれも船団が大きな損害を被《こうむ》る可能性があったのだが、そのたびに八五四船団は日没や弾切れと思われる敵の不可解な撤退などに助けられ、最小限度の被害でここまで辿りつくことができた。

第三二駆逐隊は、現存する日本海軍の駆逐艦の中では最古参にあたる峯風型駆逐艦『秋風』『野風』『波風』の三隻で構成され、いずれも艦齢二〇年を超える老朽艦だ。それでも三隻は、その老体に鞭打ってなんとか船団をここまで引っ張ってきたのである。

司令を務める菱田も、開戦時にはすでに予備役に編入されていた。それを、再召集されて任にあたったという老士官だ。

こういったことからも日本海軍の末期的症状が窺《うかが》えたが、菱田はけっして卑屈になることなく、自分の海軍人生のすべてを燃やし尽くす覚悟で任にあたっていたのだった。

鈍足の輸送船団といえども、あと一日もすれば内地（日本本土）を拝める。ここまで来れば敵もそれほど大胆に攻撃を仕掛けられないはずだ。

菱田はそんな思いで、時計に目を向けた。現在時刻は一八〇〇《ひとはちまるまる》（午後六時）。長い夏の昼間がようやく終わろうとしている。なんとか今日一日も無事に送ることができた。離発着の難しい夜間に、敵があえて危険を冒して空襲をかけてくるとは思えない。あとは明日一日をしのげば……。

しかし、菱田の期待に近い思いは唐突な爆発音によって砕かれた。

「！」

驚いて振り返る菱田の目に飛び込んできたのは、轟《ごう》という火柱だった。船団の最後尾の輸送船が、無残に焼かれている。紅蓮の炎は夕日が射し込み始めようとする海上を、いち早く赤々と照らしていく。

「総員、戦闘配置！」

（敵潜か、機雷か、あるいは事故か）

報告が寄せられるまで、なおしばらくの時間を要した。

第三二駆逐隊は、艦もさることながら各艦に乗り組む兵も二線級の者といっていい。これまでの熾烈《しれつ》な戦闘で消耗に消耗を重ねてきた日本海軍だが、人材の面も例外ではなかった。なんとか生き残ってきた優秀な兵は、戦艦や空母といった大艦や、陽炎型や夕雲型といった艦隊型駆逐艦で構成される水雷戦隊に配置され、船団護衛のために急造された第三二駆逐隊は菱田同様、再召集の者や新兵が多くを占めていた。それだけ敵に対する警戒の目も甘いということだ。

「敵襲。敵潜です。右舷後方に雷跡！」

ようやく報告が届いたときには、第二、第三の被雷が訪れていた。どうやら敵潜は一隻だけではないらしい。右にも左にも、前にも後ろにもいるかもしれない。少なくとも被雷艦に偏《かたよ》りは見られない。

大西洋では盟邦ドイツの潜水艦隊が、ウルフ・パックと呼ばれる集団戦術によってイギリスの大輸送船団をたびたび苦しめていたと聞いている。アメリカがその戦術に倣《なら》って襲ってきたのかもしれない。あるいは内地の動きを探るために集結していた敵潜の網に、自分たちは自ら飛び込んでしまったのだろうか。

「対潜戦闘！」

菱田のかすれぎみの叫びに呼応して、『秋風』が速力を上げる。

護衛艦は合計四隻。第三二駆逐隊の三隻に、丙型海防艦『第七号』だ。船団の前方左右に『秋風』『野風』が、後方左右に『波風』『第七号』が位置していたが、散開して敵潜の掃討にかかる。

が、それが気休めでしかないことを、菱田は知っていた。峯風型駆逐艦には、満足な対潜装備がない。米英の駆逐艦が装備するヘッジホッグ、すなわち爆雷の投射装置はおろか、海面に投下する爆雷の一つも積んでいないのだ。今回、内地に帰還したときに『秋風』に対潜ロケットの追加工事が予定されていたのだが、それも遅きに失したといっていいだろう。

対潜戦闘に関しては『秋風』らよりも三回《みまわ》りほども小さい丙型海防艦『第七号』のほうがよほど優秀である。丙型海防艦は船団護衛を主任務と想定して、一二〇個の爆雷と一二基の甲板埋め込み式爆雷投射機など、対潜装備を充実させているのだ。

そのことは兵も充分自覚しているのだろう。百も承知とばかりに、『第七号』は慎重に海中を探って爆雷を叩き込み始める。やみくもに動き回ればいいというものではない。海面下に潜む潜水艦を発見する手段は、唯一ソナーだけだ。機関音などの雑音を撒き散らしたら、みすみす敵潜に逃げ道を与えることになるのだ。

だが、あえて菱田はそれを覆す命令を発した。深い皺《しわ》としみの目立つ顔だが、迷いのない声は張りのある現役軍人のそれだった。

「『野風』『波風』に打電。『できるだけ走り回れ。砲や魚雷を放ってもかまわん。ただし、味方に当てたり、「第七号」の邪魔をしたりはするなよ』。艦長、取舵だ。全速前進」

「は。取舵。両舷前進全速」

菱田の意図をはかりかねて、艦長が無機質に復唱する。

菱田はその様子を見て、つぶやくように言った。

「攪乱《かくらん》だよ。攪乱」

砲を撃って当たるだろうなどと菱田は期待していなかった。徹甲弾にしても榴弾にしても海面下に撃ち込むことは可能だが、水中の弾道安定性がないことを老士官の菱田が知らないわけはない。また、そもそも潜望鏡深度にいる潜水艦ならともかく、いったん潜られてしまったら深々度に砲弾を撃ち込むこと自体が不可能なのだ。対水上目標の魚雷にもほぼ同じことがあてはまる。しかし、なにかできることがあるのではないか。『第七号』の対潜戦闘をただ見守っている以外になにかが……。

そこで菱田が選んだ策が攪乱だった。

たとえ爆雷を投げ込まれなかったとしても、駆逐艦が突っ込んできて動揺しない潜水艦乗りなどいないはずだ。怖気《おじけ》づいたり警戒したりして去ってくればしめたものだし、そこまでいかなくても照準を狂わすだけでもいい。

『秋風』が主砲を放った。年代ものの単装砲がたったの四門だ。これも陽炎型や夕雲型など新型の駆逐艦が装備する砲に比べると、射程、精度、威力、すべての点で劣ると言わざるを得ない。メンテナンスを充分行なっているとしても、目に見えない部分に経時での劣化や磨耗が進んでいるはずだ。あまり無理をすれば、折損や破裂といった致命的な事故も起こしかねない。

照準は当然でたらめだ。ただあてもなく海面を騒がせ、海水を撒き散らすだけだ。

それでも『秋風』は進む。古めかしい半円形の艦首が水面を切り分け、二本の煙突から濛々《もうもう》と排煙が噴き出る。きしみ音や異音が好き放題に艦内を暴れまわる。ただでさえ漏水や浸水のある箇所は、その傷口が広がってしまい対処におおわらわだ。このままいけば、艦全体がばらばらになってしまうのではないかという危惧さえ抱かせる。

だが、菱田はあくまで命令を撤回しなかった。やけくそぎみに海上を走り回る艦とともに、いい意味で開き直っていた。自分の駆逐隊と引きかえに船団を無事に内地に送り届けることができるなら、それはそれで本望だと考えていた。

「これが海軍とお国への最後の奉公だ」

菱田は小さくつぶやいた。

菱田の狙いどおり、敵の攻撃は止《や》んでいる。船団は一時の混乱から立ち直り、被雷、落伍した船を後に残してゆっくりと進み始めている。

だが、そのまま船団を見過ごすほど敵の指揮官は無能ではなかった。

「駄目だ」

再び響いた爆発音に、菱田は絶望的な声を上げた。船団の最前列を進んでいた輸送船の船首に高々とした水柱が噴きあがり、炎が一気に船体を包んでいく。うなだれるように前のめりになった輸送船は、そのまま海面に吸い込まれて消えていく。

「駄目だ」

再び菱田はうめいた。

最前列の船を叩いて船団を足止めする。敵にしてみればセオリーどおりの戦術だ。

「お前たちをこのまま逃がしはしない。本国に逃げ帰ろうなどという淡い期待は、ここで粉々に打ち砕いてやる」という敵の強い意志を菱田は感じていた。被雷は相次ぐ。

燃料が枯渇《こかつ》しかけている内地の窮状を救おうと、はるばるスマトラからガソリンを運んできた油送船が轟音とともに燃えあがる。被雷によって、満載したガソリンが引火爆発したのだ。青白い火球が突如現われたかと思うと、数秒の後、船体はあとかたもなく崩れ落ちていく。

「お前たちの浅はかな目論見《もくろみ》は失敗した」

「お前たちにできることなど、もはやない」

「そのままおとなしくあの世にいくがいい」

一本また一本と突き刺さる魚雷は、そんな敵の嘲笑を表わしているようにさえ思えた。もはや、誰にも止められなかった。敵潜水戦隊の毒牙にかかった八五四船団は、内地を目前にして壊滅することになるのか。もう自分たちにそれを止める手段はないのか。

次々と噴きあがる水柱と海上を席巻《せっけん》する炎を前に、菱田は呆然と立ち尽くした。これまでの苦労はなんだったのかと、全身の力が抜けていく。

だが……。

「司令。あれを!」

見張員の声に、菱田は精気のない顔で振り向いた。

「司令」

見張員がしきりになにかを伝えようと指差す。菱田は双眼鏡を手に取って、目を向けた。

「空襲?」

見たこともない航空機が接近している。オートジャイロだろうか、プロペラが機体上面にあって回転しているように見える。敵潜の襲撃に未知の航空機の空襲か。いよいよもって全滅かと、菱田は覚悟した。

すると未知の航空機が、なにかを海面に投下した。しばらく上空を旋回して、今度は機体下面に炎が閃《ひらめ》いたように見えた。

「噴進弾か。いや……」

そこまできて、様子がおかしいことに菱田は気づいた。

噴進弾とおぼしきものは、こちらに向かってくる気配がなく船団から離れた外周に向かっていった。一本ではなく二本ということからして、単なるミスでもないようだ。

噴進弾が突き刺さった海面が、やがて大きく盛りあがった。

「助けてくれた、のか」

未知の航空機は、ゆっくりと海上を移動する。夕日を浴びて茜色《あかねいろ》に輝いた機体が、時折り止まりながら低空を飛行する。海上を探っているようだ。

それから間もなく水平線上に現われた艦影に、菱田の目は釘づけになった。

「まさか！」

一瞬身構えたが、敵ではないようだ。発砲の閃光や魚雷発射のために速力を上げたりする様子はない。

「『高雄』？」

次第にはっきりしてくる艦影に、菱田は目をしばたたかせた。巨大な艦橋構造物が見える。艦幅いっぱいに城郭を据えつけたような艦容は、高雄型重巡の特徴だ。だが、違う。日本重巡特有の、前部にピラミッド型に配置した三基の主砲塔が見あたらない。マストの形状も異なる。

その艦の甲板上に、立て続けに噴煙が湧いた。先の未知の航空機と同じように、噴進弾が海面に突き刺さる。白濁した小山となって海面が弾け、油膜と残骸が浮かんできた。敵潜は轟沈《ごうちん》したのだろう。

菱田は呆然としたまま、その光景に見入っていた。周りの兵たちも、理由はともかく絶望のふちから救われたことに、一様に安堵、あるいは歓喜の表情を見せている。中には感極まって涙を流している者すらいた。

高雄型重巡に似た艦が近づいてくる。次第にはっきりしてくる艦容は、意外にシャープだ。上甲板のラインや前部の単装砲塔、艦橋構造物、そのほとんどが直線的な形状である。

「あれは！」

菱田は驚愕に身を震わせた。マストに翻《ひるがえ》っているのは、明らかに旭日旗だった。多少違うような気もしないではないが、間違いなく昇る太陽をあしらった旭日の旗であった。そして、後方からは空母とおぼしき全通甲板を持つ艦までもが続いてくる。

「発光信号です！」

見張員が歓喜の色を滲《にじ》ませて叫ぶ。

「我、日本国海上自衛隊所属護衛艦『きりしま』。貴隊、無事なりや？」

「海上自衛隊？　護衛艦？　『きりしま』？」

騒然とする艦橋内で、菱田は気を落ち着かせて命じた。

「発、第三二駆逐隊司令。宛て、護衛艦『きりしま』。『かたじけなし。援護に感謝す。損害あれど任務は続行す。このまま佐世保に向かわんとす』。以上だ」


これが新旧日本の二度めとなる顔合わせだった。オペレーション・タイムセイバー＝時の救出者作戦＝は、ここに第一歩を踏み出したのである。不明者の捜索と救出が目的の派遣だったが、やはり戦時という時代は、派遣部隊に戦闘という現実を突きつけたのだ。

後年、派遣されたある艦の艦長はこう語った。

「自分はあくまで任務に忠実であろうとした。積極的な戦闘は避け、武力行使は最後の手段と思っていた。だが、やはり戦争はやるかやられるかだった。黙っていれば撃たれるのは自分だ。潜水艦の雷撃が迫ったとき、自分はいやというほどそれを思い知らされた。また、たとえ自分たちが安全であろうとも、同じ日本人が危機に瀕《ひん》しているとき、それを見殺しにできるかどうか……」と。

次元の門は開かれた。

異なる世界の融合――それは神のみが為《な》せる業《わざ》、人知の及ばぬもの。

人間――その存在は語るべくもないほど小さく、はかない。

だが、人間はその変化に翻弄《ほんろう》されることなく、自分の意思で自らの道を切り開きつつあった。

その先に待つものが、「未来」という希望の日であることを信じて。

二〇一五年六月二六日　東京・首相官邸

無人機スカイキーパーが持ち帰った資料は、満足に値するものだった。

「そうか。接触に成功したか」

オペレーション・タイムセイバーの派遣部隊として送った護衛艦が、消息不明だった第七四護衛隊と接触したとの報告に、日本国首相藤沢啓蔵は大きくうなずいた。

資料はスカイキーパーが独自に撮影した映像のほかに、消息不明だった護衛隊の司令や哨戒機のパイロットらの証言が混じっていた。

「全員無事なんだな」

あらためて問う藤沢に、防衛大臣緑川悟は事実のみを告げた。

「確実に全員の生存を確認できたわけではありません。第六一護衛隊は呉に到着し、拘留されていた第七四護衛隊および第九潜水隊らと合流したとのことです。哨戒機や民間漁船の情報もあるとのことですが、そうそう自由に行動できる状態ではないらしく……」

「当然だろうな」

藤沢は革張りの椅子にどっかりと腰をおろした。

「同じ日本人とはいっても、一九四四年の者から見れば我々は異国民に思えるだろう。いきなり未来から現われたと言っても、信じるほうがどうかしているのかもしれない」

「おっしゃるとおりです」

緑川はやや渋い表情を見せて続ける。

「まず先にご報告申しあげねばならないことですが」

緑川が差し出した数葉の写真に、藤沢は複雑な表情を見せた。（見たくない光景だった）（やはりやむなし、か）複数の気持ちと考えが入り乱れた藤沢の表情だった。

「戦闘は避けられなかった、か」

「はい」

緑川は深々と頭を下げた。

写真は損傷した護衛艦を写したものだった。ささくれだった甲板、歪《ゆが》んだ砲、舷側に残る弾痕が生々しい。

「第七四護衛隊は、台湾の馬公拘留中に米軍の空襲を受けました。第六一護衛隊は向こうの世界に到着早々旧海軍の輸送船団に遭遇、それを襲撃した米潜水戦隊と交戦になり……」

「覚悟はしていたよ」

藤沢は自分の気持ちをまとめて言った。

「戦時に中立を保とうというのがどれだけ大変なことか、それは歴史が証明している。冷戦構造の中で我が国が日米安保条約を結ばざるを得なかったことも、その理念が砕かれた好例だ」

「幸い戦死者は出ませんでしたが、負傷者は多数、重傷者も何名か出ております」

「このまま引きあげるというのは難しいということかね？」

藤沢の言葉に、緑川と傍聴していた内閣調査室長桑野克彦が驚きの表情を見せた。

「正直難しいと思います」

桑野が早口で言った。

「第一に、損傷した艦がゲイトをくぐれるとは思えません。ゲイトをくぐる際にこちらの想像もつかない力が作用している可能性もあり、実際、無事に通過した艦や機からも計器の異常などが報告されています。そのために有人での通過回数は最小限とし、通信手段には無人機を使っているのが現状なのです。無理をすれば、時空のはざまに陥《おちい》り最悪の事態を招く危険性もあります」

桑野は息を継いで続けた。

「負傷者にも同様のことが言えます。ゲイト通過時に相応のG《重力》がかかっていることは、これまでの調査結果から明らかです。またもう一点、厄介な問題があります。報告によりますと、消息を絶っていた者たちは旧日本軍に軟禁されている状態にあるそうです。我々の力を見て、旧日本軍が協力を要請してくる可能性は限りなく大きいでしょう。強行突破しようとすれば、旧日本軍との衝突も考慮せねばなりません」

「どちらにしても難題だな」

藤沢はため息を吐いた。

「旧日本軍を突破しても、旧アメリカ軍がいます。現在の派遣戦力では、防衛省といたしまして万全とは言い難いです」

「不意の戦闘で負けるかもしれないということか」

藤沢は頬を引きつらせた。遊びではないのだ。戦闘に負けるということは、血税で整備した装備一式が損なわれるとともに、なによりも大切な隊員の生命が失われるということなのだ。

「これは派遣部隊の隊員たちも同意見のようです。装備ははるかに旧式といえど、大戦末期のアメリカ軍の戦力は非常に充実しています。束《たば》になって攻めてこられたら、よもやということもありえます」

「おいおい。君の言葉は、俺に宣戦布告せよと言っているように聞こえるが」

「いえ、首相。そうではありません。今の一個護衛隊と陸自の普通科少数では、安全を確保するのが厳しいと申しあげているのです」

桑野は緑川を一瞥《いちべつ》した。全面派遣と積極的な過去への介入を期待しているように見える。

だが、緑川にその権限はない。軍の暴走で戦争になだれ込んでいった日中戦争を教訓として、今の日本はシビリアン・コントロールががっちりときいているのだ。制服組の暴走はありえないシステムになっているのだ。

「首相。ご決断を」

桑野は藤沢に決断を求めた。あらかじめ想定していたケースだ。第一の派遣に続いて、第二の派遣である。

「よし。中央即応集団の投入を決定しよう」

安心しろとばかりに、藤沢は桑野と緑川に小さくうなずいてみせた。

「このへんまでは安全保障会議で決着済みだ。あとは俺に一任ということで取りつけてある。俺もあたらずさわらずという腰の引けたことを考えているつもりはない。ただ、あのディメンジョン・ゲイトが双方向通行可能で、向こうの世界から帰還できるという確証がない以上、次々と送り出すわけにはいかんだろう。何事にも危険はつきものとはいえ、事態《こと》が事態《こと》だからな。取り返しのつかないことになってからでは遅いのだ」

「そのためにも一部を帰還させてはいかがでしょう」

「そう簡単にはいかんだろう。向こうで自由に動けるわけではない。第七四護衛隊に至っては拘束までされているんだからな」

桑野の言葉に反論する緑川に顔を向けて、藤沢は言った。

「使者を送るしかあるまい。旧日本軍や旧日本政府とも、そろそろ話し合う必要があるだろう。とにかく敵ではないことを認めさせねば」

「私が参りましょう」

緑川の申し出に、藤沢は即座にかぶりを振った。

「防衛大臣を出すわけにはいかんよ。それこそ向こうに、新戦力の参戦という期待を持たせかねん。それに、防衛大臣にはこちらの世界でやってもらわねばならないことが山ほどある。この件に関しては、繰り返しになるが、まずは敵でないことを理解してもらい、その上で相手の胸の内を探っていかねばな」

藤沢はあらためて確認するように続けた。

「いいか。これは非常にナーバスな問題だ。対応を誤れば日本全体がひっくり返るほどの事態にもなりかねん。なにが起こるかもわからんし、果たして帰ってこられるかどうかも確証がないのだ。そこで人選だが」

藤沢の考えはまとまっていた。この難局に送り出すべきは、自分がもっとも信頼を寄せる男をおいてほかはない。

「調査室長。君に行ってもらいたい。旧日本政府と軍に接触し、拘束されている者たちの解放と、派遣部隊の自由行動を確保してくれ」

「はっ。本分を尽くします」

あらかじめ覚悟はしていたのだろう。桑野は間髪入れずに明解に答えた。自分から望んでいたようにさえ見える。

「制服組はなし。交渉団の人選は任せるが、一〇〇パーセント文民で構成することが条件だ。その後の対応は、過去の情勢を見極めた上であらためて検討する。もちろん調査室長は交渉後ただちに帰還だ。いいな」

「はっ」

桑野に異論がないことを確認して、藤沢はうなずいた。

「それと防衛大臣。中央即応集団の投入だが、目的は向こうの世界にいる者たちの安全と緊急時の対応力確保だ。くれぐれも先走ることのないよう指揮官クラスには徹底させてくれ。ただし……」

藤沢はあえて言葉を切った。息を吸い、語気を強める。

「武器の携行は当然として、その使用を許可する」

緑川は満足げに口元を緩ませた。

「防衛行動のみならず自身に危害が及ぶと予見できた場合も含む、という解釈でよろしいですね」

「ああ。かまわん」

念のためにと確認する緑川に、藤沢はきっぱりと言いきった。

「危険な任務を命じておきながら、あれこれ制限を付けられたのではやりきれんだろう。命令を下す者は、けっして無責任であってはならん。人の上に立つということは、それだけの覚悟と責任を負うということだ。そのぐらいの良識は持っているつもりだ」

「ありがとうございます。首相」

「いつ行ける?」

「明日にでも」

「それでいい」

今度は藤沢が満足げにうなずいた。

二〇〇〇年代後半に組織された中央即応集団は、増大するテロの脅威や、小規模ながら即断即決を迫られる地域紛争への対処を想定して創られた混成組織であった。結成から一〇年近くが経過した今、その内容はさらに充実したものになりつつある。

「即応」という名とその請け負う任務の性質から、二四時間年中無休の強固なスク
ランブル体制になっている。人員、装備の問題で、完全に独立した組織として形成
されているわけではなく、首都近郊に駐屯する部隊が骨格を成していてその多くは
精鋭といっていい。習志野に駐屯する陸自の第一空挺団などは、長年日本最強の男
たちで構成された組織だった。
「ただちにかかります」
「頼む」
藤沢は引き締めた表情で、二人を送り出した。扉の向こうに消える後ろ姿に、藤
沢は二人の決意を見た。凜《りん》とした後ろ姿からは不安や迷いといった様子はいっさい
感じられずに、今後に対する期待と意気込みが伝わってくるようだった。
男には、なすべきときになさねばならないことがある。男は一生に一度、自分の
すべてを賭けて問題に対峙《たいじ》するときがある。藤沢を含めた三人にとって、まさに今
直面している問題がそうだ。
現代の危機と過去とのつながり。これ以上の難題があるだろうか。しかし裏を返
せば、それはこれ以上ないやりがいのある仕事といえよう。悲観的に考えるのでは

なく、誰も経験したことのない前代未聞の仕事をきっと成し遂げてみせる。
「男子の本懐、これに優るものなし」と、集中力を高めていく三人だった。

一九四四年八月一二日　柱島

戦艦『榛名』は、南方の戦略物資を手土産として約二年ぶりに母港呉に帰還した。これまでの幾多の戦闘で負った傷の修理とオーバー・ホール、対空兵装の強化を主とする改装のためである。

戦艦『榛名』艦長吉村真武大佐は、久しぶりに見る瀬戸内の景色に顔を和《なご》ませた。戦局の悪化につれて資源地帯である南方と内地を結ぶ海上交通路も脅《おびや》かされ、内地では思うように資材や燃料を確保できない状況に陥《おちい》っていると聞いている。近寄ってくる荷降ろしの者たちは、誰もが待ってましたと言わんばかりの顔だった。

輸送船さながらに、空所という空所に天然ゴムや錫など戦闘装備とは無縁の資源品を詰め込んできたことに、不満を漏らしたり嘆いたりする兵もいたようだったが、これはこれで良かったと吉村は感じていた。

「あれが噂の艦か」

吉村は前方に停泊する『あしがら』に目を向けた。

海上自衛隊を名乗る組織が現われたという情報は陸海軍の間で極秘事項とされていたが、さすがに複数の艦や航空機、何百人にものぼる隊員の間で秘匿するのは不可能に近く、情報は各地の将兵に口コミで伝わっていた。吉村クラスになれば、非公式ながらも、哨戒機や戦闘機の出現、水上艦の戦績まで、かなり詳細な情報を入手できていたのである。

「どう思う？」

吉村は航海長目黒蓮史玖中佐に目を向けて、顎《あご》をしゃくった。

目黒は、吉村ら現場を渡り歩いてきた者たちと違って軍令部や海軍省といった中央勤務が長く、どちらかといえば学者肌の経歴を持つ。海兵の卒業年次は五三期。現時点で中佐の肩書きと大艦の航海長という役職は、かなり上出来の部類に入るといっていい。

潮焼けしていない色白の肌はその経歴と無縁ではなく、「人事担当は血迷っているのか」と、吉村は当初、目黒の着任に大きな疑問を抱いていた。現場のことをなにも知らぬ頭でっかちの者が、大艦ひいては帝国海軍きっての歴戦艦『榛名』の舵を預かるなど百年早い、と。

「海軍は官公庁とは違う。机上でしか仕事をしたことがない男に、現場が務まるのか。画一的な発想や型にあてはめた行動では、前線勤務は到底無理だ」

それが、目黒に対する吉村の正直な気持ちであった。ところが、その吉村の認識は一カ月もしないうちにいい意味で裏切られたのである。

目黒が専攻していたのは航海術だったが、その腕前は吉村をうならせるに充分なものだった。目的地までの経路や距離、敵の出現を予測した最適な回避コースの設定など、目黒の仕事は完璧だったのである。嵐や敵の襲撃など他艦が予測を誤って洋上給油を必要とすることがあっても、『榛名』は一度として他の救助を求めることはなかった。それどころか、ただでさえ少ない燃料をやりくりして駆逐艦への補給すらしてみせた。

また、戦闘時の操艦にも目を見張るものがあった。吉村が損害対処や戦闘指揮に忙殺されている間に、目黒は代役を期待以上にこなしてみせた。水雷出身で操艦に自身を持つ吉村も認めざるを得ないほどのものだったのである。

『榛名』がマリアナ沖の壮絶な戦いをはじめとしてここまで戦塵《せんじん》をくぐり抜けてこられたのも、今となっては目黒抜きには語れない。吉村にとって頼れる片腕といえる。

「我々の艦とはずいぶん違いますね」

「そうだな。あの砲なんか門数も口径も話にならん。およそ力強さに欠ける外観だな。煙突と、あの後ろの箱のように見えるのは、航空機の格納庫かなにかか。あれも嫌な意味で気になる」

「ただ……」

辛辣《しんらつ》な言葉を並べる吉村に、目黒は首を傾《かし》げた。

「ただ？」

「どうも根本的に発想が違うような気がします。例えば、戦艦全盛期に空母という艦種が出現したときのように」

「そうか。なにかを感じるか、航海長は」

「はい」

目黒は未知の艦『あしがら』を見つめた。

より遠くの敵により強い弾を送り込むため砲は長くなり、それにつれて艦体も肥大化してきた。マストや煙突の変化も、より遠くを見渡すためや機関出力の増大に応じたものだ。そういった艦の機能向上に伴って、外観も変化してきたわけだ。ところが、前方の艦は違う。外観そのものがなにかの機能を持っているように、妙にすっきりとまとめられている。そうとしか思えない。

『あしがら』に向けられた目黒の視線は、そのまましばらく動くことがなかった。

「まあ、あの艦がどれほどの性能を持つのか、どれだけの働きができるのか、我々とともに戦うときがくるのか、今はまったくわからんがな」

微笑する吉村の横で、目黒は無言のままだった。

今の自分にできることは、こうして遠目に見ることだけだ。あの艦の内部に立ち入ることも、詳細を知ることも叶《かな》わない。ただ、戦闘艦であることだけは明らかだ。

海軍に生きる男として、その攻防性能の一端でも目にしてみたい。

だが、その全貌を目にすることができるのか、目にすることができるとして、それはいつの日のことなのか。今の目黒には、皆目《かいもく》見当もつかなかった。

同日　南西諸島沖

内閣調査室長桑野克彦は、飛行艇ＵＳ－１Ａに乗ってディメンジョン・ゲイトをくぐり抜けた。

ＵＳ－１Ａは低速飛行性能や高揚力装置などによって荒天の洋上でも離着水可能な水陸両用の飛行艇であり、普段は離島や洋上からの急患輸送などで活躍している艇である。

そのキャビンはけっして狭いものではなかったが、ゲイト通過時の衝撃は予想どおり快適なものではなかった。急加速、急旋回時のＧに近いという話があったが、たしかにそんな印象だ。一度欧州へのフライト時に乱気流に巻き込まれた経験があったが、そのときの不快な感覚を蘇《よみがえ》らせるものだった。通過後三〇分を経過しても、いまだに吐き気がする。四〇歳をすぎても二〇代と変わらぬ体力を維持できていると内心自慢げに思っていたが、それは単なる自己満足にすぎなかったのかもしれない。

「輸送艦『しもきた』も無事にゲイトを通過。瀬戸内を目指しています。そのほかも確認済みです。遭難者はおりません」

「そうか」

桑野は安堵の息を漏らした。第一段階は成功だ。やはりあの空の亀裂＝ディメンジョン・ゲイト＝は、周辺空海域を取り込んで現代と過去をつないでいるのだ。

ディメンジョン・ゲイトについてはこれまでさんざん情報に接してきたつもりだ

が、やはり人の情報を見聞きするのと自分で実際に体験するのとでは違った。今では漠然とした不安が吹き飛び、神秘としかいいようのない不思議な感覚を覚える。

ここは、七〇年前の世界なのだ。桑野はキャビンの外に広がる青い空と海を流し見た。実に美しい光景だ。自分たちの時代のものと比べて色あいが違うように感じる。透明感があるというか、同じ青でも光沢が強い青みだ。半分以上が気のせいだろうが、実際、戦時とはいっても空中に漂う窒素酸化物をはじめとする汚染物質が少ない分、空気がきれいなこともたしかだろう。

「ん？」

桑野は前方に鋭い輝点を見つけた。錯覚ではない。輝点はやがて黒点となり、徐々に大きくなってくる。

「零戦かなにかか」

桑野もごく自然にそう思い込んでいた。

当然レーダーは機影をとっくにキャッチしていたのだろうが、なにぶんにもＩＦＦ（敵味方識別装置）が有効に機能するわけもなく、機長らは日本近海という状況判断で危害なしと考えているらしかった。この時代のＩＦＦといえば、ごく初歩的なものを空母への着艦誘導目的などでアメリカが活用していたにすぎず、航空管制を目的としてＩＦＦが進歩するのは戦後しばらくしてからのことだ。

ちなみに日本軍はというと、ＩＦＦはおろか実用レベルに足るレーダーを開発するのにすら四苦八苦していたというのが実情だ。向こうの電波を拾って判断するのは無理な話である。

だが、急加速して突進していくＡＨ－64Ｄ攻撃ヘリコプターに、桑野は事態の急変を悟った。

（敵⁉）

そう思ったとき、ＵＳ－１Ａが大きく身を翻した。全長三三・四六メートル、全幅三三・一五メートルの大柄の艇体がうなりをあげて傾いていく。

図体のわりには、俊敏な動きだ。Ｔ六四－ＩＨＩ－一〇Ｊエンジン三四〇〇馬力四発の設計が余力をもった設計である証拠だが、それを感じるほど今の桑野には余裕はなかった。

「身体が振ら（れない）よう、しっか（り）踏ん張って（くだ）さい！」

切迫した機長の声が、キャビンに届く。機体が風を切る音と回転を上げたエンジン音とで声は途切れ途切れだ。それがなお一層、直面する事態の深刻さを物語っているように感じさせる。

「あれは……ヘルキャット！」

轟音を残して側面を駆け抜けていったのは、グラマンF6Fヘルキャットだった。今回の任務にあたって頭に叩き込んだ資料の一編にあった機だ。前後に切りつめたずんぐりした胴体と角ばった主翼、ファストバック式のコクピットは、頭の奥底からたぐり寄せた記憶とぴたりと一致する。日本海軍の零戦の好敵手として恐れられたアメリカの主力艦上戦闘機だ。

（敵空母がそばにいるだと。不覚！）

桑野は自衛隊員ではなかったが、自分自身の見とおしの甘さを呪った。本土近海ということで、敵が出現する可能性を知らず知らずのうちに意識の外に追いやっていたのかもしれない。また、こうしてタイム・スリップ直後に単独で戦闘に巻き込まれることなど、想定すらしていなかった。

降りる飛行場がないからという単純な理由で空自機の随伴を見送っていたのはともかく、無武装の飛行艇を輸送手段に選んだのはあまりに不用心だったかもしれない。護衛も、飛行艇七機に対して陸自のヘリがたった二機だけだ。

AH－64Dヘリは空対空ミサイル・スティンガーや三〇ミリ機関砲、七〇ミリロケット弾など多彩で優れた武装を誇っているが、敵は一〇機近い。いかに個別性能で優越だといっても、数の論理で押し切られかねない。心もとないというのが正直な感想だ。また、戦術情報を共有化するデジタル・データ・リンクは、当然ここでは無用の長物といっていい。

いずれにしても「戦時」という認識の欠如がもたらした結果だ。

「くそっ」

後方から真っ赤な光が射し込む。二番機が被弾したようだ。

「救援は？」

周りを見渡しても、それらしき艦影も機影も見あたらない。そもそもそういった体制を敷いていなかったので、当たり前だ。こちらの救難信号を拾ったにしても、そうそうすぐに駆けつけられるわけもない。

また一艇、被弾したUS－1A飛行艇が炎を纏《まと》って墜落していく。コントロールを失った大型の艇体が右へ右へと旋回したまま海面に激突し、四分五裂して果てていく。

地獄のような時間は、赤い丸のマークをつけた零戦が現われるまで続いた。

わずか五分間のことだったが、桑野にはそれが三〇分にも一時間にも、とてつもなく長い時間に感じられた。死も覚悟の上で来たつもりだったが、為す術《すべ》もない状況で命の危険を感じるのは正直凍りつくような恐怖感だった。

旧日本政府との交渉団を乗せた飛行艇は、全七艇中五艇までが撃墜されている。過去の洗礼というものがこれほどまでに厳しいとは、桑野をはじめとする現代人たちの予想をはるかに超えていた。

この事件をきっかけに、藤沢政権はますます苦渋の選択を突きつけられていく。後年、「大東島沖の悲劇」と称されたこの事件は、歴史を語る上でなくてはならない分水嶺となったのである。

二〇一五年七月一〇日　東京・首相官邸

「ご苦労だった、諸君。このたびは大変難儀であった。しばらくゆっくり休んでくれたまえ。諸君らの功績は、必ずや我が国に幸運と明るい未来をもたらすであろうと信じる。歴史に大きく刻まれるのだ」

旧日本政府との交渉を終えて帰還した交渉団の代表と会見した後、日本国首相藤沢啓蔵は大きく息を吐いた。執務室に戻った藤沢のそばにいるのは、防衛大臣緑川悟だけだ。

「俺は愚かだったよ。防衛大臣」

帰還した交渉団の中に、内閣調査室長桑野克彦の姿はなかった。交渉団はディメンジョン・ゲイト通過後すぐに敵襲に遭い、半数以上が死亡するという惨状に見舞われた。桑野は一命こそとりとめたものの、絶対安静とされて呉の海軍病院に入院しているという。

「それもこれも、いつまでも優柔不断だった俺の責任だ。リスクを恐れて躊躇していた俺の決断力のなさが、かえっていらぬ犠牲を生んでしまった。過去にも、そして現代にもだ」

藤沢は珍しく弱音を吐いて、執務机にもたれかかった。両拳を握って机をひと叩きし、自分への怒りに顔を歪ませた。

それもそのはず、日本はいよいよもって窮地に追い込まれていたのである。「大東島沖の悲劇」とは別に、今日、二〇一五年の世界において米中戦争が本格的に再開されてしまったのだ。

もちろん米中の力関係から、戦場は中国本土およびその近海だ。さすがに黄海内にアメリカ艦隊が突入して首都北京が空襲を受けるなどという段階ではなく、戦場は中国中部から南部の沿岸一帯となっている。だが、偏西風の影響によってそれがかえって日本本土に悪影響を及ぼしていた。戦術核ミサイルの応酬が大量の放射性物質の飛散を招き、それが日本本土に流れてくるのだ。

日本や韓国はそれをなんとか食い止めようと外交努力を重ねているが、その結果がこれだ。

日本国内でも、どちらかの側について参戦して早期終戦を目指すのが一番の早道、などという危険な意見が飛び出している。そんなことをすれば、ロシアやオーストラリアなども巻き込んで第三次世界大戦に発展するのは必至だ。

なんとか最終ラインで踏みとどまっているが、戦略核ミサイルの応酬という最悪のシナリオに突入すれば、それこそ人類は破滅だ。その導火線には絶対に火をつけてはならない。

それに比べれば、まだ……。

「過去への参戦というのは当然リスキーではありますが、全面核戦争の片棒をかつぐよりはましです。首相」

「わかっている。最小限の犠牲、最小限のリスクというものがなんであるか、俺もこれでふんぎりがついたよ。過去を変えることでこの由々しき現実を変えることができるのならば、やってみようじゃないか。戦争は、しない、させない。だからこそ今、我々は過去で戦わねばならないのだ。そうだろう？」

「はっ」

姿勢を正す緑川の前で、藤沢は自責の念に震えていた。

「なぜもっと早く決断できなかったのか」「自分はなぜこれほどまでに事態を見誤っていたのか」と、藤沢は再び自分を責めている。

やがてその思いを振り払うように、藤沢は強く頭を振った。

「幸い、旧日本政府、旧陸海軍とも我々を受け入れると言っているそうじゃないか。まあ、危機的な状況というのは向こうも一緒だからな。とにかく交渉団も難題をまとめてくれた。相互往復が可能だということも、身をもって証明してくれた。井上さんや東郷さんもさぞ驚いたことだろう」

井上というのは海軍次官として終戦工作に奔走したはずの井上成美《しげよし》中将のことであり、東郷というのは当時の外務大臣東郷茂徳《しげのり》のことである。この二人はそれぞれ数名の部下を連れて現代（二〇一五年）を訪れている。言うまでもない。相互協力のすりあわせのためだ。

この二人が持ち寄った小磯首相の親書と交渉団の報告によって、旧日本政府と旧陸海軍は自衛隊の協力を要請するとともに、全面的な受け入れを約束することが確認されたのだ。

「すでに準備はできていたな」

「はい。いくつかのプランを練らせてありますが、まず……」

オペレーション・タイムセイバーは、ここで大きくステップ・アップすることになった。

一九四四年九月一日　硫黄島

硫黄島は、日本の首都東京から南に七〇〇海里あまり離れた洋上に浮かぶ要衝である。今、硫黄島は各種の重機が奏でるエンジン音と振動に激しく震えていた。

「しかし、すごいものだな」

硫黄島を防衛する第一〇九師団長栗林忠道《ただみち》中将は、眼下にうごめく異形の機械を見て感嘆の息を漏らしていた。

レーキ・ドーザーが巨大な岩や木の根をもろともせずに荒地を掘り返し、パワー・ショベルが大量の土砂を次々とトラックの荷台に運び込む。できあがった更地をロード・ローラーがさらに平らに仕上げていく。

言うまでもない。二〇一五年から運び込まれた重機類だ。

これらの作業は、要塞化や全島をめぐる地下道を掘るためのものではない。敵の上陸に備えた持久態勢構築ではなく、積極攻勢をかける準備であった。先進的な航空機を離発着させるための、飛行場急造が目的なのだ。

二〇世紀なかばに急速に進化した航空機は、二一世紀に入ってもその価値が変わらぬどころかますます必要性を増している。だが、陸上自衛隊や海上自衛隊と違って、航空自衛隊が展開するにはそれ相応の環境が必要だ。直線的に長く平面な滑走路は当然として、各種の管制、整備の設備、装置や多量のバック・アップ機器などだ。そのため、陸海空三自衛隊の過去への出撃にあたっては、この航空環境整備が最優先として着手されていたのだ。

もちろん二一世紀の設備や装備を完全に再現するのは無理だし、何箇所も同時に整備するのは時間的にも不可能である。そこで、航空管制は複数のＡＷＡＣＳ（空中早期警戒管制機）を派遣して委《ゆだ》ねたり、空中給油機を飛ばしてワイド・エリアをカバーリングしたりする方法が提案されている。

今、硫黄島と沖縄の嘉手納で、この航空環境整備が急ピッチで進んでいた。急造野戦航空基地といった代物《しろもの》だ。

「彼らの話だと、敵はすでにあれらに近いものを持っているらしいな。そのためにガ島やニューギニアで我らは苦杯を舐めされられた。わかるような気がするよ」

精神主義が横行する日本陸軍の中にあって、栗林は冷静に現実を見据える目を持っていた。

敵を知り、己を知らねば敵には勝てない。

当たり前のことを当たり前にできないのが日本陸軍の体質だと、栗林は見抜いていたのだ。

未来から来たという一行が、このままいけば第二次世界大戦は日本の敗北で終わるという情報をもたらしたときも、あからさまに激昂したり、敵の工作員だから排除せよと騒いだり、あるいは売国奴などとののしったりする者が多かった中、栗林はたしかに日本の敗北の可能性が高いと納得した少数派の一人だった。

さすがに彼ら一行が登場した際には栗林も警戒心と疑念を抱いた。だが、彼らの持ち込んだ情報の正確性と装備の優秀さには舌を巻いた。擂鉢山《すりばちやま》から見おろす眼下の光景も、有無を言わせぬものがある。雑草と灌木《かんぼく》の荒地だったところが、みるみる飛行場と化していく。

「ともに戦うならば……」

全幅の信頼を寄せるかどうかは別としても、共闘する相手としては申し分ない。それが、栗林の判断だった。

（彼らは彼らなりに危険を背負いつつ高い理想と覚悟をもって来たのだ）

政府、大本営も最終的にはそういった結論に至ったらしい。その結果が、この硫黄島の大工事だ。栗林は目を細めた。

日に日に悪化する戦況だったが、これは神風が吹いたと言ってもいいかもしれない。

硫黄島に赴任する際、もう生きて内地の土を踏むことはないだろう、遠からずしてアッツやタラワ同様に玉砕して果てるだろうと覚悟していたが、いい意味で予想が裏切られたかもしれないと、栗林は希望を感じた。

二〇一五年七月三一日　北海道

口径一二〇ミリの砲口が閃いたと思った直後、乾いた音が大気を震わせた。幅広い履帯《キャタピラ》が大地を噛み、全備重量五〇トンの車体を軽々と前に押し出していく。

陸上自衛隊北部方面隊第七師団第七四戦車連隊第二中隊長原崎京司一等陸尉は、

北の大地北海道で普段と変わらぬ演習を繰り返していた。

だが、自衛隊を取り巻く空気が変わってきていることを、原崎はいち早く察知していた。

もちろんオペレーション・タイムセイバーに関する情報は今もトップ・シークレットであり、原崎にはその詳細はおろかそんな作戦があること自体、伝えられていない。

しかし勘の鋭い原崎は、周辺状況から明らかになにかが動きだしていることを感じていた。

習志野の第一空挺団にいる同期の者と、ここ二週間まったく連絡がとれていない。国際貢献や海外演習で長期不在になることも少なくない男だが、こちらから送る留守電のメッセージやメールへの返答がいっさいないのははじめてのことだ。メールもできないほど過酷な任務についているのか、あるいはメールも届かないような人跡未踏の地にでも行っているのか。

また、陸幕（陸上幕僚監部）のお偉方とスーツを着込んだ集団が視察に現われていることも、なんらかの予兆を感じさせる。恐らくスーツの男たちは防衛省の文民なのだろう。

（いい加減、教えてくれたっていいのによ）

風向きは変わった。その新しい風は、果たして自分に届くことになるのだろうか。

そんなことを考えながら、原崎は赤く浮かびあがる標的の赤外線画像に目を向けた。

同日　嘉手納

最大断面積に開いた尾部の排気口は、橙色《だいだいいろ》に煌《きらめ》いていた。背後の空間を灼熱地獄に変えながら、全長一五・五メートル、全幅一一・一メートルの機体が加速する。

航空自衛隊南西航空方面隊第九航空団第三〇二飛行隊所属の木暮雄一郎一等空尉は、サイド・スティック式の操縦桿をゆっくりと後ろに引いた。

機の反応も良い。アフター・バーナーの圧倒的な加速感をもって、木暮のF－2はごく短距離でふわりと空中に浮きあがった。

軽量コンパクトでパワー・ウェイト・レシオ（機体重量に対するエンジン出力比）に優れるF－2は、離陸に要する滑走距離の短さも魅力の一つであった。それだけ小規模な基地や劣悪な環境でも運用可能ということだ。大型で重量のあるF－15の離陸が大地を蹴る、と表現されるならば、F－2の離陸は軽やかに舞うといったところだ。

「やってやる。必ずな」

クールな木暮もさすがに興奮を隠しきれなかった。

オペレーション・タイムセイバー＝時の救出者作戦＝から発展した過去への出撃計画第二段オペレーション・タイムレヴォルーション＝時の改革作戦＝に、第三〇二飛行隊の参加と出撃命令が出たのは昨日だ。

飛行隊長里中勝利二佐は、「お前の主張が決め手になったのかもしれんな」と冗談まじりに伝えてくれたが、過去への出撃、太平洋戦争への介入は、自分が望んでやまなかったことだ。

戦争の趨勢《すうせい》を変えてみせる、歴史を塗り替えてみせると、木暮は意気込んでいた。

もちろん、木暮をここまで駆り立てているのは国の未来を憂《うれ》えての正義感だけではない。それ以上に、死を待つだけの一人娘の運命を変えること、失った友への償いの意味合いからだ。

木暮は一気に高々度まで駆けあがり、そこで派手にロールを打った。

戦いのときは、もうすぐそこに迫っている。

第四章　進撃目標、レイテ湾！

一九四四年九月四日　東京・霞ヶ関

地図上の一点に、皆の視線が集中していた。戦況を示す地図には、それぞれの勢力に応じて日章旗を示すピンと星条旗を示すピンが立てられている。

日本軍が太平洋全体を席巻《せっけん》する勢いで東進を続けているころは、ギルバート、マーシャル、ニューギニア、ソロモンといった太平洋のど真ん中にまで日章旗のピンが立てられていたが、今ではすべて星条旗のピンに置き換えられている。加えて、星条旗のピンは遠く西側まで食い込み、マリアナ諸島にまで突き立っていた。

これが、一九四四年の秋、開戦から三年近くが経過した太平洋戦争の状況である。

明らかに日本軍は劣勢だ。だが、この霞ヶ関の軍令部に参集した面々の目はけっして死んではいなかった。緊張感はあるが、それは焦燥や不安にかられたものではなく、むしろ希望と期待に満ちたものだった。

「敵はレイテに来る。本当にそう決めつけてよろしいのですな」

「彼らの持ち込んだ情報の正確性は、我々も驚くばかりだった。先週の最高戦争指導会議でも、この方針は決定済みだ。陸軍の承認も得られている」

軍令部第一部長中沢佑《たすく》少将の視線に、ただ一人連絡役として陸軍から出席している参謀次長秦彦三郎《はたひこさぶろう》中将は、ゆっくりとうなずいた。

この場で一人不機嫌な顔をしているのは、連合艦隊司令部首席参謀神重徳大佐である。その神は中沢と秦を交互に見て、不承不承にうなずいた。

神にしてみれば、海軍の作戦に関して主導権を奪われた気がしてならない。特に我《が》の強い神としては、自分の手の届かぬところで決定された大方針に納得がいかなかったのである。

しかし、そもそも海軍の作戦を決定するのは軍令部第一部の役割なのだ。それが、山本五十六大将のハワイ奇襲作戦案提出以来、実働部隊であるはずの連合艦隊司令部が主導権を握っていたこと自体が間違いだったのである。それが正常化していることからして、歴史はすでに変わり始めているのかもしれない。

正常化したのは、ほかでもない未来から来た者たちの影響だろう。二〇一五年から旧史という形で今後の予言が持ち込まれ、その情報が日本の最高戦争指導会議にかけられたのだ。

もちろん、それを鵜呑みにするべきではないという異論反論があったのは事実だが、派遣部隊のまとめ役ともいえる防衛参事官草野和孝《かずたか》をはじめとする派遣部隊要員の粘り強い説得によって、おおむね政府と陸海軍は正しい情報認識を持って協調体制を敷こうとしていた。

それを受けての今回の会議である。

この場に参集しているのは、軍令部と連合艦隊司令部の高官たち、それに未来から合流した陸海空自衛隊の幕僚監部の者たちだ。作戦立案にたずさわる者たちが、一堂に会して戦術レベルの方針を決定しようというのである。

また、洋上戦闘が主ということで、はじめに海軍とのすりあわせを、その後に陸上戦闘に関して陸軍とのすりあわせが予定されていた。

オペレーション・タイムセイバー＝時の救出者作戦＝あらためオペレーション・タイムレヴォルーション＝時の改革作戦＝として派遣あるいは残留した陸海空自衛隊の戦力は、海自が二個護衛隊、一個潜水隊、一個輸送隊、空自が二個飛行隊、陸自が中央即応集団と第七師団の戦車連隊を中心とする混成旅団一万余名である。もちろん、必要とされる指揮、整備、補給のグループが付くことは言うまでもない。

まとめ役の草野は、官僚であって官僚ではない異質の男だった。CIAにも通ずるアメリカの民間シンクタンクである戦略研究所のチーフとして働いているところを、ヘッド・ハンティングされたのだ。残念なことだが、情報収集力という意味で日本はまだアメリカに遠く及ばない。草野は国内の誰よりも各国の軍事力と戦略に熟知していたのである。


「フィリピンを奪われれば、南方との連絡線が絶たれて日本は干上がる。その意味でのレイテ決戦というのはわかるが、敵が来るのがわかっているのならみすみす上陸を許すこともあるまい。洋上で捕捉撃滅したほうが、我がほうの損害も少なくて済むのではないかね?」

連合艦隊司令長官豊田《とよだ》副武《そえむ》大将の言葉に、神が加勢した。

「長官のおっしゃるとおりです。敵の陸戦部隊は上陸してはじめて力を発揮するもの。海上では無力であります」

神は秦の好意的な反応を期待した。ところが秦が発した言葉は、その正反対のものだった。

「神参謀のおっしゃることにも一理ありますが、陸軍といたしましては、上陸部隊との決戦も辞さないという方針はすでに確認済みであります」

秦は陸自の面々に目を向けた。

「彼らの持ち込んだ兵器は、一点への集中火力、単位時間あたりの爆薬投射量、攻撃可能範囲、機動力、いずれも目を見張るものがあります」

秦の発言は、この場にいる旧陸海軍の者たちの総意を代弁したようなものだった。この会議に先立って、陸海空三自衛隊の装備と実力というものを映像で見せつけられていたのである。

また、一部の者はすでにこの時代で実戦に参加した海自の第七四と第六一両護衛隊の戦果の報告を受けていて、いずれも陸海軍の現有兵器をはるかに凌駕《りょうが》するものであることは、疑いようのない事実だった。

敗色濃厚だった情勢にありながら、活気に満ちているのはそのためだ。

「敵は想像を絶する戦力をレイテに送り込んできます。陸上兵力一七万六〇〇〇、輸送船四二〇隻、護衛艦艇七〇〇隻といったものです。ですが、それを逆手にとれば、敵の戦力が集中したところを一気に叩く好機とも言えます」

「一網打尽というわけですな」

草野の言葉に、中沢がにやりと笑った。つい先日まで病人のような青白い顔をしていたのが、嘘のような表情だった。

「敵がレイテに上陸を開始してから、我がほうは陸海空の戦力を結集して反撃に転じます。陸上戦力は敵上陸部隊を海岸線に足止めし、海上戦力は敵海上戦力を一掃してレイテ湾に突入します。航空戦力はそれに先立って敵空母機動部隊を撃滅し、また陸上戦闘を援護します」

「とは言っても、敵機動部隊は強力だぞ」

「もちろん敵を侮《あなど》るつもりはありません。ですが、我々のF－2、F－15の力はご承知のはず。速さでいえば零戦の四倍あり、攻撃の正確性は比較になりません。それに我々にはたしかな情報があります。情報を制するものは戦いを制する。それに異論はありますまい」

草野の言葉に反論する者は皆無だった。ただ一人、神だけが苦しまぎれに食い下がる。

「どちらにしても、今回の作戦の中心になるのは我が連合艦隊です。連合艦隊司令部としても、作戦の詳細案については提出させてもらいますぞ。机上の作戦案が実態に即さないというのは、よくあることですからな」

神の言葉は自身のプライドからの、せめてもの抵抗だったのかもしれない。自分は正しい。自分は絶対だ。そう考えてきた自分の立場が、自衛隊などという新興勢力に脅《おびや》かされている。このままでたまるかという神の気持ちが滲《にじ》む発言なのだ。

しかし、そんなことは先刻承知の草野ら派遣部隊である。神がどのような作戦案を突きつけてくるかも、すでにお見とおしであった。

草野は承知したとばかりに、ゆっくりとうなずいた。神が提案してくるであろう捷《しょう》一号作戦＝四面同時進行戦＝に対する代案、修正案はすでに用意できていたからだ。シナリオはもう書きあがっていたのである。

一九四四年九月三〇日　リンガ

ＤＤＧ（対空誘導弾搭載護衛艦）『あしがら』は連合艦隊の主力部隊とともに、燃料事情のよい南方のリンガ泊地で次期作戦に備えていた。

二カ月ほど前に台湾の馬公空襲で負った傷は、ディメンジョン・ゲイトをくぐってきたスタッフの手で完全に癒《いや》され、今やフルに能力が発揮できるまで回復している。搭載するイージス・システムの有用性は広く認められており、『あしがら』は対空、対潜、対水上、あらゆる戦闘の切り込み役として期待されていた。

戦艦『榛名』をはじめとして、修理改装を受けていた艦も相次いで戦列に復帰している。決戦に向けて、工廠も最大限の努力をしてきたのだ。

「壮観な眺めですな」

『あしがら』艦長武田五郎一等海佐は、居並ぶ連合艦隊の主力艦に目を向けた。

三〇ノットの快速を誇る戦艦『金剛』『榛名』がいる。連合艦隊の象徴と謳《うた》われた戦艦『長門』がいる。そして、その向こうで圧倒的な存在感を放っている二隻――日本海軍の至宝である戦艦『大和』『武蔵』だ。『あしがら』に比べて長さも幅もざっと倍あり、どっしりと据えられた巨砲の重量感から容積は一〇倍にも二〇倍にも感じられる。

『大和』『武蔵』に比べれば、『あしがら』などおもちゃのようにさえ見えてくる。

戦艦だけではない。「飢えた狼」と称された妙高型、航空設備を充実させた利根型、最上型といった重巡や、重雷装を誇った陽炎型、夕雲型、『島風』などの駆逐艦らも健在だ。

太平洋戦争は終始航空戦に左右され、この時期になっても自分たちが敗勢にあると思っていない水上艦の将兵が少なくなかったというが、それもうなずけるというものだ。

「なあに。図体がでかけりゃいいってもんじゃない」

第七四護衛隊司令速見元康海将補は、武田を一瞥《いちべつ》して口端を吊りあげた。

「山椒《さんしょ》は小粒でもぴりりと辛いって言うだろう。レベルが違うよ、レベルが。まあ、同じ土俵でものを言うこと自体おかしな話だがな。もっとも」

速見は再び白い歯を見せた。

「共闘というからには、花も持たせせんとな。それなりのお膳立てを整えるのも、我々の役目だろうに。弾切れになって袋叩きなんてのはご免こうむりたいからな」

「たしかに」

武田は静かにうなずいた。

これまでの上層部のすりあわせによって、陸海空三自衛隊は、陸自が陸軍の、海自空自が海軍の指揮下に入ることが確認されている。調整役は草野和孝防衛参事官が務め、陸海空幕僚監部と陸海軍の作戦案とがすりあわせられることになっていた。

しかしながら、内情はそう単純ではない。未来兵器を陸海軍が使いこなせるわけはなく、それぞれの部隊長クラスにはある程度の裁量が認められているのだ。

速見にあてはめれば、不測の事態に陥《おちい》ったときには独自行動が許されるということだ。とはいえ、速見としても勝手気ままな行動をとるつもりはない。

しかし、実戦は机上演習とは違う。必ずなんらかの非常事態が生じるはずだと、速見は考えていた。そのため、速見はいくつかのパターンをあらかじめ想定しておくつもりだったのである。

「同じ海に生きる男として、やはり『大和』『武蔵』には相応の働き場所を与えてやりたいですな」

「そうだな」

武田の言葉に、速見は二隻を仰ぎ見た。堂々たる威容だ。〝浮かべる城〟という表現が、これほどまでにふさわしい艦はないだろう。まさに圧巻の艦容である。

自分たちが知る旧史では、満足に戦う機会すらつかむことなく敗戦史の片隅に追いやられていった二隻だ。航空機の台頭という海戦様式の劇的変化に、その能力を封じられたまま埋もれていった悲劇の艦──そんな好まざるレッテルを剝がしてやりたいと武田は考えていた。

「なあに心配はいらんよ」

速見は自分を鼓舞する意味を含めて、胸を張った。

「戦局を覆《くつがえ》す。そのために我々はいるんだ。もちろん我々だけで勝てるなどと言うつもりはない。我を過大評価し敵を過小評価するというのは、敗戦への最短切符だ。戦力評価は慎重かつ正確にな。そういった意味でも、あの二隻には働いてもらわねばならない。絶対にな」

異なる世界を刺し貫く視線の先に閃《ひらめ》く巨大な砲口は、なにを見るのか。

今、日本の新旧戦力は結集した。

戦争をしないと誓った国がなぜ戦うのか。戦争は、しない、させない。だからこそ、今戦うのだ。この過去の世界で！

日本の敗戦で終わったはずの太平洋戦争――その歴史を塗り替えるために、陸海空三自衛隊は送り込まれた。

水平線の先に待つものは、敵護衛空母部隊か、それとも……。

同日　レイテ島

レイテ湾に現われた大型の艦に、日本陸軍の将兵は目を見張った。

「敵か！」

「いや、待て。今日は海軍の輸送船が入港する予定になっている」

「それならなおさらだ。あれは空母だろう」

水平線に現われた艦は、全通甲板を持つ艦であった。たしかに一見、空母に見える。海軍の輸送船にしては上部構造物がすっきりとしすぎている。

しかし、それにしては様子が変だ。艦上に艦載機の姿がない。防空に舞う戦闘機も見あたらない。それに、敵空母であればここまで接近する前に艦載機を飛ばしてくるはずだ。

「海軍だ。やはり海軍だ」

疑問は旭日旗を掲げた駆逐艦の登場によって、まもなく晴れた。

全通甲板を持つ艦は、沖合で停止した。海軍の輸送船であれば砂浜に乗りあげて船首を開くところだが、どうも様子が違う。ざわつく将兵をよそに、奇妙な船が吐きだされてきたからだ。

「浮いているのか」

海上を滑るように移動するその船は速い。海の狼＝水雷艇＝も顔負けの速さだ。プロペラのようなものが船尾に二基回っている。奇妙な姿だ。それが白い水飛沫《みずしぶき》を大量に撒き散らしながら迫ってくる。

そして、そこから陸揚げされた車両に将兵は再び目を見張った。いや、度肝を抜かれたといっていい。

「な、なんだ。ありゃあ」

「化け、化け物か」

揚陸された車両は、戦車には違いなかった。左右の履帯《キャタピラ》に支えられたがっしりとした車体、それに載せられた旋回砲塔は戦車そのもののいでたちである。

しかも、でかい。とてつもなく、でかい！

これまで九五式軽戦車や九七式中戦車といった同世代の欧米列強の戦車に比べ小型のものにしか接していなかった将兵たちにとって、まさに異次元の大きさだった。三回《みまわ》りも四回《よまわ》りも大きいながらも、それでいて低く精悍に構えた砲塔と車体、そこから伸びる太く長い砲身は、どれだけの力を秘めているのか想像もつかない。

そして、絶句する将兵たちを歓喜させたのは、ほかでもない砲塔側面に描かれた日の丸である。

「これが、我が友軍の戦車……」

信じられない思いで見る将兵も、一人や二人ではない。

「あれはシャーマンとかいう敵の戦車よりもでかい。はるかにでかい！」

奇妙な船一隻につき一両ずつ揚陸された大型戦車が、いっせいにエンジン音を高鳴らせて内陸に進みだす。幅広い履帯ががっちりと砂を噛み込み、重量感あふれる車体が悠々と動きだす。

多少の障害物などびくともしない。また、驚くべきは車体と砲の安定感だ。直径一メートルはあろうかという木の根を押しつぶしても、ほとんど身じろぎもしないのだ。

「こりゃあ、どえらいことになってきたぜ」

古参の軍曹が、傍《かたわ》らの若い兵の肩を力まかせに叩いた。煙草に火をつけ、紫煙を胸いっぱいに吸い込んで大きく吐き出す。

「これまで俺たちは、手榴弾や野砲で敵と戦ってきた。敵戦車が現われようとも一緒だ。味方の戦車なんかあてにできずに、地雷を投げ込んだり至近距離で砲をぶっ放したりというやり方しかできなかった。だがな、あんなものを見ちまったら期待するなってほうが無理ってもんよ」

軍曹の視線の先で、大型の戦車が次々と密林の中に姿を消していく。

残暑厳しい一九四四年九月三〇日、輸送艦『しもきた』による九〇式《きゆうまる》戦車の揚陸であった。

一九四四年一〇月三日　東京

防衛参事官草野和孝は、軍令部の一角に間借りした一室で作戦案が書かれた冊子に目をとおしていた。冊子の表紙には、「捷一号作戦」と書かれた紙が貼られている。連合艦隊司令部が提出してきたレイテ決戦案だ。もちろん発案が首席参謀神重徳大佐であることは言うまでもない。

「しかし、航空優勢確保や防空体制、そして戦力の集中など、こちらの要望を受け入れさせたとして大丈夫でしょうか。敵は少なくとも三群。二会戦や三会戦は覚悟しませんと。その間の指揮に問題が出れば台無しです」

「謎の反転、か」

部下の言葉に、草野は無表情で言った。

「戦力は充実。だが、それを預かる人間が誤れば勝利はおぼつかず」

他人事のように言う草野に、部下たちは目を白黒させている。

捷一号作戦は、空母主体の第三艦隊と水上艦主体の第二艦隊との共同作戦であった。瀬戸内海を出撃する第三艦隊が囮《おとり》となって、敵機動部隊を北方に誘引する。その間隙《かんげき》を縫って第二艦隊がレイテ湾に突入し、集結している敵艦隊と輸送船団を殲滅する。もちろん陸軍はこれに呼応して上陸してくるであろう敵陸上兵力を海岸線に足止めし、第二艦隊の攻撃を援護する。

海自は第二艦隊に随伴して防空を担当する。空自は第三艦隊の防空とともに敵機動部隊を攻撃、陸自は陸軍との共闘で敵上陸部隊を迎撃することになる。

作戦の成否を握るのが第二艦隊となるが、その指揮官は悪名高き栗田健男《たけお》中将なのだ。逃避癖《とうひへき》がある怯将《きょうしょう》と称される栗田中将が、史実どおりに作戦を中止して反転したりしないかと、部下は心配しているのだ。

だが、草野はまったく意に介する様子もなくあっさりしていた。

「心配いらんよ。すべて織り込み済み、対策済みだ。今ごろは……な」

草野の目は遠く南を向いていた。

(すでに我々の行動は始まっている。歴史改変という目的のために、危険な芽は摘みとっておく。緻密に練られたシナリオを、あとはなぞっていくだけだ)

詳細を聞かされていない部下の前で、草野の目はかすかな笑みをたたえていた。

同日　リンガ

赤道直下の南方とはいえ、さすがに夜風は涼しかった。特に昼間に厳しい訓練を行なった後など、ちょっとした涼風でも爽快感は格別である。

第二艦隊司令長官栗田健男中将は、将旗を掲げる重巡『愛宕』の上甲板で昼間の疲れを癒していた。

「寝ることと食べることだけが海軍生活の楽しみ」とはよく言われることだが、なにをするわけでもなくこうして静かに風にあたっているのが、疲れた身体にはなによりの良薬であった。

防熱効果の高いリノリウムが貼られた甲板を踏みしめ、ラッタルを昇る。そのとき栗田は気づかなかったが、栗田の足元にレーザー照準の赤い光が忍び寄っていた。

次の瞬間、小石が跳ねるような音とともにラッタルの一部が外れ、栗田の身体は宙に舞った。

異音に兵が集まってくる。

「誰かが落ちた」

「長官だ！　大変だ。長官が」

騒然とする旗艦『愛宕』の艦上だったが、遠く離れた日本では、防衛参事官草野和孝をはじめ陸自特殊作戦群の工作を知る一部の者たちが「成功」の報告に内心喝采をあげていたのだった。

一九四四年一〇月一五日　西太平洋

猛将ウィリアム・ハルゼー大将指揮下の第三八任務部隊は、フィリピン奪回作戦のために南下していた。四群から成る空母一七隻と戦艦六隻他の大艦隊である。

この前の台湾空襲は、拍子抜けするほど楽なものだった。

日本軍、特に日本海軍の戦闘機と攻撃機の長距離侵攻能力は侮れないものがある。開戦劈頭《へきとう》のフィリピン戦やソロモンをめぐる航空戦では、思いもよらぬ遠方から飛来した日本海軍機にたびたび煮え湯を飲まされてきた。そこで第三八任務部隊に与えられたのが、フィリピン奪回作戦開始前に日本軍の一大拠点である台湾の航空戦力をつぶせ、という命令だった。

しかし、ソロモンやニューギニア、そしてマリアナをめぐる戦いで疲弊した日本海軍はすでに風前の灯《ともしび》なのか、反撃らしい反撃を受けることもなく、第三八任務部隊はただ一方的に空襲を加えて作戦は完了した。

台湾はもはや脅威にはならない。日本海軍の反撃があるとすれば、あとは空母機動部隊の反撃のみである、というのが太平洋艦隊司令部の出した結論だった。

だが……。

「大事なことを忘れちゃいないか」

戦艦『サウスダコタ』艦長ホワード・ボード大佐は、前方に鎮座する第一、第二主砲塔を見おろしながらつぶやいた。

「敵にはまだ有力な水上部隊が残されている。『時代は航空だ。水上艦などその補助くらいにしかならない』などと思っている奴が多いようだが、それは大きな誤りだ」

ボードはソロモン海で日本艦隊に苦汁を飲まされた一人だった。忘れもしない二年前の八月八日、ガダルカナル島北方海面を警戒していた米豪連合艦隊は、ちょっとした指揮官不在の隙《すき》を衝かれて日本の巡洋艦隊に完敗したのだ。

あまりの手際のよさに、連合軍の将兵はそれを「ソロモンの幽霊」と呼んだ。ボードは重巡『シカゴ』の艦長として、その惨状を目《ま》の当たりにしたのである。

真一文字に突っ込んできたタカオクラス、フルタカクラスの重巡と配下の駆逐艦は、見事な砲雷同時攻撃で重巡『アストリア』『クインシー』ら僚艦を次々と撃沈していったのだ。

こちらが網を張っている狭い海域になりふりかまわず殴り込んできた敵は、一つ間違えれば蛮勇《ばんゆう》無謀ともなりかねないものだったが、敵はいちかばちかの攻撃を仕掛けて首尾よく勝利を手にして帰った。敵ながらその度胸と意気込みは認めざるを得ないボードだったのである。

『シカゴ』はなんとかその危機を免《まぬが》れたが、ボードはてっきり自分も責任を追及されて左遷されるものと覚悟していた。しかし、上層部の評価は違った。苦しい戦いをなんとか支え、後方の輸送船団を守った英雄として、逆にボードを祭りあげたのである。

敵は水上艦を撃破して満足したのか、なぜか輸送船団を目前にしながら引きあげていったが、それがボードにとっては幸いだった。惨敗の中にも、どんな光明が潜んでいるかわからないものだ。

もちろん、大敗という結果の中になにかしらの成果を見いださざるを得ない上層部の事情や、プロパガンダの意味合いもあったろう。

しかし、こうして戦艦『サウスダコタ』の艦長に栄転させてくれた上層部に、ボードは素直に感謝していた。いつかはソロモンで苦汁を舐めさせられたあの連中に借りを返してやろうと、ボードはいつも誓っていたのだ。

「奴らは強い。奴らはけっして戦いを放棄したりはしない。今度こそ必ず来る。そのときは見ていろ。あのソロモンの借りは倍にして返してやる」

艦長ボードの決意を乗せて、『サウスダコタ』は打ち寄せる波濤をぶち破りつつ決戦海面へと急いでいた。

第五章　音速の翼、ゆく

一九四四年一〇月二二日　嘉手納

プレハブ造りの格納庫は、まさに急造そのものといった建物だった。雨風しのげる必要最小限ともいえるこの中で、航空自衛隊南西航空方面隊第九航空団第三〇二飛行隊のF－2二四機が翼を休めていた。

「お前の言うとおりになったな」

「はい」

第三〇二飛行隊長里中勝利二等空佐の言葉に、木暮雄一郎一等空尉は静かにうなずいた。

発展した過去への出撃計画――オペレーション・タイムレヴォリューション＝時の改革作戦＝として、空自はここ沖縄の嘉手納にF－2支援戦闘機を装備する第三

○二飛行隊を、そして硫黄島には茨城の百里基地を根拠地としているF－15J装備の第七航空団第二〇四飛行隊を送り込んだ。
木暮としては、自分の主張した「過去への介入」を自ら実行することになったのである。

言いだした者として責任の重大性は感じるが、それ以上に木暮は、一人の父親として、亡き同僚の友人として、この過去に強い決意をもって来ていたのだった。

「京香。頑張れよ。父さんが必ずこの歴史を変えてみせる。お前のように理不尽な不幸が降りかからないような、平和な世界にしてみせる」

敵は一〇月二〇日、旧史どおりにレイテ島に上陸を開始した。レイテ湾には一五〇隻あまりの護衛艦艇に守られた四二〇隻の大輸送船団が押し寄せ、フィリピンの東方海上には敵機動部隊が確認された。

日本側としては狙いどおりの展開だ。発令された捷一号作戦において、第三〇二飛行隊は敵艦隊撃滅の任を負って明日南に飛び立つのである。

「お前の分まで、な」

木暮には、もう一つ戦う理由があった。

胸にあてた掌の先には、首からぶらさげられた小さなピン・バッジがあった。西日本ハード・ダーツ・ペア選手権に準優勝して得たものだ。木暮自身のものと、今は亡き同僚の谷村英人から預かっていたものがぶらさげられている。

自分の不注意が原因で谷村を死に追いやってしまった……。責任を感じている木暮は、その償いの意味でも全精力を注いで戦う必要があったのだ。

急造された格納庫の隙間《すきま》から射し込む夕日に、三分割式のキャノピーが橙色《だいだいいろ》に煌《きら》めいていた。それを横目に、木暮は集中力を高めていた。

一九四四年一〇月二三日　パラワン水道

ボルネオ島ブルネイ泊地を発って翌朝、第二艦隊第一遊撃部隊の各艦はフィリピンの西方に横たわるパラワン島近海にさしかかっていた。

「変針。針路〇二〇《まるふたまる》。宜候《ようそろう》」

「発動」

「発動！」

戦艦『榛名』の昼戦艦橋に、航海長目黒蓮史玖中佐の声が響き渡った。

朝もやの残る早朝の海上は、一種荘厳な印象を与えてくれる。だが、海に生きる男にとっては、それは表向きの顔でしかない。気を抜けば衝突遭難の危険があり、ましてや戦時となれば敵潜の格好の隠れ蓑《みの》であったりするのだ。

「それにしても、栗田長官は無念だったでしょうね」

「うん。まあ、そうだな」

目黒の問いかけに、『榛名』艦長吉村真武大佐は煮えきらない言葉を返した。

「人のことをとやかく言うのは良くないと思うが」

吉村は咳払いをして、目黒に横目を向けた。

「栗田長官には、あまりいい話がなかったからな。ミッドウェーではあわてて退避しようとして配下の艦を衝突させてしまったとか、突撃命令が出ていながら不可解にも反転したとか」

目黒は無言だった。ただ、吉村の話に静かに耳を傾けている。

「そういった意味で、西村中将が繰り上げで指揮を執ることになって、俺は良かったと思っている。おっと口がすぎたかな。こんな俺の下にいたら、航海長も出世できんかもしれんぞ」

目黒はそこで相好《そうごう》を崩した。

「上に媚《こび》を売って出世しようとする上司だったら、自分のほうで願い下げですよ」

「ほう」

吉村は微笑した。

「たしかに中央にはそんな輩《やから》もいましたが、そういった連中がはびこるほど、海軍は腐った組織ではないと本職は考えます」

「そうだな。そう願っておくか。それより人事といえば宇垣《うがき》中将だろう。あの方が一番困惑しているのではないかな」

吉村は含み笑いを繰り返した。

連合艦隊の残存水上艦を結集した第二艦隊は、二手《ふたて》に分かれて昨日ブルネイ泊地を出撃した。

戦艦『大和』『武蔵』ら主力の第一遊撃部隊は、シブヤン海を抜けていったん太平洋へ進出し、東のスルアン島側からレイテ湾に突入する。戦艦『扶桑』『山城』らの第二遊撃部隊は、最短距離を進んで南側のスリガオ海峡からレイテ湾に突入する。この二隊の挟撃で、集結している敵輸送船団を護衛艦艇ごと粉砕する。

また、内地からは空母『瑞鶴』『瑞鳳』『千代田』『千歳』を擁する第三艦隊が出撃し、敵機動部隊を牽制して第二艦隊のレイテ突入を援護する。

一方、陸海空自衛隊派遣部隊については、海自第七四護衛隊が第二艦隊第一遊撃部隊に随伴し、第六一護衛隊は第二遊撃部隊に随伴、また、空自第二〇四飛行隊は第三艦隊の直衛および航空優勢の確保、第三〇二飛行隊は敵機動部隊の撃滅、そして陸自はレイテ島の水際防御を陸軍と共同で実施する。

これが捷一号作戦の最終的な骨子であった。

ここで問題の宇垣纏《まとめ》中将である。当初、主力の第二艦隊第一遊撃部隊の指揮官は、海兵三八期の栗田健男中将があてられていた。ところが三週間ほど前に栗田中将が「ラッタルを踏み外して」負傷するという事故が発生し、第二遊撃部隊の指揮官として予定されていた海兵三九期の西村祥治《しょうじ》中将の繰り上げが決まったのだ。

栗田は機動性を重視して重巡『愛宕』を旗艦にしていたが、西村は違った。西村は連合艦隊の原点に立ち返って、最大最強の戦艦を旗艦として司令部を置くことを決定したのだ。

かくして『大和』には、西村の第二艦隊司令部と宇垣の第一戦隊司令部とが共存することになった。とかく自己主張の強い宇垣にしてみればやりにくいこと極まりなく、ストレスのたまる状況だろうと吉村は察したのである。

本来、このようなケースは艦隊司令長官が旗艦を含む戦隊を直率するのが通例だが、これも栗田負傷が招いた珍事だった。

「それだけではないぞ。俺はな、第一遊撃部隊から『長門』を外したことも正しい判断だと思っている」

「海上自衛隊の提案、ですか」

「そうだ」

吉村は海自から提案された戦艦『長門』の第二遊撃部隊への編入には、諸手《もろて》をあげて賛成だった。

『長門』の四一センチ砲八門の砲力は魅力だが、最高速度が二五ノットと遅く、それが第一遊撃部隊全体の足かせになってしまう。突入のタイミングや複雑な状況変化への適応力が重要となる今作戦において、主力となる第一遊撃部隊は機動力を上げておかねばならないというのが、海自の主張だったようだ。

「そうなってこそ、この『榛名』の足も生きるってもんよ」

吉村は鼻を鳴らした。

司令長官の交代と艦隊編成の変更および陸海空自衛隊の参画と役割（一説によると、連合艦隊司令部首席参謀神重徳大佐は、連合艦隊だけで作戦を遂行できると主張していたらしい）──それが神が発案した捷一号作戦に対する変更点だった。

戦いの幕が上がったのは、それからまもなくだった。

「対潜戦闘！」

第七四護衛隊司令速見元康海将補の声にも、ＤＤＧ（対空誘導弾搭載護衛艦）『あしがら』の乗組員は冷静だった。攻撃命令があり次第すぐに対応できるように、全員が持ち場で待機していたのだ。

速見と艦長武田五郎一等海佐も、航海艦橋ではなく戦闘指揮の中枢となるＣＩＣ（戦闘情報管制センター）に移動している。それだけ、想定どおりの状況だったということだ。

「やはり、いましたな」

「ああ」

武田の言葉に、速見はソナー員が見つめるディスプレイに視線を流した。

狭い海域のため水上艦にとっては運動性が限られるパラワン水道だが、逆に敵潜にとっては絶好の襲撃場所といえる。旧史において高雄型重巡三隻が撃沈されたここに、やはり敵潜は潜んでいたのだ。

「しかし、五隻もいるとは予想外でしたな。たしか記憶では二隻ではなかったかと」

「そうそう予想どおりにはいかんよ、艦長。ここに我々がいること自体、すでに歴史は新たな道を辿《たど》っているんだ。今後どう変化していくかもわからんしな」

「たしかに」

表情を引き締める武田に、速見は命じた。

「『あしがら』、目標右舷の敵潜。『はたかぜ』『しまかぜ』、目標左舷の敵潜。攻撃開始」

第七四護衛隊は、第二艦隊第一遊撃部隊の護衛を買って出ていた。もともと防空が主眼の護衛隊だが、第二次大戦型の艦に比べれば対潜装備もはるかに優秀だ。艦隊の先頭をいく『あしがら』は各艦に先んじて敵潜を発見し、攻撃にかかるところなのだ。

「アスロック（AntiSubmarine Rocket＝対潜魚雷を抱いたロケット）発射用意！」

「アスロック発射用意！　五秒前、四、三、二、一、発射！」

「続いて第二射。発射！」

「発射！」

『あしがら』のイージス・システムは、対潜戦闘にも充分な効果を発揮する。ソナーがつかまえた目標に対して最適な兵装であるアスロックを選択し、複数の目標を追尾しつつ同時攻撃を加える。目標があまりに多い場合は脅威度の判定と優先順位の判定も行なうが、一〇や二〇といったレベルであれば攻撃は同時対処となるのだ。第二次大戦型の装備からすれば、まさに隔世の感があるといっていい。

アスロックの炎が『あしがら』の甲板を赤く染め、噴煙が早朝のもやを吹き飛ばす。海面に突入して切り離された短魚雷は、アクティブ・ソナーで目標を探し出して鋼鉄の艦体を食い破る。

「命中です。目標、ロスト」

「『はたかぜ』より通信。『敵潜二隻を撃沈』。『しまかぜ』からも同様の連絡あり」

「目標は一掃しました」

「よしっ」

どこからともなく拍手喝采があがった。ここに『あしがら』は見事に初陣を飾り、決戦に勢いをつけたのだ。安堵の表情を見せる武田に、速見はこくりとうなずいた。

（本艦の性能からすれば当たり前のことだが、ここは素直に勝利を喜ぼうじゃないか）

かすかに覗く白い歯には、速見のそんな気持ちが詰まっていた。

第一遊撃部隊は何事もなかったかのように進撃を続ける。まだまだレイテへの道のりは長いのだ。

同日　フィリピン近海

猛将ウィリアム・ハルゼー大将指揮下の第三八任務部隊は、ルソン島東南東一〇〇海里の海上を遊弋《ゆうよく》していた。戦力は空母一七隻、戦艦五隻を中心とする四群の大艦隊である。

フィリピン奪回作戦における第三八任務部隊の役割は、出撃してくるであろう日本艦隊の捕捉撃滅であった。好戦的なハルゼー大将は、今か今かと日本艦隊が出てくるのを心待ちにしていたのだが……。


「北上する？」

戦艦『サウスダコタ』艦長ホワード・ボード大佐は、司令部からの命令に首を傾《かし》げた。

「はい。間違いありません。総力をもって、発見された日本の機動部隊を叩くとのことです」

通信士官の持つ電文をむしり取って見たボードは、眉をひそめた。

日本本土から出撃してきた空母四隻を含む機動部隊がフィリピンを目指して南下していると、警戒中の潜水艦が通報してきた。しかし、発見された位置はまだ台湾の近海である。

ハルゼー大将が小躍りしてそれを迎え撃つと決断した様子は目に浮かぶようだったが、本当にそれでいいのだろうかとボードは疑問視した。

昨日、ボルネオ近海で索敵中だった潜水艦が、北上する敵水上艦隊を発見している。残念ながら警戒が厳しく、それ以上の触接、追跡は無理として艦隊の規模や内訳を窺《うかが》い知ることはできなかったが、この水上艦隊がレイテに向かって来ないとも限らない。もちろんそれが単なる輸送艦隊や陽動役で、発見された機動部隊が本隊である可能性もある。

しかし、これまでボードが培《つちか》ってきた海軍軍人としての勘が、激しい警笛を鳴らしていた。

兵力の集中は戦いの原則だが、今に限っては分散して敵にあたるのがベターではないか。ボードの『サウスダコタ』は、僚艦『インディアナ』とともにジェラルド・ボーガン少将率いる第三八任務部隊第二群の空母『イントレピッド』『ハンコック』『バンカーヒル』の護衛にあたっているが、そんな地味な役ではなく敵水上部隊と雌雄《しゆう》を決するほうがましだ。それがひとりよがりの考えだったにしても、せめて空母群一つでも残すべきではないか。

戦況はアメリカ側が断然有利に傾いてきているが、あのソロモンで戦った連中がこのままおとなしく黙っているはずがない。敵は必ずなにかをたくらんでいると思ったボードだったのである。

全速で北上して半日あまり、そろそろ敵機動部隊に向かって艦載機が出撃準備にかかろうとするころ、ボードの危惧は現実となった。

「なんだ！　あの航空機は」

海面すれすれを飛行してくる物体に、ボードはただならぬ不安を覚えた。

「あれが敵の……」

音速の翼が大気を切り裂いていた。並列した双排気口がオレンジ色に煌き、F－一一〇－IHI－二二〇Eエンジンの轟音《ごうおん》が洋上に響き渡る。F－一一〇－IHI－二二〇Eエンジンは、アフターバーナー使用時で一万六〇〇〇キログラムの高出力を誇るとともに、全飛行可能領域で最大の性能を発揮できるようにデジタル制御されているのが特徴だ。

前路掃討の第二〇四飛行隊は、確実に任務をまっとうしつつあった。第二〇四飛行隊が装備するF－15Jは、そもそも専守防衛の目的で邀撃《ようげき》任務に特化した機体である。多彩なAAM（空対空ミサイル）と高度な火器管制システムは二〇一五年の世界でも一級品で、強固な防空網を日本の空に張っていたのだ。

それがこの七〇年前の世界にあてはめた場合、いかなる結果を招くのか。その答えが目の前にあった。

BVR（Beyond Visual Range＝視認距離外）戦闘を可能にする中射程のAAMは、敵に警戒心を抱かせる間もなくあの世へのチケットを渡す。近距離戦闘に入っても圧倒的な速度差と携行火器の誘導性能の有無が、日米の航空戦に決定的な結果をもたらした。

空戦は一方的だった。数々の命中の閃光と爆発音はすべてアメリカのレシプロ機から発せられたもので、F－15Jは直立した双垂直尾翼に炎の照り返しを受けながらただ進むだけだった。

ブルーに塗装されたＦ－２が海面と一体化したように進んでいた。胴体下面に設けられたエア・インテークが潮風をたっぷりと含んだ空気を取り込み、Ｆ一二一－ＩＨＩ－一四〇エンジンが爆発的な推力を生み出していく。

「有視界戦闘だろうとなんだろうと、やってみせるさ」

木暮雄一郎一等空尉は、細かな飛沫《しぶき》に叩かれるコクピットの中で静かにつぶやいた。

涙滴型《るいてき》でグラス・エリアが広く、また機体デザイン上、左右に遮《さえぎ》るもののないＦ－２のコクピットは全周視界が良好だ。この七〇年前の澄んだ海の青さがとても近く感じられる。

だが、今はそういった自然のロマンを語っているときではない。忌むべき国の未来を変えるため、木暮にとってはそれ以前に最愛の娘を救うため、友への償いのために、「未来につながる過去」を変えるべく戦いに身を投じているのだ。

対艦攻撃ミッションであれば本来ＯＨ（Ｏｖｅｒ ｔｈｅ Ｈｏｒｉｚｏｎ＝超水平線）攻撃が可能なＦ－２だが、それはＧＰＳ（Ｇｌｏｂａｌ Ｐｏｓｉｔｉｏｎｉｎｇ Ｓｙｓｔｅｍ＝全地球測位システム）や中継機からのデータ・リンクという支援があってのことだ。

直線的に進むという電波の特性は、地球の丸みをカバーできない。すなわち、自機やミサイルのレーダーのみに頼らざるを得ない今は、水平線内の敵しか攻撃できないのだ。

もっとも、そこで目標を視認できるかどうかは彼我《ひが》の高度の問題も関わってくるのだが、まあニアリー・イコールといっても差し支えないだろう。

「山賊の残党だ。空対空戦闘準備。ただし、必要以上にかまう必要はない。一撃離脱でミッションを遂行せよ。敵戦闘機の掃討は二の次三の次だ」

「ラジャー」

第三〇二飛行隊長里中勝利二等空佐の指示に、木暮は了解の返答を発した。

F－2、F－15らと敵レシプロ機との間には、もう一点決定的な差が存在する。夜間や全天候攻撃能力の有無だ。

しかし、今回、上層部からは昼間攻撃の命令が下りてきていた。陸海軍との足並みを揃えるためと、艦隊との同時攻撃を企図したこと、さらに第三〇二、第二〇四飛行隊とも本格的な戦闘は初陣で、しかも異世界での戦闘ということから、との説明だった。視界がきく昼間攻撃のほうがミッション成功の可能性が高いと判断した、

だが、木暮は里中が部下の安全を最優先して、夜間攻撃を重ねて主張していたこ

とを知っていた。「敵の迎撃がない夜間なら、パイロットは対艦攻撃に集中できる。パイロットの生存性は飛躍的に高まり、かつ集中できる分、かえってミッション成功の確率も高まる」と。

しかし里中の主張が受け入れられることはなかった。一飛行隊長の意見は、何段にも重なる上申の中ですり減らされてついにはかき消えるのが通例だ。命令を告げる里中の声には、部下を必要以上に危険に晒《さら》す無念さが混じっているように思えた。

定数二四機の中から第一次攻撃隊に選ばれた八機のF－2が次々と機首を上げる。今ごろ第二次、第三次攻撃隊も別働隊に向かっているはずだ。

高速で敵を振り切るよりも、すれ違いざまに一撃を与えて敵を蹴散らすという積極防御を里中は選択した。

「こちらトルネード3。まっすぐ突っ切る」

「トルネード4。ラジャー」

木暮はウィングマン橋浦勇樹三等空尉がついてきていることを確認して、AAM（空対空ミサイル）を放った。

戦果を確認することなくそのまま高速で離脱する。敵レシプロ機群は呆気に取られているように見えたが、余計なことを考えずに目標に向かう。

　敵の対空砲火を避けるために定石どおり超低空を飛行するが、目標の空母の前に護衛艦艇が立ちはだかっているのが確認できた。ＨＵＤ（ヘッド・アップ・ディスプレイ）に攻撃可能を示すサインが点灯していたが、敵駆逐艦などがミサイルの針路に割り込んでこないとも限らない。できるだけ近づくに越したことはない。

「戦艦と巡洋艦の間を抜ける」

「ラジャー」

　木暮が橋浦を引き連れて旋回しかけたときだった。

「お先！　もたもたしてると獲物が逃げるぜ」

　いやみな声は、木暮を目の敵《かたき》にしている中野瀬宏隆一尉のものだった。

「攻撃っていうのはこういうものだぜ！」

　中野瀬はウィングマンを引き連れて突進した。敵の駆逐艦と巡洋艦をものともせずに、Ｍ６１Ａ１二〇ミリバルカン砲を掃射しつつ強引に突破していく。

「リーダー」

「気にするな」

　動揺する橋浦に、木暮は諭《さと》した。

「後先《あとさき》考えずに突っ込めばいいってもんじゃない。無謀は死を早める。功を焦《あせ》ることはない」

「ラジャー」

(そうだ。それでいい)

木暮は中野瀬のことを頭の外に追いやり、冷静に機を導いた。もっとも危険が少ないと思われる箇所を探し、縫うようにして敵の輪形陣中央に向かう。

多機能液晶ディスプレイは、ウィングマン橋浦に遅れがないこと、自機の状態に異常がないこと、などを正確に表示している。ロック・オンの電子音を耳に、ASM(空対艦ミサイル)を切り離す。

(京香、谷村)

木暮に脳裏に、死の床につく一人娘と、失われた友人の顔が浮かんだ。

(お前たちのためにも、これで必ず)

数十秒後、木暮は爆煙にのたうつ敵空母を見おろしていた。

歴史変革の階段を、自分たちは着実にのぼり始めている。この流れはもはや止まらない。いや、止めさせはしない。

なぐさめの言葉もない瓦解《がかい》した未来の平和。神は試練を与えたが、同時に振り返るチャンスをも与えてきた。

もしも、あのとき、あの場所で……振り返ることが悪で、明日を見るのが勇気なのだろうか。

いや、それは違う。

未来の光は過去にある。未来の鍵は過去にある。過去は消え去った時ではない。未来につながる無限の可能性あるものなのだ。

大海という戦いの舞台は、木暮の意志を試すかのように果てしなく広がる。

振り返ってやる。いくらでも。過去、現実、未来、それらの境界線が交錯した今、クールな表情の裏で闘志を燃やす木暮だった。


「撃て。撃ちまくれ！」

戦艦『サウスダコタ』艦長ホワード・ボード大佐の命令は、すでに怒声だった。

未知の航空機の攻撃で、輪形陣はもはやずたずただ。

「奴ら、とんでもない新兵器を隠していやがった」

ボードの驚きも当然である。信じられないスピードと攻撃の正確性は、とてもこの世のものとは思えない。ＣＩＣ（戦闘情報管制センター）ではレーダーに映る反応を見ているだけだが、肉眼で見る見張員にとってはそれ以上の脅威に見えることだろう。

それになにより、見張員は機体に描かれた赤い丸のマークを報告している。敵は間違いなく日本軍の所属なのだ。

敵はやはり空母を狙ってきた。噴進弾と思われる兵器が『イントレピッド』『バンカーヒル』を襲い、すでに二隻は撃沈確実の様相だ。

一〇〇海里離れた第一群も似たような状況らしく、無線は苦境を伝える悲鳴のような報告ばかりだ。このぶんでは、遠からず第三群も第四群も同じような運命を辿ることと必至だ。

また一機、洗練された姿の敵機が轟音を残して眼前を横切っていく。

レーダーに連動した五インチ連装両用砲が必死に砲身を振り向けるが、とても追いつけない。発砲すらさせてもらえないのである。

こういった敵への攻撃は、むしろ完全手動のボフォース四〇ミリ機銃に頼るしかない。細かい火箭《かせん》が狂ったように放たれていく。が、当たらない。繰り返し投げられる火網は、いたずらに虚空をつかむだけである。撃墜の報告は皆無だ。

「駄目だ」

絶望的な状況に、ボードは両手で顔を覆った。空母群の壊滅と未確認の敵水上艦隊の動き――最悪の予想にボードは戦慄を覚えた。

（ソロモンの幽霊が再来する！）

損傷艦があげる炎と煙は、敵機が引きあげた後もしばらく海上に揺らめいていた。

脱出者救助にあたった者の中には、自戒の意味を込めてこうつぶやいた者がいたという。

「それは海上に立てられた墓標のようだった」と。

一九四四年一〇月二四日　フィリピン近海

西村祥治中将率いる第二艦隊第一遊撃部隊は一〇〇〇《ひとまるまるまる》（午前一〇時）、サマール島とルソン島とを隔てるサンベルナルジノ海峡に辿りついた。

敵機動部隊撃破の朗報に意気揚々と太平洋に進出するつもりの第一遊撃部隊だったのだが、思わぬ伏兵がその足元をさらったのだった。

「『若葉』が被雷した？」

冷や水を浴びせるような報告に、戦艦『榛名』艦長吉村真武大佐は露骨に顔をしかめて聞き返した。

「ほかは大丈夫なのか。司令部の反応は？　例の艦はなにをしていた？」

矢継ぎ早に質問を浴びせかける吉村だったが、情報はそれ以上のものはなかった。

「彼ら自衛隊の装備がいかに優秀であっても、絶対ではない。それを証明した戦訓でしょう。海峡付近で待ち構えていた潜水艦か機雷の仕業かもしれません。静止している潜水艦や機雷を岩礁らと見分けるのは、さすがに彼らでも困難だったのでは？」

航海長目黒蓮史玖中佐の言葉に、吉村は眉間《みけん》に深い皺《しわ》を寄せて押し黙った。しばらく憮然としてから、口を開く。

「大事なことは、これからどうするかだ。せっかくここまで来ておきながら足止めを食らっては、第二遊撃部隊とのレイテ挟撃に間に合わん」

（たしかにそうだ）

目黒は自分なりに様々なパターンを考えて、目まぐるしく頭を回転させた。

狭い海峡に艦隊を突入させれば、敵潜にとっては格好の標的だ。かといって、まごまごしていれば第二遊撃部隊とのレイテ突入の時機がずれてしまう。突入は明二五日の黎明を予定しているのだ。

「来ました。司令部からの命令電です」

通信長から手渡された電文に、吉村は口元を大きく吊りあげた。

「航海長。進撃再開だ。『駆逐艦を押し立てて艦隊は全速でサンベルナルジノ海峡を突破。レイテへ急行す』。それが西村中将のご決断だ」

長官交替劇が、ここにきて大いに効果があったと吉村は感じた。優柔不断な提督だったら、ここで躊躇《ちゅうちょ》して絶好の機会を逸《いっ》していたかもしれない。その点、勇猛で鳴らす西村中将は決断が早かった。

戦場では必ずしもすべての状況が見えるわけではない。裏をいえば、見えない情報や予想できないことのほうが多いと言える。ある程度の割り切りと賭けは必要だ。『長門』を外している分、艦隊速度も速く、敵潜がいても振り切れるという編成上の利点も効いている。

最大の障害だった敵機動部隊はもういない。太平洋に抜ければ、レイテ湾への突入はもう秒読みなのだ。

「レイテ湾口に敵艦見ゆ。戦六、巡七、駆逐艦多数。空母を伴わず」

ＤＤＧ『あしがら』が持ち前の索敵能力を生かして、暗闇の向こうに待ち受ける敵艦隊を探しあてた。時刻は深夜〇二〇〇《まるふたまるまる》。草木も眠る丑三《うしみ》つ時に、第二艦隊第一遊撃部隊は敵の最後の砦《とりで》といえる水上艦隊を迎えたのだ。

「さあ。艨艟《もうどう》どもの宴《うたげ》を見せてもらおうか」

第七四護衛隊司令速見元康海将補は、興奮ぎみにつぶやいた。

自分たちの時代ではすでに絶滅した海獣《リバイアサン》＝戦艦＝同士の戦いが今、始まるのだ。

過去というものを、もっともはっきり感じるときかもしれない。

「艦長。ＳＳＭ（艦対艦ミサイル）発射準備。『あしがら』、目標敵戦艦一番艦。『はたかぜ』、目標敵戦艦二番艦。『しまかぜ』、目標敵戦艦三番艦」

「水上戦闘に参加するおつもりですか。しかも戦艦相手に」

『あしがら』艦長武田五郎一等海佐が、珍しく驚いた様子で確認を求めた。謹厳実直で命令に絶対忠実の武田が、はじめて見せる反応である。それだけ事は重大だった。

『あしがら』がいかに優れた艦とはいえ、それは索敵能力とそのデータの解析、管制性能、兵装の射程と誘導精度といった点でのものだ。近距離での打撃力と防御力でいえば、巨大な艦砲と分厚い装甲を持つ戦艦に敵うはずはないと武田は言いたいのだろう。

「一撃離脱よ、一撃離脱」

速見は、武田のそんな内心を見透かしたように言った。

「自信を持とう、自信を。なせばなる。我々には我々の戦い方がある。俺はお膳立てをするとは言ったが、旧海軍に任せるとは言っていないぞ」

「はっ」

武田は覚悟を決めた様子で、踵《かかと》を揃えた。速見に敬礼して振り返るなり次々と指示を飛ばす。

「水上戦闘用意。ＳＳＭ発射準備。目標、敵戦艦一番艦。ヘリの観測データを利用。遠距離攻撃」

艦内も一気に緊張感が増していく。復唱の声が重なり、キーを叩く音と画面の切り替えが連続する。

「宜候《ようそろう》。水上戦闘用意。ＳＳＭ発射準備。目標、敵戦艦一番艦」

「目標、敵戦艦一番艦。データ・オンライン。座標軸固定」

「ＳＳＭ発射用意よし！」

武田と速見が、ほぼ同時にうなずいた。

パラワン水道での対潜戦闘から、シブヤン海を抜けて太平洋からレイテ湾をのぞむ。作戦の最終段階である艦隊決戦への突入だ。

（これも歴史変革の一撃だ！）

ＣＩＣに届くミサイル発射の振動に、速見は作戦成功を確信していた。

『あしがら』らが放ったＳＳＭは見事目標に命中した。爆発の閃光が闇に飲み込まれたあとも、まとわりつく炎が敵戦艦三隻を照らし出していた。夜戦では格好の目標である。


「どうやら敵はコロラド級以前の旧式戦艦のようですね」

「そうだな」

航海長目黒蓮史玖中佐の声に、戦艦『榛名』艦長吉村真武大佐はあらためて敵戦艦群を凝視した。

ワシントン軍縮条約明けに建造された敵新型戦艦はいずれも先の尖った塔状の艦橋構造物を持つが、炎の照り返しを受けて見える敵艦のそれは三脚檣あるいは重厚な箱型のものだった。ペンシルヴェニア級かネヴァダ級、あるいはニューメキシコ級といった旧式戦艦に特有のものである。

「旧式戦艦は真珠湾で沈めたはずだが」

「敵の工廠能力は我がほうを数段上回ると聞いております。真珠湾は水深も浅いので、浮揚して修理してきた可能性は充分考えられます」

訝《いぶか》しむ吉村に、目黒は冷静に説明した。

「だとしてどうする？　このまま突っ込むか」

「お前ならどうする？」と、吉村は目黒の目を見つめた。

今、日米の戦艦群はイの字を遡《さかのぼ》るように進んでいる。アメリカ側は戦艦六隻、日本側は『大和』『武蔵』『金剛』『榛名』の戦艦四隻だ。『大和』『武蔵』の砲力とアメリカ側の戦艦の半数がすでに損傷していることを差し引けば、戦力は互角といっていい。

だが、問題はその位置関係だった。日本側はイの縦棒を遡る態勢であり、敵にT字攻撃を許す可能性がある。しゃにむに突っ込めば、敵は全火力を一隻ずつに集中できることになる。

目黒が思考をめぐらせている間に、さらなる凶報が舞い込む。

「電探に感あり！　大一、小八」

「ちっ」

吉村は大きく舌打ちした。

対戦艦戦をどう進めようかと決めあぐねているところに、新手《あらて》の出現だ。恐らく大きな反応は巡洋艦、小さな反応は駆逐艦だ。

「水雷艇です！」

「蹴散らせ！」

吉村は苛立《いらだ》ちの色濃く吐き捨てた。

敵も死にものぐるいということだろう。あの手この手を打ってくる。

それもそのはずだ。このまま第一遊撃部隊の突入を許せば、レイテ湾にいる輸送船団は間違いなく全滅だ。第二の真珠湾とも呼べる惨劇を招くことになりかねない。

「左舷より新たな艦影、近づきます！」

（またか）と吉村は鬼のような形相で振り返ったが、今度ばかりはそうではなかった。

発光信号を掲げた艦を先頭に、一〇隻あまりの艦が白波を蹴立てて『榛名』らを追い抜いていく。

「一水戦です！」

「早川少将！」

思わず吉村は手を打ち鳴らした。

発光信号など読まずともわかる。敵戦艦との砲戦に専念しろとの合図に違いない。ソロモンやマリアナでも一緒だった早川司令官の積極果敢な戦い方は健在だったのだ。

「つゆ払いはしっかり務めるから早く行け！」と言う早川の言葉が、耳元で聞こえたような気がした。

そして……。

「二艦隊司令部より入電。『第一戦隊、距離二五〇《ふたごまる》（二万五〇〇〇メートル）で砲撃開始。第三戦隊、距離二〇〇《ふたまるまる》（二万メートル）で砲撃開始。第一戦隊は針路二〇に変針。第三戦隊は適宜変針を許可す』」

「来たか！」

吉村は我が意を得たりと、大きくうなずいた。

第三戦隊の『金剛』『榛名』の武器は足だ。三〇ノットの快速がありながら、最高二七ノットの『大和』『武蔵』と足並みを揃えていたのではせっかくの利点も台無しだ。

優速を生かして敵を駆逐する。あるいは有利な位置を占めて砲戦を優位に展開する。

吉村の期待どおりの指示だった。

「さすが西村長官。機動力のなんたるかをわかっておられる。それとも森下の奴の具申か」

西村は早川や吉村と同じく水雷の専攻だった。

快速を生かして敵に肉薄雷撃を敢行する水雷屋であれば、足は最重要ともいえるのだ。

そして、森下というのは戦艦『大和』艦長森下信衛《のぶえ》少将のことである。吉村と同期の海兵四五期で、これまた専攻は水雷だ。

だが、水雷屋としてよりも森下の広い戦術眼というものに吉村は一目置いていた。優秀な男と認めつつ、いつか追いついてやると、ライバル視もしていたのである。

「針路〇度。全速でいきたいと思います」

「〇度⁉」

近づきすぎないかと眉間を狭める吉村に、目黒は簡潔明瞭に答えた。

「電測室からも、敵戦艦の速力は二〇ノットほどと報告されています。やはり敵は旧式戦艦です。となれば、我がほうは八ノットから一〇ノットは優速です。全速でいけば敵の頭に躍り出ることも不可能ではありませんし、また完全にそういう態勢に持ち込めずとも主砲の射界から全力射撃は可能と考えます」

「よし。三戦隊司令部に具申しよう」

目黒の計算は正確で的確だった。吉村は即座に目黒の具申を受け入れ、『金剛』に座乗する第三戦隊司令部に打電させた。

第三戦隊司令部から了承の返答がきたのは、それからまもなくだった。

「取舵。両舷前進、全速。針路〇度！」

『金剛』に続いて、『榛名』が艦首を左に振り向ける。基準排水量三万二一五六トンの艦体は惰性でしばらく直進するが、回頭してからの加速は鋭い。高速戦艦の名は伊達《だて》ではないと、吉村も目黒も感じていた。

「三戦隊司令部より入電。『金剛』、目標敵五番艦。『榛名』、目標敵六番艦」

報告に、吉村は無言でうなずいた。

敵を追い越そうという態勢にある今、三戦隊司令部は手近な目標を選んだ。異論はない。

「敵艦との距離。二六〇《ふたろくまる》、……二三〇《ふたさんまる》」

電探や駆逐艦らの報告でこちらの動きはつかんでいるはずだが、敵もまだ撃たない。

アメリカ戦艦が搭載する砲は、日本やイギリスのものに比べて口径のわりには射程が短いと聞いている。砲身の仰角を取る技術的問題もあるが、それ以上に命中率の低い遠距離砲戦にはアメリカは長い間懐疑的だったからだという。今日もできるだけ引きつけて撃つつもりなのかもしれない。

（それならそれで一方的に攻めまくるだけよ）

ほくそ笑む吉村だったのだが……。

「なに！」

出し抜けに海上を貫いた閃光に、吉村はぴくりと眉を震わせた。最大戦速で突進する『榛名』が口火を切ろうとする矢先の、発砲の証《あかし》だった。

しかも閃光は背後からである。あらぬ方向から射し込んだのだ。

「『大和』発砲！」

「森下め」

うめく吉村をよそに、二番艦『武蔵』も発砲を始めた。めくるめく炎が海上を覆う闇を振り払い、圧倒的な光量が束の間巨大な艦影をあらわにする。

従来の日本戦艦とは明らかに異なる機能的にまとめられたスマートな艦橋構造物、艦体に比しても大きな三連装主砲塔、前方に突き出した長大な艦首——水雷畑を歩いてきた吉村にとっては自分が座乗する『榛名』でも充分大きいと思っていたのだが、その『榛名』すら子供に見える巨艦だ。夜間に赤々とした不気味な光に照らされる姿が、艦として稀有《けう》な印象を際立たせてくる。

「足の速さが長さに負けるとはな。森下め」

「射程距離の差がこれほどまでにはっきりするとは、ちと悔しいですな」

「同感だ」

目黒の声に、吉村は苦々しくこぼした。

『榛名』の搭載する毘《び》式四五口径三五・六センチ砲の最大射程は三万五四五〇メートルだが、『大和』『武蔵』の搭載する九四式四五口径四六センチ砲の最大射程は二割増しの四万二〇〇〇メートルに達する。有効射程もそれだけ違うということだ。

『榛名』が砲戦距離に定めた二万メートルの距離に達する前に、『大和』『武蔵』の砲撃は続いた。両腕を組んだ吉村が見守る中で、『大和』は早くも三射めで有効弾を得ていた。

「やるな。森下」

敵一番艦にあがった火柱を見て、吉村はつぶやいた。

すでに敵一番艦は『あしがら』の噴進弾を食らって火災の炎を引きずっているた

め測的《そくてき》は容易だったかもしれないが、それにしても夜間の、しかも二万五〇〇〇とという大遠距離砲戦にあたる射撃である。三射めの命中は見事だったといえよう。

「ニューメキシコ級か」

火柱は二度続き、多量の破片がまとめてぶちまけられるのが見えた。その中で、重厚な箱型をした艦橋構造物があらわになっている。ニューメキシコ級に特有のものだ。

『武蔵』も続く。その二射後に敵二番艦が大音響をあげて隊列から落伍していく。『大和』『武蔵』は、敵の有効射程外から一方的に射弾を浴びせて敵艦を撃破したのだ。

より遠くの敵を撃つために、より大きな砲と艦体を得るという、大和型戦艦の大和型戦艦たる所以《ゆえん》が生んだ勝利だった。今ごろ第二艦隊司令部は押せ押せの雰囲気に違いない。

敵もここにいたって撃たれるままの展開に業《ごう》を煮やしたのか、発砲を開始した。一五インチと思われる砲列が明滅し、巨弾が宙を裂いて飛翔する。その直後だった。

「敵艦との距離、二〇〇（二万メートル）！」

「撃ち方始め！」

吉村は堰《せき》を切ったように、大音声で命じた。

砲術長も同じ思いだったのだろう。満を持した『榛名』の主砲が吠える。目黒の目論見《もくろみ》どおり、すでに第三、第四主砲塔も目標を射界におさめていた。

各砲塔一門ずつ計四門の主砲が、重量六七三・五キロ、弾長一五二・四七センチの巨弾を叩き出す。一射目、二射目と空振りを繰り返す間に、ひときわ明るい閃光が前方の海上を照らし出した。右舷を指向した敵戦艦群の砲列や、前を行く『金剛』が照り返しを受けて橙色に浮かびあがる。

しばらくして、ずしりとこたえる爆発音が『榛名』の艦橋にも届いてきた。びりびりとガラスが震え、残響が発砲音と共鳴して鼓膜にこびりつく。

「敵一番艦、轟沈《ごうちん》」

（森下……）

旗艦の戦果は喜ばしいことではあったが、自分の艦がさしたる戦果をあげていないことで、素直に喜べない吉村だった。

さらに苛立《いらだ》たしいのは、目標とする敵六番艦が『榛名』ではなく『大和』か『武蔵』を狙って砲撃していることだった。

たしかに脅威度はそちらのほうが上かもしれない。しかし裏を返せば、敵六番艦はまったく無傷の『榛名』にただ撃たれっぱなしになるのだ。

「なめるな！」

吉村の気持ちを乗せて、『榛名』が吠える。六射目で夾叉弾《きょうさだん》を得て、七射目から全力射撃に入る。

（来た！）

全門斉射の衝撃は、相変わらず強烈だった。『榛名』の主砲は三五・六センチ連装四基八門と、現在日本海軍の第一線にある戦艦としては最貧のものだが、それでも十二分の衝撃だ。発砲の直後、足の裏から脳天に逆向きに落雷を受けた錯覚を感じるほどだ。

「よしっ！」

見張員が報告するよりも早く、吉村は身を乗り出して叫んだ。目標の周囲に噴きあがる水柱の隙間に、発砲のものとは明らかに異なる閃光を見いだしたのだ。

が、目標とする敵六番艦は、それでも『榛名』に砲を向けようとはしない。

「あくまでそうしたいなら好きにするがいい。だがな！」

吉村は二射、三射と叩き込ませる。

（ペンシルヴェニア級、あるいはネヴァダ級か）

命中、爆発の閃光がカメラのフラッシュのように閃《ひらめ》くたびに、三脚檣の上に乗った砦のような司令塔が見える。主砲門数などに違いがあるはずだが、夜間だけに肉眼でそこまでの詳細は確認できない。

「『大和』『武蔵』はどうだ？」

吉村は左舷から右舷前方の二隻に視線を振り向けた。

さすがに二隻で六隻を相手取っては、無傷とはいかなかったようだ。二隻とも小規模ながら火災の炎を引きずっている。ちろちろとまとわりつく炎が、特徴的な三本のマストや艦尾の航空兵装などを浮かびあがらせている。

だが、砲戦は明らかに『大和』『武蔵』が優勢に見える。『金剛』が相手取っている敵五番艦の周囲に二種類の水柱が突き立っているのは、『大和』か『武蔵』の砲撃が混じっているからだ。

「ぐずぐずしてはおれんぞ」

砲戦を長びかせて敵の輸送船団に逃走するチャンスを与えたくない。また、『榛名』が目標とする敵六番艦が最後に残るようなことも避けたかった。そもそも『榛名』は自艦が撃たれない絶好の状況で、一方的に砲撃を仕掛けていたのだ。

だが、砲戦はそこで唐突に終わった。残った敵戦艦の舷側に、次々と水柱が立ちのぼったのだ。敵戦艦はみるみる行き足を失い、発砲の炎も消えていく。

「早川司令官……」

雷撃の戦果だと、吉村はすぐに悟った。一水戦が敵水雷戦隊との戦いに勝利し、支援に駆けつけたのだ。


レイテ湾はパニックだった。

『大和』『武蔵』『金剛』『榛名』ら第二艦隊第一遊撃部隊が、レイテ湾の守りについていた敵第七七任務部隊と夜戦を展開しているうちに、南側のスリガオ海峡から、戦艦『長門』『扶桑』『山城』ら第二艦隊第二遊撃部隊が突入してきたからである。

行き場を失ったアメリカ軍の輸送船団は右往左往するばかりで、攻撃を受ける前に衝突したり座礁して動けなくなったりしていた。どのみち、海上に逃げ場はない。すでに上陸していた陸上部隊は、内陸に逃げ込もうとしているようだった。

「そうはいくかよ」

陸上自衛隊北部方面隊第七師団第七四戦車連隊第二中隊長原崎京司一等陸尉は、傍受した敵無線を聞きながらつぶやいた。

タッチ・パネルを連打して画面を切り替える。赤外線画像として浮かびあがる敵戦車が、次々と画面に現われる。

「大漁だな」

原崎の乗る九〇（九〇式戦車）は、他車やヘリなどの索敵データや戦闘情報を共有化できるデータ・リンク装置を備えた最新型だ。自分の目の前だけでなく、周辺状況を広く正確につかむことでより有効的な攻撃が可能なのだ。

「発砲と同時に第一中隊は右舷に、第二中隊は左舷に展開。敵を側面から包囲、殲滅する」

「了解」

連隊長からの指示に、原崎は呼吸を整えた。

陸自にも吹き込んでいたきな臭い風＝過去への介入＝は、ついに自分にも届いた。

戦争という言葉からすれば、それは破壊と恐怖をもたらす嵐に思えるかもしれない。だが、自分の解釈は違う。単なる任務というわけではなく、やがて訪れるであろう混沌と絶望というものを避けるための必要悪なのだ。

血塗られた紛争と混乱という嵐も、やがて平和と安定という清澄で潔白な風に変わるのだ。それが自分の大義だと、原崎はあらためて自分に言い聞かせた。

「ファイア！」

レイテ湾岸がアメリカ戦車の墓場に変わるまで、そう時間はかからなかった。

戦艦『大和』の羅針艦橋では、激論が交わされていた。

レイテ湾に在泊していた敵の戦闘艦艇および輸送船団への攻撃は成功裏に終了した。敵の上陸部隊も、遠からず海に追い落とせる状況だと連絡も入っている。問題は、このあとどうするかだった。

「一水戦の早川司令官と『榛名』艦長吉村大佐からは、敗走する敵機動部隊の残党を反転して討つべきだと具申されておりますが」

参謀長小柳富次《とみじ》少将の言葉に、第二艦隊司令長官西村祥治中将は小さくうなずいた。

反論したのは航空参謀吉岡忠一中佐である。

「残敵掃討は航空隊に任せるべきです。水上艦隊で突撃するよりも、確実かつ安全です。それに、我が艦隊があえて危険を冒す必要もありません」

「それも一理ある」

西村は態度を決めかねていた。その西村に、吉岡はたたみかけるように続けた。

「今、我々が取って返したところで敵を捕捉できるかどうかもわかりません。そもそも相当な打撃を被《こうむ》った敵機動部隊がそのままその海域にとどまるわけもなく、すでに攻撃後一日半も経過した今となっては大きく東に逃走した可能性が大であります」

「だが、逆に敗残となった艦隊が息も絶え絶えになって近くにいる可能性もある。夜戦での勝利を信じて、反撃の機会を窺っているかもしれん。それを封じるには今のうちに距離をつめておく必要がある」

「それはそうですが！」

『大和』艦長森下信衛少将の言葉に、吉岡は声を荒らげた。

「索敵、攻撃とも、航空の範囲は水上艦と比べようもありません」

「貴官は、砲雷撃の力を侮《あなど》り、航空の力を過信しているのではないのか」

「あくまで可能性のことを本職は言っているのであります。長官！」

「二人ともそこまでだ」

小柳が森下と吉岡のやりとりに割って入った。決断を促《うなが》そうとする吉岡を一瞥《いちべつ》して、小柳は言った。

「長官。我々の任務はレイテ湾在泊の敵を一掃することです。敵機動部隊の捕捉撃滅は第三艦隊の任務であります。残燃料の問題もあり、ここは第三艦隊に任せて引きあげるべきかと。戦果は充分です」

「わかった」

西村は断を下した。

「第一遊撃部隊は第二遊撃部隊と合流。第二艦隊は全艦ブルネイへ帰還する」

（やはりな）

森下は、普段から自己主張の強い吉岡について事前情報を得ていた。

かつてソロモン海で制海権と制空権をめぐって日米が火花を散らしているころ、同方面を管轄する第八艦隊の参謀として着任していた吉岡は、航空戦による攻勢を強硬に主張して異常なまでに上層部へ意見を具申していたという。早川や吉村が参戦した第一次ソロモン海戦でも、艦隊が敵を残しながらも一航過で退却した裏に吉岡の主張が反映されていたと聞く。

吉村は、このときの司令部の決断は今でも理解しかねると憤《いきどお》っていたが、ここでまた同じ思いを繰り返すことになったのだ。

森下は顔を真っ赤にして憤慨する吉村を思い浮かべたが、事実そのとおりだった。

「いったい司令部はなにを考えているんだ！　この期《ご》に及んで臆病風に吹かれたか」

スリガオ海峡を抜けてブルネイに帰還するという連絡を受けて、戦艦『榛名』艦長吉村真武大佐は怒鳴りつけたい気持ちで旗艦『大和』を睨《にら》みつけた。

敵に反撃する余力はない。今こそ戦果拡大の好機ではないのか。これまで我が軍は一時《いっとき》の勝利に酔って、みすみす敵に立ち直る機会を与えてきた。ここは徹底的に残敵を掃討すべきだ。

吉村の鋭い視線は、これまでの反省をふまえてのものだった。だが、司令部の命令が覆《くつがえ》るはずもない。

「司令部は残燃料も問題視しているのではないでしょうか」

航海長目黒中佐の言葉に、吉村は問い返した。

「航海長の目算はどうだ。追撃はできないと？」

「あえて言わせていただきますと」

目黒は司令部批判ではないと、首を傾げつつ言った。

「たしかに駆逐艦などは厳しいですが、戦艦からの給油も可能ですし、最悪マニラに戻るという手もあります」

「そうだろう！」

吉村はひと言吐いて、口を尖らせた。

「残弾もある。燃料もなんとかなる。これではソロモンやマリアナの二の舞じゃないか」

勝つには勝った。だが、釈然としない思いの残る吉村である。久しぶりの勝利だが、美酒に酔いしれる気分ではない。戦力は増しても組織の体質は変わっていないのだろう。勝てる組織というのはこういうものではないはずだ。

炎の残るレイテ湾に背を向ける艦の中で、吉村の表情はいつまでも憮然としたままだった。

第二部　巨艦咆哮！　マリアナの死闘（前）

運命、現実、そう理解して受けとめることができるならば、どれだけ楽なことだったろうか。

だが、男たちはあえて棘《いばら》の道を選んだのだ。歴史を変革するという神にも近い難行の道を。

その道にどんな試練が待っていようとも、投げ出すわけにはいかない。愛する者を守るために、愛する者を救うために。

見つめる先は新たなる未来。そこに差し込む光は、己の力で導くのだ。

第一章　招かれざる使者

一九四四年一一月四日　嘉手納《かでな》

Ｆ－２とＦ－15のジェット・エンジン音が交錯していた。ある機は尾部から、まためる機は主翼の周辺から飛行機雲を曳《ひ》いて、蒼空に複雑な幾何学模様を描いている。

飛行機雲というのは、水分が凝結してできたものだ。エンジン排気に含まれる水分が空気中の水蒸気濃度を高めて飽和に達し、凝結して雲のように曳かれて見えるのである。他方、主翼近傍は大気圧が部分的に低圧化して、水蒸気濃度を飽和に招くのだ。

それら飛行機雲の先にあるＦ－２とＦ－15が、高速で目標に向かっていく。大型で馬力のあるＦ－15と軽量コンパクトで機動性に富むＦ－２が、主翼に描かれた日の丸を閃《ひらめ》かせつつ射撃の機会を窺《うかが》っていく。

レーダーが目標を捉え、ロック・オンの電子音がコクピットに響く。HUD（ヘッド・アップ・ディスプレイ）に攻撃可能のサインが躍り、翼下に懸架されたAAM（空対空ミサイル）がディスプレイ上の点滅とともに切り離されていく。

「結局、こういうことだよ。こういうこと」

航空自衛隊南西航空方面隊第九航空団第三〇二飛行隊所属の木暮雄一郎《こぐれゆういちろう》一等空尉は、前面に据えられた多機能液晶ディスプレイに視線を流しながらつぶやいた。

「そんな楽にはいかないさ。しょせんな」

木暮は十数分前までのやりとりを思い返した。


パイロット待機室には、独特の緊張感漂う空気が流れていた。掲げられたパネルには、「五分待機」の表示が点灯している。文字どおり五分で発進を可能にするという意味だ。

アラート（対領空侵犯措置任務）は通常、この五分待機と一時間待機、さらに差し迫った場合にはコクピットに着座して待つコクピット待機という三種類で運用されている。

木暮は、五分待機の担当パイロットとして、一定の緊張感を保ちつつ気持ちと身体を休めていた。

「ご苦労なこって」

嘲笑混じりの言葉を浴びせてきたのは、同僚の中野瀬宏隆《なかのせひろたか》一尉だ。開発中のF－22Jのテストパイロットとして木暮が選ばれ、自分が落選したことをいつまでも根に持っている、いわゆる〝嫌味な奴〟の典型だ。しかし、人脈に恵まれた家柄と財力のおかげで、常に媚《こ》びへつらう者たちがついてくるのだから、人間というのは複雑な生き物といっていい。

「この時代でどの程度アラートの意味があるかどうか知らないが、まあ任務だ。せいぜい頑張ってくれたまえ。俺はしばらく担当ではないからな」

「担当でない奴がここにいたらまずいんじゃないのか。必要性があるかどうかは別として、ここは聖域だろう。緊張感を乱すような行為は慎んでもらわないとな」

「ふん。凡人の気を紛《まぎ》らわせて悪かったな」

クールに対応する木暮を睨《にら》みつけ、次いで中野瀬は大げさにそっぽを向いた。

「いくぞ」と取り巻きに顎《あご》をしゃくって、退室する。

その取り巻きの一人が、去り際に立派な筒から一枚の書状を広げて見せた。

「（木暮）一尉。あれって」

「ああ、聞いてはいたよ」

無関心を装う木暮に、エレメント（二機編隊）でサポート役を務める橋浦勇樹《はしうらゆうき》三等空尉が、身を乗り出して語気を強めた。

「聞いてはいたって！　あれは連合艦隊司令長官からの感状ですよね。レイテ沖海戦での功績を称《たた》えるっていう。中野瀬一尉一人の功績じゃないのに……」

「まあ、どこでどういう話をしたのか知らないが、あいつ個人にスポットが当たった。それだけのことだ」

「それだけって、一尉。納得いきませんよ。一尉がよくたって、自分もあの戦いでは命を懸けてそれなりの戦果を……」

なおも鼻息を荒らげる橋浦だったが、木暮はそれ以上なにも言わなかった。

中野瀬がお得意の人脈と政財力をバックにした影響力で自分の戦果を華美に飾りたてたことは、想像に難くない。どこにでもいるいわゆる口で仕事をする奴だ。

本来自分たちがいた二〇一五年から七〇年以上も遡《さかのぼ》った一九四四年のこの時代にも影響力を保てるというのは、それはそれですごいことかもしれないが、またそこまでしようという本人の野心も相当なものだ。

まあ、間違いなくもっとも忌み嫌われる人種であり、橋浦が癪《しゃく》に触るのも当然としても、今の自分にとってはどうでもいいことだと木暮は受け流した。欲しいのは賞賛や名声ではない。戦果とそれによる未来の変化なのだと木暮は双眸《そうぼう》を閉じた。

米中戦争の余波による被曝と白血病で余命いくばくもない娘の京香と、それに伴って精神を病む妻の千秋《ちあき》、自分のミスから戦闘に巻き込んでしまい死に追いやってしまった友人の谷村英人《ひでと》──忘れたい現世の思いだが、決して忘れることはできない。忘れるつもりもない。

そのために自分は過去に来て、戦史と世界の構図を変えようとしているのだと、木暮はあらためて戦う意義を問いなおした。

しばし、沈黙のときが流れた。憮然としていた橋浦が口を開く。

「このアラートって、意味あるんですかね。そもそも邀撃《ようげき》だったら二〇四（飛行隊）が本職なわけだし。鈍足のレシプロ機しかいないこの時代なら、五分待機は大げさじゃないですか」

「上申するなら、俺は止めはしないぞ」

「そんな。冷たいですね、一尉」

戦争っていうのは、いくら備えがあってもありすぎることはない。先制発見と先制撃破が空戦の鉄則である以上、広範囲かつ高精度の索敵と迅速な対応は、勝利をつかむには必要不可欠だ。

（そうだろう？　谷村。もしもな、このまま時間の流れが変わっていったら）

木暮は右拳を握り締めた。拳の中に握られているのは、シルバーのピン・バッジだ。今や谷村の形見となった西日本ハード・ダーツ・ペア選手権準優勝の証《あかし》──谷村と交わした全日本選手権での雪辱の約束は、叶《かな》わぬ夢で終わったのだ。

（谷村……）

そのとき突如鳴り響いたアラーム音に、木暮は現実に引き戻された。

「緊急発進⁉」

目を丸くする橋浦の背中を叩き、次の瞬間、木暮は一〇〇メートル走のスプリンターのごとく出口に向かって走りだしていた。

緊張感を煽《あお》りたてる赤色灯の光の下で手空《てす》きの者がドアを開け、木暮が、次に橋浦が続く。まるで身体ごと弾けるような勢いだ。

そのまま全力疾走で愛機に駆け寄る。ラッタルを駆けのぼり、三分割式のコクピットに身体を投げ入れる。

ハーネスを締めてパイロットにパラシュートを固定し、ラッタルを外すのは整備員の役割だ。パイロットと整備員がほぼ同時に作業して、離陸までの時間を一秒でも短縮する。それが、アラートなのだ。

エンジン始動。液晶ディスプレイに光が宿る。

アナログ計器が所狭しと並んでいた旧式機と異なり、F－2のコクピットは洗練されたデジタル機器で構成されている。人間工学的にも研究された、より的確な情報を、より早く、より簡潔明瞭にパイロットに伝えられるように考慮されたものなのだ。

「フュエル、チェック。ウェポン、チェック」

確認もそこそこにタキシング（地上走行）開始だ。整備士に見送られて滑走路に進入し、陽光を貫いて機体を一気に加速させる。アフター・バーナーの炎が大気を焦がし、F－2は軽やかに高空に駆けあがる。

急造されたこの嘉手納の滑走路は短かったが、軽快なF－2はそれを苦にせず運用できた。単なる見かけ上の性能以外にも、この適応力はF－2の大きな魅力だった。

いつもならAWACS（Airborne Warning And Control System＝空中早期警戒管制機）から状況の報告と邀撃管制の指示が

あるはずだったが、残念ながら今回それはない。機数とパイロット、またそれを支える間接部門の機材、人員、その他もろもろの問題で、まだ二四時間カバーリングできる警戒飛行体制は整っていなかったからだ。通報は南方に移動中の海軍機が、たまたま敵機らしきものを発見したことによるらしい。

すなわち、今後は自分だけが頼りということだ。

「それにしても、本土を直接襲ってくるなんて。機動部隊をレイテで叩いてから、まだ二週間も経ってませんよ。陸軍機か、もしかしたらディメンジョン・ゲイト＝次元の門＝からの増援の見間違いでは」

「そうあってほしいがな」

ただ心当たりがないわけではなかった。木暮は不吉な予感を覚えて、それが杞憂《きゆう》にすぎないことを祈った。

現在時刻は一三時。白昼堂々の時間だ。点々と浮かぶ雲の上から、眩《まばゆ》い太陽が海上に燦々《さんさん》とした光を注いでいる。

「レーダーに反応！」

「こっちも捉えた」

世界で初めて航空機に搭載されたアクティブ・フェイズド・アレイ・レーダーが、

視界外の未確認機の編隊を見いだしたのだ。

「高度七〇〇〇？」

一万二〇〇〇の高々度をいく木暮と橋浦から見て、未確認機の編隊はかなり下を北上しているようだった。空中と海上の同時捜索も可能なF－2のアクティブ・フェイズド・アレイ・レーダーは、当然ルック・ダウン性能も優秀だ。苦もなく未確認機を発見したが、問題はその高度だ。

（もしあれならてっきり高々度を来ると思ったが。旧陸海軍機を甘く見てのことか）

疑問を内包しつつ、F－2は進む。

「IFF（敵味方識別装置）に応答なし。こちらの呼びかけにも反応ありません」

「ああ。そうだろうな」

橋浦から報告が入ったが、聞くまでもないとばかりに木暮は前を見つめたままだった。

空自や海自の増援が来るとは聞いていない。また、旧陸海軍機であればアラートの要請もこないだろう。

だとすれば……。

「ついてこい。目視確認する」

「ラジャー」

木暮は橋浦を引き連れて、スロットルを開いた。いったんフライ・パスして反転し、敵の後ろ上方から追うつもりだった。

戦闘になる可能性が高い以上、わざわざ正面から向かって姿を晒《さら》すことはない。空戦の鉄則は、先に発見して先に撃つ。いわゆる奇襲が理想だ。

そのためには、敵の死角から近づく必要がある。また、高度差の優位は位置エネルギーを味方につけて機速の優位につながり、空戦を楽に進めることができるのだ。

レーダーの反応が近づく。

でかい。

木暮の予想は、確信になりつつあった。

頃合いを見はからってスロットルを絞り、操縦桿を傾ける。軽量高強度の炭素系複合材料で成形された大面積の主翼が、大空に小さな弧を描く。

上下に描かれた赤い丸のマークが、眩い陽光を受けて鋭く閃く。高度を示すデジタル数字がみるみる下がり、逆に速度を示すデジタル数字が再び急上昇していく。

(そろそろか)

純白の雲海を突き抜けたときだった。

「！」

木暮の確信は、現実となった。

トンボの目のような網状の丸い機首を持つ細長い胴体、四発のエンジンをぶら下げた長大な直線翼、それらに不釣合いなくらいに大きな単垂直尾翼だ。

超・空の要塞――爆弾搭載量、航続力、速度、作戦可能高度、すべてにおいて時代のレベルを超越したボーイングＢ－29スーパー・フォートレスの姿がそこにあった。

日本全土を焦土と化し、女子供も容赦なく無差別に焼き殺していった恐怖の戦略爆撃機だ。今の状況で日本本土を直接狙うとすれば、これしかない。木暮が恐れていたのは、まさにこのことだった。

高射砲弾や邀撃機が上がりにくい一万メートル超の高々度が飛行可能なところを、あえて七〇〇〇メートルという中途半端な高度で来たことが解せないが、与圧キャビンかなにかのトラブルか、あるいは欧州戦線の戦略爆撃でなにかを学んだ結果かもしれない。とにかく、このジュラルミン剝《む》き出しの無塗装で銀色に光る怪鳥《けちょう》をこのまま行かせるわけにはいかない。

「び、Ｂ－29って。あのＢ－29ですよね？」

「そうだ。マリアナが落ちている以上、ありうるんだ」

「それにしても……」

　橋浦の声は上ずっていた。

「レイテであれだけ叩いた後ですよ。まだあれから二週間も経っていない」

「B－29は海軍のものじゃない。陸軍航空隊のものだ。レイテで壊滅した海軍とは違うということを見せつけたいのかもしれない。いずれにしても、日本を敗北に追い込むまでアメリカは決して退かないという決意の証だろう」

「東京じゃなくて、なんでこんな沖縄や九州に向かってきているんですか。それに今日は一一月四日ですよ。たしか史実ではB－29が初めて飛来したのは……」

「史実ではない。それは俺たちだけが覚えている旧史だ。現実は違う。すでに歴史は変わっているんだ。戦略爆撃といえば夜間空襲が相場と考えがちだが、こんな真っ昼間に来たのも変化の表われかもしれない。とにかく現実を見ろ。この現実を見据えるんだ」

「ラジャー」

　木暮の言葉に、割り切った様子の橋浦の返答が響いた。余計なことを考えずに目の前の事実を受け入れようとはしているが、やはり緊張は隠せない。そんな色の滲《にじ》む声だった。

（アメリカ陸軍の航空隊か）

戦略爆撃を提唱し実行したマリアナの第二一爆撃兵団司令官カーチス・ルメイ少将は、後年日本で表彰を受けている。空自の創設に貢献したという理由だが、自国を廃墟に変えた当人を表彰するという国の感覚が疑われるところだ。

（とにかく、そんなものは叩き壊す）

備えをしておいて、しすぎることはない。そうそう簡単に事は運ばない。その結果、今の空戦がある。木暮は記憶の中から、我に返った。

Ｂ－29に向けてＡＡＭ（空対空ミサイル）の一太刀を振るった木暮と橋浦は、旋回して距離をとった。ＡＡＭという長槍があるうちは、不必要に敵の迎撃圏内に飛び込む必要はない。

一定の間隔を置いた電子音を伴いながら、ＡＡＭ到達までのデジタル数字が減っていく。

「三、二、一……」

数字がゼロを刻むとともに、間欠した電子音が連続音に切り替わる。レーダーの輝点も一つ、同時に消失していく。

B－29、撃墜だ。

「スプラッシュ（撃墜）！」

「スプラッシュ！」

木暮と橋浦の声が重なった。

左前方で火球が二つ生じるのが目に入った。一方は細長い棒のようなものが真っ二つに折れ飛ぶのが見え、もう一方は赤黒い爆炎の中から無数の塵《ちり》のようなものがばら撒かれている。恐らく前者は胴体が爆裂しての墜落、後者は搭載した爆弾か燃料の引火爆発による四散と思われる。

「セカンド・アタック！」

「ラジャー」

木暮は再び橋浦を引き連れて、目標に接近する。素早くターゲットを定めて、第二撃のAAMをB－29に向けて放つのだ。

だが、問題はその後だった。

「今後はアラートの仕方も変えなければならないな」

アラート（対領空侵犯措置任務）は本来、空戦が目的ではない。未確認機が領空を侵犯しないように警告し、不意の事故や不穏な動きを未然に防止することが優先だ。そのためアラートでは、通常AAM二発を携行するだけで、フル装備での出撃などないのがこれまでのやり方だったのだ。

だが今、敵機は少なくとも一〇機はいる。AAM残弾一発ずつでは到底対処できない。

「時代が違うわけだから、フル装備での出撃をすべきだったか」

アラートではなく、邀撃命令というわけだ。

一九六〇年代のベトナム戦争では、アメリカが誇る新鋭戦闘爆撃機F－4ファントムⅡが旧式であるはずの旧ソ連軍戦闘機に翻弄されたという戦訓がある。空戦の雌雄《しゆう》を決したのは、新世代のミサイルではなく旧来の機関砲だったのだ。

ミサイルの性能を過信したアメリカは、全天候ミサイル迎撃という過度な理想を掲げてF－4ファントムⅡを固定武装なしのミサイルのみの携行で設計していたのだ。

だが、それは大きな誤りだった。当時のミサイルはまだ発展途上といえるもので、誘導性能も低く、射程や射角も限られたものだったからだ。

さらに間接的技術の遅れも事態を悪化させる要因だった。このときアメリカはすでにＢＶＲ（視認距離外）戦闘を可能とする中射程のＡＡＭを手にしていたのだが、ＩＦＦ（敵味方識別装置）は未熟だった。レーダーが捕捉した目標が敵か味方か判別できずに、せっかくのＢＶＲミサイルを撃つことができなかったのだ。

そこをソ連軍戦闘機は衝いてきた。高速で接近し、旧式であるはずの機関砲を撃ちまくって、先進的であるはずのＦ－４ファントムⅡを撃ち破ったのだ。

以来、ミサイルや機体そのものがいかに進歩しようとも、固定武装を持つという設計思想は二〇〇〇年代に入っても脈々と受け継がれている。兵装選択（いや数か）のミスは、そんな戦訓に近いものかもしれない。

だが、それらはすべて帰ってからの話だ。今は目の前の問題を早急に片づけねばならない。

（接近戦しかないだろうな）

木暮は意を決した。

幸いＦ－２は固定武装としてＭ61Ａ１二〇ミリバルカン砲を装備している。逆を言えば、このバルカン砲のみが敵を撃退する唯一最後の武装になるということだが。

しかし、当然ながら無誘導かつ射程が限られたバルカン砲では、肉薄しての攻撃をかけざるを得ない。これは敵に反撃のチャンスを与えることになるのだ。

「AAMを撃ったら、接近戦を挑む。心してかかれ」

「ラジャ」

橋浦のごく短く緊張した声が返ってきた。

B－29は機体のいたるところに銃塔を付けた、まさに難攻不落の空の要塞だ。その中に、さらにそれらが密集隊形を組んで相互支援を行なう中に飛び込んでいくには、相当の覚悟を必要とする。生唾を飲む橋浦の様子が見えるような気がする木暮だった。

「ん？」

いよいよ仕掛けようというとき、レーダーが新たな機影を捉えた。続けて橋浦の歓喜の声が飛び込む。

「IFF確認！　増援です。硫黄島から二〇四空が来てくれました」

（遅いんだよ）

木暮は内心で毒づいた。

駆けつけたF－15は八機。四機編隊二組であった。横合いから飛び込んできたF－15が、次々とAAMを切り離す。

さすがに邀撃任務に特化して訓練しているだけあって、動きに無駄がない。二機編隊、四機編隊が一体化して攻撃をかけている。流れるような動きは、B－29群に対処の隙《すき》を与えない。

散開して逃げる間もなく、B－29はAAMを食らって木っ端微塵に砕け散る。密集していたぶん、僚機の爆発に巻き込まれたり、あわてて針路を変えようとして空中衝突したりする機もある。

これで勝負ありだった。わずかに生き残ったB－29数機が、反転して離脱していく。

「追いますか」

「いや」

橋浦の問いに、木暮は小さく首を横に振った。

「専門家に任せよう。二〇四空の仕事を奪うことはない。帰投するぞ」

なおも敵を追っているF－15を横目に、木暮は機体を翻《ひるがえ》した。

相変わらず太陽は高く、じりじりとした陽射しが天から降りそそいでいる。ミサイルが残した噴煙や、命中して爆発した炎と煙の痕跡もいつのまにか消え失せ、空は元の青さを取り戻していた。

運命、現実、そう理解して受けとめることができるならば、どれだけ楽なことだったろうか。

だが、男は涙と怒りで悲しみを忘れようとはしなかった。仕方がないこと、避けられないこと、と強大な力に屈しようとはしなかった。

男たちはあえて棘《いばら》の道を選んだのだ。歴史を変革するという神にも近い難行の道を。

その道にどんな試練が待とうとも、投げ出すわけにはいかない。愛する者を守るために、愛する者を救うために。

見つめる先は新たなる未来。そこに差し込む光は、己の力で導くのだ。

これが一九四四年一一月四日、マリアナからアメリカの戦略爆撃機B－29が日本に初めて飛来した日のことだった。

一九四四年一一月七日　東京・霞ヶ関
「マリアナを奪い返すですって⁉」

冒頭に説明された方針に、防衛参事官草野和孝《かずたか》は耳を疑った。

「レイテで勝利した今、急ぐべきは日本本土と台湾、フィリピン、南方を結ぶシー・レーンの強化ではないのですか」

「たしかに海軍としても、当初はそのように考えていたのですが」

軍令部第一部長中沢佑《たすく》少将も歯ぎれが悪い。後を引き取ったのは、連合艦隊司令部首席参謀神重徳《かみしげのり》大佐である。

「マリアナ奪回はすでに既定路線であります。参事官。知ってのとおり、三日前マリアナから飛来したと思われる敵の四発重爆B－29が本土近辺に現われました。幸い貴官らの航空戦力が撃退したとはいえ、敵の狙いが我が本土空襲にあったのは明らか。早急に手を打たねばならないのは子供でもわかることです」

「ですが、レイテの一大決戦を終えたばかりですよ。それなりの準備が必要だと思いますが」

「マリアナ奪回は、少なくとも今月中には決行せねばなりません」

「こ、今月中⁉」

神の答えに、草野は頓狂な声を上げた。

マリアナ奪回となれば、再び陸海空の総力を挙げた作戦になるのは間違いない。

相互連携の確認と綿密な打ち合わせ、補給計画の策定と物資の確保、それにレイテでの戦いを終えての戦力の再構築等々、問題は山積みだ。

無限ともいえる物量を誇るアメリカでさえも、一大攻勢をかけるには半年から一年の間隔を置いているはずである。

「幸いレイテでの我がほうの損害は、驚くほど少なかった。完勝といってもいい。ここは一気呵成《いっきかせい》にたたみかけるべきです」

「心配は無用です」

神に加勢したのは、連合艦隊司令部航空参謀吉岡忠一《ちゅういち》中佐だった。先日のレイテ決戦後、第二艦隊司令部から転属になっている人物だ。本人の強い希望と神らの推薦によるものだと、噂には聞いていた。

「台湾で温存していた基地航空隊も無傷です。機動部隊も健在となれば、我がほうに隙はありません。首席参謀のおっしゃられるとおりです。今すぐにでも攻撃を仕掛けるべきです」

「敵に反撃の猶予を与えてはならない。できる、できないではない。やるしかありません。参事官」

（やはりこの男だったか）

草野は憮然とした表情で、神を見つめた。殴り込み、攻撃一辺倒の、後先を考えない典型的なタイプの男だ。旧史での独善的な振る舞いにプラスして、先日のレイテ決戦の勝利でさらに暴走ぶりに磨きがかかっている。

（なかなか思惑どおりに事は運ばんか）

草野は思い返した。

二〇一五年の米中戦争の勃発と、日本本土の放射能汚染、巨大隕石の接近と全世界的な迎撃、その結果として生じたと思われるディメンジョン・ゲイト＝次元の門。

そのゲイトによって、二〇一五年と一九四四年の世界は結ばれているのだ。

終局的という意味で、二つの世界での日本の立場は同じようなものだった。二〇一五年の日本は米中戦争のあおりを受けて戦術核の汚染に悩まされ、さらに第三次世界大戦や全面核戦争の危機にまで晒されようとしていた。また、一九四四年の日本はマリアナ沖海戦の敗北など、アメリカの攻勢を食い止めることができずに対米戦局は極めて不利な状況に追い込まれていた。

二〇一五年の日本国首脳部は、国の忌むべき現状を打破するには、歴史変革がもっとも適切で可能性が高いものと判断した。

そこで陸海空自衛隊の精鋭に出撃命令が下った。オペレーション・タイムレヴォ

ルーション＝時の改革作戦＝によって、戦後の世界体制を一から塗り替えるのだ。それによって、歴史はまったく違う道を辿《たど》るはずだ。

アメリカの一極支配と中国の台頭対立という図式を壊して、真の世界平和を導く。平和と安定の日本を取り戻す最善の手段のはずだ。

その結果、草野らはここにいる。

陸海空自衛隊の介入によって、フィリピン・レイテ島を舞台とする一大決戦は日本側に凱歌があがった。それを受けての今回の打ち合わせである。この霞ヶ関の軍令部に参集しているのは、軍令部と連合艦隊司令部の主だった面々と、草野ら未来からの派遣部隊の調整、作戦担当者、それに連絡役として出席している陸軍参謀次長秦彦三郎《はたひこさぶろう》中将である。

政府、大本営で決定された方針にのっとって、実働面のすりあわせを行なうのが目的である。

「陸軍はどうなのですか。レイテ決戦は海軍主体だったとはいえ、陸軍もそれなりの消耗を強いられたはずです。ここで今度はマリアナを奪い返すなんて、同意されるのですか」

「昨日の最高戦争指導会議では、我が軍もマリアナ奪回に賛成いたしました。本土

空襲という事態を、陛下はいたく気に病《や》んでおられるとか。そうなれば大本営は、その根本対策に動かねばならない。陸軍が反対できる道理はなかったということです」

秦の言葉には、かすかな無念が滲んでいた。秦個人としては、立て続けの大攻勢に無理を感じている様子だが、自分の置かれた立場ゆえにそれを口にすることすらできないという矛盾を抱えているように見えた。

「さて、本題に入ろうか。我が司令部が提出した作戦案の是非を問いたいのだが」

連合艦隊司令長官豊田《とよだ》副武《そえむ》大将が、神に説明を促した。

(仕方がない。戦術的な部分で最適の措置を採るしかあるまいな)

草野は陸海空の防衛（作戦）担当部（課）長を見回した。淡々と進もうとする会議の中で草野が今、唯一できる抵抗だった。

一九四四年一一月一一日　柱島

海軍は厳然たる階級社会である。給与、食事などあらゆる待遇にその差は表われ、それは乗艦の仕方にまで及んでいる。

今、一隻の内火艇が右舷につけた。これは士官以上の者が乗艦することを意味している。

男は舷梯を足早に駆けのぼった。高官になればなるほど一歩一歩ゆっくりと感触を確かめるようにのぼるのが普通だが、水雷屋特有のせわしい気質と男の積極果敢な性格が、この型破りの行動を生んでいた。

乗組員がずらりと登舷礼で出迎える中、男は最上甲板に足を踏み入れた。

でかい。これまで乗ってきたどの艦《ふね》よりも、比べものにならないほどでかい。前後の先端がかすむような長さもそうだが、特筆すべきは幅の広さだ。小山ほどもある主砲塔が中央に鎮座して、さらに左右に充分な空きがある。巡洋艦クラスならば、二隻並べて同等と思われるほどのものだ。

「戦艦『武蔵』へようこそ」

「ご苦労」

新たにこの艦の主《あるじ》となった男――海軍大佐吉村真武《まさたけ》は満面の笑みをたたえて答礼した。

どこの国でもそうだが、戦争が長期化して物資が困窮してくると、後方の司令部は前線からの補給の要求に物資ではなく勲章を贈るようになる。また、戦時であればそれなりの戦果が生じるために、おのずと昇進ペースは早くなる。

もちろん前線指揮官になれば、殉職者の補充といった側面も生まれてくる。これらの影響もあって、『大和』や『武蔵』ほどの大艦になると将官の艦長というのも珍しくなくなってきていた。

だが、吉村はそんなことはまったく意に介していなかった。階級で戦争をするわけではない。やりがいのある新たな働き場を得たことに、吉村は素直に感謝していた。水雷屋である自分が『榛名』から『武蔵』へと戦艦勤務が続いたことに疑問を感じないでもなかったが、航空機の台頭や戦術の多様化という現実を目《ま》の当たりにして、中央は操艦や機動力といったものを重視しはじめているのかもしれないと解釈した。そのための水雷屋の登用だと。現に姉妹艦『大和』の艦長職も、同期にあたる海兵四五期の森下信衛《のぶえ》、有賀《あるが》幸作《こうさく》と二代続けて水雷屋艦長が就いている。

(それにしてもな)

聞きしに勝るというのはこのことだと、吉村は実感した。

『武蔵』は想像以上の艦だった。艦の大きさもさることながら、機能的にまとめられた艦橋構造物や各種の対空火器類は、『榛名』ら他の日本戦艦とは明らかに違う。この上ない力強さとともに、華やかな構造美をも感じさせる新世代の艦だ。

この艦にぜひとも乗ってみたい、是が非でも艦長を務めてみたい、と思う者は海軍の中に数えきれないほどいるだろう。そんな中で、さして大和型戦艦にこだわりを持っていなかった自分が『武蔵』の艦長を拝命するとは、少々申し訳ない気がする吉村だった。

だが、これで同期の森下、有賀と同じ土俵に立つことができた。

消化不良に終わった先日のレイテ海戦の二の舞は絶対にしないと、吉村は心に誓った。

『武蔵』の長官私室には、先に『武蔵』『大和』を束ねる第一戦隊を預かることになった早川幹夫《みきお》少将と、前艦長の猪口敏平《いのぐちとしひら》少将が待っていた。

『武蔵』は艦隊旗艦としての運用を想定して立派な長官室や参謀長室を備えているが、現在『武蔵』が属する第二艦隊を指揮する伊藤整一《せいいち》中将は、重巡『愛宕』に将旗を掲げているため、それらの設備は第一戦隊司令部によって使われているのだった。

入室前から、通路にまで談笑する声が聞こえる。ガ島撤退以降、劣勢続きだった戦局だが、レイテで大勝をおさめたことで海軍内にも明るい雰囲気が戻ってきたのだ。

「海軍大佐吉村真武、『武蔵』艦長を拝命し、ただいま着任いたしました」

「そう堅苦しくなるなよ。艦長」

「司令官！」

親しく語りかけてくる早川に、吉村は相好《そうごう》を崩した。

「ご一緒できることを嬉しく思います」

「俺もだ」

敬礼する手を下ろし、両手をがっちりと握りあう。

「艦長とは不思議と縁があるようだな。ソロモン、マリアナ、この前のレイテと」

「それだけ自分も司令官も最前線を渡り歩いてきたということでしょう」

「そうだな」

早川はこれまでの幾多の戦闘を思いだすように、視線を上に跳ねあげた。炎の中で崩れ落ちるように沈んでいった数多くの艦艇、海面に激突あるいは空中で爆発して砕け散る友軍航空機、そして志なかばで死んでいった上官や部下たち――それらの無念の思いの上に今の自分たちがある。生き残った者は、それらの思いを託されて戦っているのだ。

旧知の仲である早川と吉村だったが、海軍軍人同士の親交というのは思ったよりも狭いものだ。同じ艦隊に属し、同じ作戦に従事したとしても、他艦の者たちと交流することはあまりない。いや、できないのだ。

陸軍と違って、海軍はいったん海上に出れば行き来は不可能だ。港に停泊し、かつ上陸許可が下りてはじめて、他艦の者と接触する機会が生まれるのだ。

とはいえ、早川と吉村は互いのことを常に気にかけてきたといえた。必要とあらば司令部にでも嚙みつこうという意志の強さや積極果敢な性格など似たもの同士の二人は、顔合わせこそ少なかったが常に共感をもって戦ってきたのだ。

「しかし、司令官。自分のような者が『武蔵』の艦長とは、正直驚きました」

「なんだ。不服か」

いたずらな目で笑う早川に、吉村はあわててかぶりを振った。

「いえ。とんでもない。光栄なことではありますが、元来自分は……」

「水雷屋という意味かね？」

「そうです」

吉村は真顔で答えた。

「たしかにこれまで『榛名』の艦長職を務めたりはしてきましたが、自分は砲術に精通した者ではありません。ましてや海軍きっての砲術の権威と言われる前艦長とは比べものになりません。それにこの『武蔵』は帝国海軍の……」

そこで今度は、前艦長の猪口が遮《さえぎ》った。

「艦長。砲術も時代とともに変わってきております。従来のきれいに砲列を並べてどっしりと撃つような、そんな様式の砲術はすでに過去のものです。電探や航空機の発達によって、戦艦の果たすべき役割も変化してきております。敵艦と撃ちあうにしても、様々な環境を利用しての奇襲、有利な位置取り、他艦との連携等々がこれまで以上に必要になってきております。そういった意味で、砲術や水雷といった垣根は従来に比べて低くなってきている、というよりも、そのすべてに精通せねば敵に勝てないという時代になってきたのではないでしょうか」

「前艦長の言うとおりだ。専攻がどうこうの状況ではない。これまでの苛烈な戦塵《せんじん》をくぐり抜けてきた経験と実績、指揮、統率力、積極性、それらを加味して引っ張ったのだからな」

「え！　ということは、司令官が自分を？」

驚く吉村に、早川は咳払いして笑った。

「まあ、そういう部分もあるが、それでとおるほど海軍の人事は甘くない。そうだろう？」

早川の視線を受けた猪口が、こくりとうなずく。

「実力だよ、実力。艦長らしくもないな。謙遜なんて似合わんぞ。俺が一番だと胸を張るのが艦長じゃなかったのかね？　疑問に思ったことは、遠慮なく上にぶつける。だからこそ部下の信頼も得てきたと思うのだが。評判は聞いていたぞ。『榛名』の結束力は海軍一だと」

「恐れいります」

吉村はぺこりと頭を下げた。

「そうそう。紹介が遅くなったな。もういいぞ」

早川の合図とともに、隣の長官公室から二人の男が入室してきた。

「副長は、もうさっき会っているだろうが」

「あらためて私から紹介しましょう」

早川に代わって、猪口が二人に目を向けた。

「右が副長の加藤憲吉《けんきち》大佐」

「加藤です。よろしくお願いします」

「左が砲術長の仲繁雄《なかしげお》大佐」

「仲です。自分も着任間もないですが、全力を尽くします」

指先までぴんと張った見事な敬礼の姿勢を取る二人を前に、早川は微笑した。

「二人とも生粋《きっすい》の鉄砲屋でな。そういう意味では艦長を十二分に補佐してくれると思うぞ。それとな」

口端を大きく吊りあげて続ける。

「二人とも俺の元部下でな。『鳥海』に乗っていた」

「『鳥海』って。もしかしてあのソロモンのときの『鳥海』ですか」

「そうだ」

目を丸くする吉村に、早川は鷹揚《おうよう》にうなずいた。

二年前、敵がソロモン諸島のガダルカナル島に一大反攻を開始したとき、早川は同方面を管轄する第八艦隊旗艦重巡『鳥海』の艦長として辣腕《らつわん》をふるっていた。そのころ吉村は軽巡『龍田』艦長として同じく第八艦隊に所属しており、八月八日、第一次ソロモン海戦に遭遇したのである。

敵上陸との報に夜間ガ島に殴り込みをかけた第八艦隊は、重巡四隻を撃沈するなど一方的な戦果を収め、見事に凱歌をあげたのだ。加藤と仲はそのときの部下だったという。

「それもこれも、司令官のご尽力あってのことです」

猪口の言葉に、早川は再び咳払いして微笑した。

「いやな。俺も第一戦隊を預かることになって旗艦を『武蔵』に定めたとき、せめて自分が乗る艦は気心が知れた部下に任せたいと思ってな。『命令とあらば、敵中奥深くにでも三途《さんず》の川にでも飛び込むが、その代わり人事については口を挟ませてもらうぞ』と噛みついてやったわけだ。幸い縁あって副長は『武蔵』ですでに頑張っておったし、あとは艦長と砲術長でソロモンの再現というわけだ」

「かしこまりました。ただ、そういうことでしたら自分にも希望があります。それは……」

吉村は沸々《ふつふつ》とこみあげる期待と心地よい緊張を感じた。

(第一次ソロモン海戦の栄光よ、もう一度！　この頼もしい陣容で戦えば、次も必ず勝てる。おもしろいことになってきた)と、吉村は来たるべき次の戦いに思いを馳《は》せた。

そして、次の戦いはすぐそこに迫っていたのである。

同日　エニウェトク環礁

日本の委任統治領の一画だった内南洋マーシャル諸島西端にあたるエニウェトク環礁は、いまではアメリカ軍の前線拠点として機能していた。

フィリピン攻略が成功すれば、より西側にあたる西カロリン諸島の東北端ウルシー環礁に新たな前線拠点を設ける計画があったが、同方面の制海権と制空権が日本軍の手中にある今、それは机上の空論として頓挫《とんざ》している。

エニウェトクも、そもそもは日本軍の太平洋上の一大拠点であるトラック環礁に近いため、フィリピンで勝利した日本軍が勢いに乗ってやってこないかと懸念する声もあったが、太平洋艦隊司令部およびワシントンとも、そこまでの余力が日本軍にあるとは思えないと、認識は共通している。

事実、日本軍がエニウェトクに侵攻してくる気配は皆無だった。時折り偵察と思われる潜水艦と哨戒機との小規模な戦闘があったりはしたが、比較的エニウェトクには安穏《あんのん》とした空気が流れたままだった。

しかしこの日、その平穏な日々の終わりを告げるかのように六隻の巨艦がエニウエトクに入港した。いずれも大口径の三連装主砲塔を三基搭載し、先の尖った塔状の艦橋構造物を有している。アイオワ級戦艦の『アイオワ』『ニュージャージー』『ミズーリ』『ウィスコンシン』と、サウスダコタ級戦艦の『サウスダコタ』『インディアナ』の六隻である。

（しかし、こうも掌《てのひら》を返してくるとは。いったい前線の将兵をなんだと思っているんだ）

戦艦『サウスダコタ』艦長ホワード・ボード大佐は上層部からの指示に憤《いきどお》っていた。

これまでは航空、航空と飛行機屋ばかりちやほやしてきたくせに、フィリピンで連中が惨敗したらどうだ。海の守りは、やはり海上を行く君たち水上部隊にかかっているだと？　ふざけるな！

ハワイを出港後ここまで、ボードの胸中はずっともやもやしたままだった。六隻は護衛の巡洋艦と駆逐艦を従えて第五四任務部隊を編成し、マリアナに向かう途中であった。

「敵はマリアナを狙っている公算が大である。敵の目的が我が駐留部隊の無力化にあるのか、あるいは上陸、奪回まで窺うのかは判然としないが、敵がマリアナ攻撃の準備を進めている可能性は極めて大きい」との情報が、諜報だとか外交ルートからもたらされてきたのだ。

そこであわてたのが陸軍航空隊である。

マリアナには、敵本土を直接狙う虎の子とでも言うべきB－29装備の爆撃集団が駐留している。B－29は既存の爆撃機に比べれば破格の防御力と自衛火器を備えてはいるが、地上に駐機してあるところに攻撃を食らえばひとたまりもない。かといって二四時間空中待機していることなどできるはずもないし、また、反撃しようにも爆撃精度という点で、動き回る艦艇への攻撃には極めて不適である。

そこで陸軍は、海軍にマリアナの防衛と敵の撃滅を強硬に要求した。

同盟国、特に警戒を強めるソ連に弱みを見せないためにも、大統領も陸軍の主張に同意した。ワシントンの海軍作戦部長アーネスト・キング大将も、海軍のメンツを考えて全力で敵を撃退する旨を約束したらしい。

（だが、本当にそんなことができるのか）

ボードの疑問は当然だった。海軍はつい二週間前のフィリピンをめぐる一連の海戦に大敗を喫した。主力である空母機動部隊も致命的な打撃を受けて、ハワイに後退しているのだ。太平洋艦隊司令長官チェスター・ニミッツ大将は、ワシントンからの連絡に「自信がない。再考願う」と抵抗したらしいが、命令が覆《くつがえ》るはずもない。そこで仕方なく白羽の矢が立ったのが、比較的軽症で生き残っていた戦艦部隊だったというわけだ。

厳しい中から戦力を絞り出す代わりに、陸軍が使用しているグアムとサイパンの飛行場に海軍機の駐留を認めさせたというのがニミッツ大将の精一杯の抵抗だったようだが、それでもボードの不安は消えなかった。

神出鬼没で柔軟な運用が可能な空母艦載機隊と異なり、陸上機はどうしても作戦が固定化されてしまう。目まぐるしく動く艦隊の防空を、陸上機がこなせるだろうか。

ボードはパイロットや空母勤務とは無縁の男だったが、艦載機の運用についてはある程度理解しているつもりだった。

いくら強力な艦でも、制空権のない海域ではまともな戦いはできない。それはこの戦争で幾度も証明されてきたことだと、ボードはワシントンの高官たちを呪った。

「現場を知らない石頭どもが」

だが、ボードは知らなかった。マリアナの防空と防衛には確たる自信と根拠があったことを。

恐るべきその秘策は、現時点ではニミッツすら知らないことだったのだ。

一九四四年一一月一五日　嘉手納

後に第二次マリアナ沖海戦と命名される一連の戦いは、ＡＷＡＣＳ（空中早期警戒管制機）と連絡がとれないという不穏な情報のまま始まった。

スタンバイしているパイロットの表情も、次第に硬いものに変わっている。集中力を高めてミッションに臨もうとしていたところを、理由もさることながら、先延ばしにされ続ければ緊張感を保つのは困難だ。

「諸君、すまんな。もう少し待ってくれ。敵情不明で飛び出すわけにはいかんからな」

飛行隊長里中勝利《しょうり》二等空佐の言葉に、航空自衛隊南西航空方面隊第九航空団第三〇二飛行隊所属の木暮雄一郎一等空尉は、時計のデジタル数字を流し見た。現在時刻は午前一時。ぐずぐずしていると夜が明けてしまう。

「通信機が肝心なときにいかれたのでしょうか」

「だといいがな」

木暮のサポート役を務める橋浦勇樹三等空尉は、まだ平常心を保っているようだった。苛立《いらだ》ったり、不安を抱えてせかせかしたりする様子はない。あまり事態を重く見てはいないのかもしれない。

だが、木暮はどうも胸騒ぎがしてならなかった。ただならぬなにかの前兆のような。

「今、代わりのＡＷＡＣＳが硫黄島から向かっているが、あと数時間はかかる見込みだ」

「作戦の中止も視野に入れるべきではないでしょうか」

木暮の意見に、里中は小さく首を横に振った。

「どうも連合艦隊司令部がせっついてきているようでな。向こうもそれなりの準備をしているだろうし。そもそも空自単独での夜間空襲はこちらから持ちかけた話でもあるからな」

前回のレイテをめぐる捷《しょう》一号作戦では海軍とともに昼間攻撃に従事した空自だったが、今回の作戦は空自にかかる負担が大きいということで、空自の主張した夜間空襲が作戦の一環として採用されていたのだ。

一一月一四日から一五日にかけての夜間、空自機がマリアナの敵航空施設に奇襲を仕掛けてこれを無力化する。

　空自機の反復攻撃によって、敵航空機は極力、地上で撃破する。

　明朝、パラオやトラックから出撃する基地航空隊と艦載航空隊とが連携して残敵を掃討する。

　水上部隊は空母を護衛するとともに、敵水上部隊の出現に備える。

　敵水上部隊が出現した場合は、空母機による撃滅を主と考えるも、燃料と爆弾の消耗によっては水上部隊での決戦も辞さず。

　制空権、制海権を充分確保した上で、内地からかき集めた総勢五〇〇〇の混成旅団が上陸し、サイパン、テニアン、グアムの各島を順次攻略する。

　これがマリアナ奪還を目的とするMA作戦の骨子だった。


　結局、第三〇二飛行隊はテニアンの敵飛行場制圧を目的として、AWACS（空中早期警戒管制機）の誘導なしに出撃することになった。連合艦隊司令部から再三の出撃要請がきたためである。

　嘉手納の急造滑走路から、次々とF－2が飛びあがる。橙色《だいだいいろ》をしたアフター・バーナーの炎が新月の夜空に煌《きらめ》き、複数のエンジン音が共鳴して轟々《ごうごう》と重なりあう。

その先に待つものはなにか。月明かりの乏《とぼ》しい暗い夜空は、なにも語らない。期待、高揚、興奮、それぞれの思いは闇に溶け込み、予測という光はまったく見えない。敵は旧式レシプロ機だ。しかも夜間の戦闘力は極めて貧弱だ。つい三週間前の大勝の記憶も新しく、不安や疑問を持っている者はほとんどいなかった。「目をつぶっていても勝てる」「鎧袖一触《がいしゆういつしよく》」といった楽勝パターンを思い描いている者が多かったのだ。

だが、異変はそろそろマリアナにとりつこうというころに訪れた。

AWACSの強力なレーダーがあれば、六〇〇キロメートルや七〇〇キロメートルといったはるか彼方の情報を得ることが可能だったが、自機の搭載レーダーではそこまでの探知能力はない。危機は、対地攻撃に移ろうとしたときに唐突に訪れた。

「WARNING？　まさか！」

突如鳴り響いた警戒装置のアラームに、木暮は耳を疑った。HUD（ヘッド・アップ・ディスプレイ）に赤の警告文字が出ている。激しく点滅するそれは、敵ミサイルのレーダー波を捉えたことを示しているのだ。

「ブレイク！」

里中の指示に従い、第一次攻撃隊の一二機が弾かれるように散開する。

木暮のHUDだけではない。多機能液晶ディスプレイには、高速で移動する複数の輝点が示されている。明らかにAAM（空対空ミサイル）の軌跡だ。チャフ（レーダー波を攪乱する金属片）とフレア（欺瞞《ぎまん》の熱源）を同時にばら撒き、機体を急旋回させる。強烈なG《重力》が身体を締めつけ、急激な血圧の変化で意識が飛びかけるが、それを強固な意志で強引に呼び戻す。

眩い閃光が、闇を切り裂く。躱《かわ》しきれなかった一機が、直撃を食らって爆散したのだ。パイロットにとっては、一瞬のことだったろう。パイロットの人そのものの存在、何十年と培《つちか》ってきた様々な記憶と今後への希望や周囲の期待と愛などが瞬時にして一筋の光の中に消えたのだ。

木暮の眼中からも、「WARNING」の文字は消えていない。「死」というひと文字が脳裏をかすめていく。

一人娘の京香、妻の千秋、失われた親友の谷村――それらの顔が次々と浮かんでは消える。

「俺は、まだ死ねんのだ」

木暮はラダー・ペダルを蹴り飛ばし、サイドスティック式の操縦桿を素早くひねった。巧みにスロットルを調整することで、機体が鋭く反応する。全長一五・五メートル、全幅一一・一メートルのＦ－２が完全に裏返しになり、そのまま降下エネルギーを稼ぐ。頃合いを見はからって機体を立てなおす。

一瞬、黒い影が視界を横切ったかと思うと、まもなくミサイル接近を告げるアラームは消失した。木暮は思いきって正対することで、敵ミサイルを失探させたのだ。

だが、このミサイル攻撃によって第三〇二飛行隊は大混乱に陥っていた。編隊は完全にばらばらになり、何機落とされたかもわからない。敵と思われる航空機さえも、いつのまにか紛れこんでいるようだ。レーダーが新たな輝点を拾っている。

「びびってんじゃねえ。俺はいくぜ！　テニアンはすぐそこだ」

レシーバーから飛び込んだ声は、コール・サイン・ハリケーン１こと中野瀬宏隆一尉のものだった。

「む！」

その中野瀬の行動にも驚かされたが、木暮はあらぬ機影を夜空の中に垣間《かいま》見たような気がした。レーダーに反応はない。目を瞬《しばた》かせるが、再び目に入るのは漆黒の闇だけだ。

「おかしい。まさか」

鋭角的かつ平面的な機影だったような気がする。はっきりとは見えなかったが、排気口と思われる発光も暗かったような気がする。世界広しといえども、そんな機は……。

「対地攻撃一番乗りだ。いくぜ！」

「待て。ハリケーン1。こちらトルネード3。早まるな。行ってはいけない。ここは……」

「邪魔をしようとしても無駄だ。手柄は俺がいただくぜ。俺が空自一のパイロットだってことを、両目を開いてしっかり見ていやがれ」

「待て。ハリケーン1。状況が」

木暮の声は届かなかった。

至近距離でミサイルの発射炎が閃く。

「ミサイル？　まさか！」

「中野瀬！」

噴炎が爆発の炎に変わるのにさほど時間はかからなかった。白色の閃光に続いて、紅蓮《ぐれん》の炎が夜空に躍る。

「中野瀬！　ペイルアウト（脱出しろ）！　ペイルアウト」

炎が撃墜された中野瀬のF－2をあらわにする。主翼がもぎとられ、半壊した状態で錐揉《きりも》みに至って落ちていく。

「ペイルアウト！」

絶叫する木暮だったが、中野瀬からの応答はなかった。射出座席が飛び出すこともなく中野瀬のF－2は炎を曳いたまま墜落し、大音響とともに四散した。

だが、中野瀬の死を悼《いた》んでいる余裕などない。木暮にも第二、第三の刺客が迫っていたのだ。横合いから仕掛けてくる機を躱したかと思うと、真上から次の機が降ってくる。

いずれも双発のレシプロ機だ。ノースロップP－61ブラックウィドウとかいう夜間戦闘機に違いない。爆撃機と見紛《みまご》うばかりの大型で、双胴の機体と雛壇《ひなだん》式のコクピットは一度見れば忘れられないものだ。

こちらの混乱に乗じて、大量に現われたようだ。かさにかかって襲ってくる。F－2の性能とは比べようもないが、その数は脅威だ。一機、二機落としても怯《ひる》む様子もない。叩き落としても叩き落としても向かってくる蜂のような大群だ。

しかも、レーダーは考えられない高速の輝点も映していた。IFF（敵味方識別装置）に反応なし。間違いなく敵機だ。

猛速で後ろから迫る敵機に注意しつつ、木暮は機速を上げた。音速の壁を突破し、マッハの世界に。だが、それでも振り切れない。この時代の航空機ではありえないはずなのだが、敵機はぴたりとついてくる。

旋回を繰り返して互いに後ろを取ろうとするシザーズと呼ばれる機動に入る。

その瞬間、木暮は見た。双発の排気口、斜めに広がった双垂直尾翼、LEXと呼ばれる機首につながる主翼前縁部。

「F／A－18！」

なぜ自分たちと同じ未来機がここにいる？　考えがまとまるはずもなかった。

予想もしない驚愕の事態に様々な疑問や考えが交錯するが、木暮は頭を振ってそれらをすべて脳内から取り払った。今は理由を追及するときではない。この敵を排除するのが先決だ。

「ウェポン・チェック」

AAMは残弾一発だ。レシプロ機ならバルカン砲での近距離戦闘も可能だが、F／A－18が相手ではこの一発にすべてを託すしかない。

木暮は操縦桿を倒しぎみにして、スロットルを開いた。加速度をつけたF－2が、海面めがけて降下する。高度九〇〇〇、八〇〇〇……。

F／A－18がついてくることを確認しつつ、ロックされないように機体を左右に振る。敵パイロットにすれば撃墜は時間の問題と思っていたかもしれないが、それらはすべて計算どおりの機動だった。

　ぎりぎりまでF／A―18を引きつけたところで失速寸前までスロットルを絞り、木暮は操縦桿を思いきり手前に引いた。最小の旋回半径でループしたF―2が、再び前を向いた。狙い違わず、HUDにF／A―18の尾部が映る。

　F／A―18を囲むターゲット・ボックスを、エイミング・レティクル（照準マーク）に寄せるよう機を微動させる。右にぶれ、左にぶれ、やがてそれらが一致する。間欠の電子音が、連続音に切り替わる。ロック・オンだ。

「Ｓｈｏｏｔ！」

　噴炎をあげて突進したＡＡＭがF／A―18に突き刺さる。黄白色の閃光が弾け、F／A―18が無数の星屑となって砕け散る。見事撃墜だ。

　だが、木暮の胸中はとうてい晴れることがなかった。敵側にも未来機が現われたという事実は、今後の戦局に重大な影響を及ぼすことは間違いない。

　なぜ今になって未来機が現われたのか。敵側にもディメンジョン・ゲイトがあるというのか。それとも革新的技術が開発された結果か。ゲイトだとすれば、その規模は？　送り込まれている戦力は？　考えても考えても、きりがなかった。

大戦の結果を覆すというハードルは高くない。自分たちの力をもってすれば、それを乗り越えることができる。現実的に可能なことだ。そう思って足をかけた瞬間、ハードルは二段も三段も高くなったのだ。今後の展開は不明瞭で、再び闇の中に見えなくなったといっていい。

木暮は戦闘空域をいったん離脱して、周囲を冷静に見つめなおした。

対地攻撃に移る機もあるにはあるが、いかにも中途半端な機数だ。当初の思惑とは裏腹に、作戦は失敗に終わったようだった。

「ふ、ふははははは」

マリアナ沖の夜空に、不気味な笑い声が響いていた。

不意を衝かれた敵は大混乱に陥り、とてもミッション続行という様子ではない。

「スコア4か。こいつの実力からすれば、もっといってもよかったと思うが」

アメリカ第五空軍第三五航空団所属のトニー・ディマイオ大尉は、ぐるりとコクピットを見回した。

液晶ディスプレイを多用して機能的にすっきりとまとめられたコクピットは充分先進的なものだが、ＨＭＤ（ヘルメット装着式照準装置）の採用によって、パイロットの負担はそれ以上に軽減されている。ヘルメットのバイザーに必要な情報が投影され、かつそのヘルメットの位置と向きをコンピュータが自動的に認識して計算することで、理論的にはパイロットは計器類やディスプレイをまったく見ることなく視線を敵機に据えたまま空戦を行なえるようになっているのだ。

これらの諸性能と合わせて、垂直な断面をいっさい排したステルス（低被発見性に富んだ機体と超音速巡航能力とによって、ディマイオは敵ＡＷＡＣＳ（空中早期警戒管制機）二機を含む四機撃墜という堂々たるスコアをあげたのだ。そう、木暮が空戦中に垣間見た機影は、Ｆ／Ａ－18ではなくアメリカが世界に誇るＦ－22だったのだ。

アフターバーナーを焚《た》いて不用意に熱源を増すことなく、超音速巡航性能で長駆進出してきた敵ＡＷＡＣＳとの距離を一気に詰める。高いステルス性で敵に忍び寄り、警戒心を与える間もなくミサイルを放って離脱する。Ｆ－22の性能は圧倒的だった。

このＦ－22に加えて、Ｆ／Ａ－18やＦ－15といった未来機の登場によって、第三〇二飛行隊は散々に蹴散らされたのだった。

「しかしな。ジャップが陰でこんなことをしているとは驚いた。ジャップめ、こそこそとネズミのように」

ディマイオはもともと強烈な人種差別的思想の持ち主だったが、このオペレーション・タイムレヴォルーション＝時の改革作戦＝の発覚によってさらにその傾向を強めたといえる。

同じく人種差別主義者であるウィングマンのショーン・フリンツ少尉も同じ考えである。

「まったくです。連中と同じ世界に暮らしていると思うだけで、むしずが走りますな」

「そうだな。やはりああいった人種は根絶やしにせねばならんのだよ」

「大尉の言うとおりですよ。そういった意味では大戦の結末は生やさしいものだったかもしれない。二発といわず、一〇発でも二〇発でも核をぶち込んでやればよかったんだ」

「核か」

ディマイオはにやりと笑った。

「自分たちの敗戦の記憶を消そうと一念発起したつもりだろうが、そうそう思いどおりにいくと思うなよ、ジャップ。しょせんお前ら劣等民族は、我ら白色人種の足元にひれ伏していればいい存在なのだ。あくまで抵抗する奴は、俺が落とす。落としまくってやる。ジャップめ」

ディマイオの顔は憎悪に満ちていた。

戦争にまつわる不幸や悲劇といったものは、ディマイオの眼中にはまるでなかった。人の尊厳だとか、生命の尊さ、真の世界平和と安定とは――それらの考えはディマイオにはいっさいなかった。

気に入らないものは排除する。手段は選ばない。徹底的にだ。

それがディマイオの本質だったのだ。

同日　神奈川　日吉

「いったい空白はなにをしていたんだ！」

内地の陸上で作戦成功の吉報を待っていた連合艦隊司令部は、今や怒声と落胆のため息とに満たされていた。

「そもそも夜間空襲というのは、連中が主張したことだぞ。口ほどにもない」

声を荒らげて怒りをあらわにしたのは、航空参謀吉岡忠一中佐であった。

自慢の航空攻撃によって、先日のレイテ決戦に続いてマリアナも華麗に奪取するという思い描いていた自分のシナリオが冒頭で崩れたことが、吉岡のプライドを著《いちじる》しく傷つけていた。

「その後はどうなった？　作戦は続行しているのだろう？」

連合艦隊司令長官豊田副武大将が、他人事のように問いかけた。

連合艦隊司令部は実質上、吉岡と首席参謀神重徳大佐が牛耳《ぎゅうじ》っているのだ。豊田はいつのまにか二人に任せきりの、お飾りのような存在になっていた。

「心配ご無用です。そもそも自衛隊などに頼らずに、我々単独で作戦を遂行していればよかったのです」

神は作戦の主導権を自衛隊と軍令部に奪われたことを、いつまでも根に持っていた。

「そうすれば余計な調整もなにもいらなかったのです。敵を欺《あざむ》くことだってできたかもしれない」

敵未来機の出現によって空白のマリアナ空襲が不発に終わったという情報はかなりの衝撃だったはずだが、まだ神は事態を楽観視していた。

「ソロモンでもレイテでも自分の作戦は完璧だった。負けるはずがない」と自分を信じきっていた神は、MA作戦の続行を指示し、連合艦隊配下の航空部隊を夜明けから出撃させていたのだ。

しかし、午後になっても吉報は届かなかった。「空自二〇四飛行隊の支援によってサイパン、グアムへの突入を成功させるも、効果不十分。再攻撃の要あり」という報告が朝方にあったばかりだ。

小澤治三郎《おざわじさぶろう》中将率いる空母中心の第三艦隊と、パラオとトラックの基地航空隊が波状攻撃をかけているはずだったのだが。

「続報です！」

通信士が飛びあがる勢いで駆け寄ってきた。顔面は蒼白としていて、声は裏返っている。電文を携えた手はかすかに震えている。

「読め」

豊田の命令に、通信士が息を整えて電文を読みあげる。

「発、第三艦隊司令部。宛て、連合艦隊司令部。『サイパンへの反復攻撃を実施するも、敵の抵抗激しく被害甚大、効果僅少。作戦の続行は困難と認む。なお……』」

「貸せ」

吉岡と神が、ほぼ同時に電文をひったくった。文を追うごとに二人の表情はみるみる変化していく。

「どういうことだ⁉　これは！」

神は怒りに震え、吉岡はあまりの衝撃にその場に立ち尽くした。力の抜けた手からひらひらと電文が舞い落ちる。

航空隊の攻撃は、ことごとく失敗に終わっていた。

アメリカはフィリピンでの大敗後、マリアナの防備を固めて万全の態勢で待ち構えていたのだ。濃密な対空砲火と未来機を含む無数の邀撃機に、日本側の航空機はことごとくマリアナの空に散華していったというのだ。マリアナズ・ターキー・シュート（マリアナの七面鳥狩り）が繰り返されたのである。

連合艦隊司令部は通夜のような静けさに包まれた。沈痛な面持《おもも》ちで唇を歪《ゆが》める者、険しい表情で腕を組んだまま黙り込む者、事態の悪化に誰もが口を閉ざしていた。

「まだだ。まだ手はある！」

沈黙を破って、神が叫んだ。口上に蓄えた髭《ひげ》を震わせ、目は血走っている。

「まだ我々には強力な駒があるじゃないですか。長官！」

うすら笑いを浮かべる神が発するオーラは、もはや狂気に近いものだった。

第二章　サイパン突入

一九四四年一一月一五日　マリアナ沖

墨《すみ》を流したような漆黒の海面を、白い航跡が弧状に切り裂いていた。

「針路二八〇《ふたはちまる》。舵戻せ」

その声に、基準排水量六万四〇〇〇トンの巨体がやや間を置いて直進に戻る。扇状に流れていた舷側波が左右均等に広がり、長大な艦尾波とともに大きな尾を形作る。

波は高くないが、風は強い。マストに掲げられた将旗と旭日の戦闘旗が、ばたばたと音をたててはためいている。

「行けと言っといて、また戻れなんて言うんじゃないでしょうね」

戦艦『武蔵』艦長吉村真武大佐は、皮肉たっぷりに唇を尖らせた。

マリアナ沖で夜戦を命じられたのは、これで二度めだ。しかも、昼間の航空戦の敗北を受けてという状況もまったく同じである。

前回は今年六月、米軍がマリアナに大挙して侵攻してきたときだった。こちらも新鋭空母『大鳳』をはじめとした一大機動艦隊を擁し、満を持して迎え撃ったはずだった。だが、航空戦の結果は惨敗だった。

後の分析では、彼我《ひが》のパイロットの力量差とアウトレンジ空襲という長距離作戦そのものが、当時の主力パイロットの能力を超えるものだったという結論が出されたようだが、それは今、問題ではない。

とにかく昼間の空襲を切り抜けた水上部隊は、決死の覚悟で敵に向かって猛進した。

ところがそれに待ったをかけたのが、誰であろう連合艦隊司令部だったのだ。

その記憶も新しい吉村は、再び同じことを繰り返されるのではないかと危惧しているのだ。

「今回は半年前とは違う。連合艦隊直々《じきじき》の命令だし、我々の指揮官も栗田長官ではなく伊藤（整一）長官だ。いまさら戻れと言われても、はい、そうですかとはいかんさ」

「司令官がそうおっしゃられるなら、もう自分が言うことはありません。信じるしかありませんな。やぶれかぶれでもなんでも命を懸けるのが我々ですから。中途半端なことだけはさせてほしくないものです」

第一戦隊司令官早川幹夫少将の言葉に、吉村は不承不承に矛《ほこ》を収めた。

マリアナ、そしてかつてのソロモンで、余力を残しての退却命令に憤《いきどお》ったのは早川司令官も同じだ。ここは早川司令官とともに目前の戦いに集中すべきだと、吉村は気持ちを切り替えた。

今、第一戦隊の『武蔵』『大和』と第三戦隊の『金剛』『榛名』を中心とする第二艦隊は、マリアナ諸島北方のサイパン島に急行していた。

「第二艦隊は、一五日夜半マリアナへ突入し、艦砲射撃を敢行すべし。敵飛行場および付帯設備を使用不能に陥れるとともに、駐機せる敵機を粉砕せよ」という連合艦隊司令部からの命令が下ったためである。

現在、第二艦隊を預かるのは、海兵三九期の伊藤整一中将である。第八戦隊司令官、連合艦隊兼第一艦隊司令部参謀長、軍令部次長などを歴任してきた伊藤は、芯の強い男として知られていた。一度こうと決めたらとことんまでやり抜くという性格の男である。

重巡『愛宕』に座乗する伊藤は、日没とともに艦隊を急速に南下させた。

かつてのガダルカナル島への『金剛』『榛名』の艦砲射撃の実績から考えれば、『武蔵』『大和』の四六センチ砲をもってすれば、敵航空基地の一つや二つをつぶすのはさして難しいことではない。だが、ひと口にマリアナといっても、サイパン、テニアン、グアムの三つの島に分散する敵飛行場を一晩のうちに一掃するのは物理的に不可能だ。すなわち、夜が明ければ撃ち漏らした飛行場から敵機が殺到してくるのは目に見えている。作戦は時間との戦いでもあった。

伊藤はその中で、もっとも規模が大きいサイパン島南岸のコブラー飛行場を優先的に叩こうと決めていた。その東隣のイスリイ飛行場および南に取って返して、テニアンの北飛行場を連続的に叩くことも比較的容易という判断からだ。

それらの飛行場は、規模の大きさからB－29を中心とする重爆の拠点として利用されていると考えられ、本土爆撃阻止という作戦目的に叶《かな》う。

しかし、それは反面、艦隊にとってより脅威となる小型の海軍機の発着拠点――サイパンの東飛行場やグアム西岸のオロテ飛行場を残すことになる危険な賭けだった。

「目標海域までの距離は？」

「およそ三〇海里です」

「『愛宕』、離れます」

見張員の報告に、吉村は先頭を行くはずの重巡『愛宕』に目をやった。

無論、敵地ゆえに発光信号を閃《ひらめ》かせることはない。視力三・〇を自認する見張員は、漆黒の闇の中に紛《まぎ》れた『愛宕』のシルエットを見いだしているのだろうが、そこまでの眼力がない吉村に見えるのは闇の黒幕だけだ。そろそろ水平線上に顔を出しているであろうサイパン南岸の陸地も、まったく見えない。

第二艦隊旗艦『愛宕』が後方警戒に離れていくのを横目に、第一戦隊と第三戦隊の戦艦四隻が単縦陣を組んでサイパンに向かう。東南東から回り込む形だ。先頭は第一戦隊旗艦の戦艦『武蔵』だった。

「『大和』艦長とは、同期だったな」

続行する『大和』に目を向ける吉村に、早川は声をかけた。

「有賀も、森下もです」

森下というのは『大和』の前任艦長であり、現在第二艦隊司令部参謀長の要職に就く森下信衛少将のことである。吉村はこの二人に対するライバル意識を隠そうともせず、日々の任務に励んでいた。

「そうだったな。我が軍最強の『武蔵』『大和』の艦長に、第二艦隊の参謀長か。花の四五期といったところだな。ただ、『大和』を降りて『愛宕』となれば物足りなかろう。今ごろ参謀長は歯軋《はぎし》りしているんじゃないか」

意地悪い笑みを見せる早川に、吉村は真顔で答えた。

「いえ、自分ならそうでしょうが、あいつはいつでも冷静ですよ。優秀な男です、あいつは」

（森下よ。常にお前の後塵を拝してきた俺だが、今回ばかりはぱっと花を咲かさせてもらうぞ。よく見ていろ）

吉村は両腕を組んで、唇を真一文字に結んだ。

（さて、さっさと片づけて次に向かわんと、自分たちの身が危ないからな。おや）

唐突に閃いた橙色《だいだいいろ》の光に、吉村は首を傾《かし》げた。

（艦砲射撃は戦艦四隻で実施するはずだったが、『愛宕』も加わったのか）

見張員も不思議そうな顔をして振り返っている。

（命令変更の連絡は入っていないはずだが）

通信……。

「敵です」

「なに！」

艦隊司令部に確認しようとした吉村の声は、航海長目黒蓮史玖《れしく》中佐の言葉に遮《さえぎ》られた。

吉村が『武蔵』艦長着任時に要望した人事——それは目黒を迎え入れることだったのだ。

艦長と航海長として『榛名』でともに過ごした一年あまりの間に、吉村の目黒への見方は劇的に変わった。はじめは中央の事務屋（畑を歩いてきた目黒）に舵を任せるなど世も末と嘆いていた吉村だったが、戦闘と航行における目黒の的確な判断力と正確な計算力に、次第に信頼を覚えていったのだ。そして、ついには自分が転属した『武蔵』にまで無理をとおして引き抜くほどの評価に至っている。今の目黒は、吉村になくてはならない右腕となっていた。

「敵です。艦長。対艦戦闘の準備を」

理由を説明している暇はなかった。敵艦の第一の閃光に続いて、第二、第三の閃光が前方に弾けている。と同時に甲高い飛翔音が夜気を裂き、頭上を圧して飛び抜ける。海面を抉《えぐ》る音もすさまじい。弾着ははるか後方だが、しばらくしてずしりと腹に応える重低音が伝わってくる。突きあがる水柱も太く、高い。

「対艦戦闘、用意！」

「対艦戦闘。弾種、徹甲弾。装塡照準、急げ！」

早川、吉村の切迫した声が飛ぶ。

主砲は地上目標への射撃に備えて、三式弾を装塡していたはずだ。三式弾は、炸裂とともに無数の焼霰弾子をばら撒いて広範囲を焼き尽くす特殊砲弾である。反面、装甲への貫徹力は乏《とぼ》しい。駆逐艦や巡洋艦相手なら効果があるが、分厚い装甲を持つ戦艦相手には不利だ。

弾着の水柱からして、敵に戦艦が含まれているのは確実だ。

「やられたな」

早川が苦々しい顔でつぶやいた。

「敵は我々の動きを読んで待ち構えていた。しかも島を背に息を潜めてな。電探はたしかに夜戦では有効だが、障害物があるときの判別は難しい。我々もやったろう。ガ島へのねずみ輸送でな。島伝いに走ることで敵の目を欺《あざむ》きつつ、毎晩補給物資をガ島に運んだではないか。今回、我々はそっくりやり返されたのだよ」

「たしかに」

電探が見つけられなかったのはそのためだろうと、吉村も理解した。

だが、事態は予想以上に深刻だった。

「敵弾、来ます」

周囲を圧する轟音とともに、『武蔵』の左舷に、右舷に巨大な水柱が立ちのぼる。

「三つ、四つ……」

吉村をはじめ『武蔵』の羅針艦橋に詰める誰もが息を呑んだ。

弾着は決して近くはない。ましてや夾叉《きょうさ》されたわけでもない。とはいえ、敵は『武蔵』一隻を狙っているのは明らかだ。待ち伏せということで予想はできたが、砲戦に有利とされるT字攻撃で敵は『武蔵』に集中砲火を浴びせようというのだ。

「敵艦は六隻。すべて戦艦と思われる」

「六隻！」

誰もが焦燥を煽《あお》り立てられるような見張員の報告だった。発砲の閃光と弾着の水柱を頼りに、敵艦数と艦種を割り出したのである。

「戦六か。巡洋艦、駆逐艦は彼我ともに脇役に徹するとして……」

「取舵に転舵しましょう。みすみす敵のいいように撃たれることはありません」

早川が考え込むより早く、目黒が具申した。

「敵に後ろを取られはしないか」

「大丈夫です」

目黒の声には、自信に裏づけられた張りがあった。

「敵も北に島を背負っている以上、行動は著《いちじる》しく制限されております。つまり、東に行くか西に行くかだけです。しかし、我々の目的を知っていれば敵は西に行く道を選ぶ。自分はその可能性が極めて高いと考えます。敵が東に針路を採れば、我がほうが敵を突破してサイパンに艦砲射撃をかけることは目に見えています。逆に我がほうが面舵《おもかじ》に転舵して東に向かえば、反航戦となって砲戦の行方はともかく、作戦目的であるサイパンへの艦砲射撃の機会は完全に失われることになりましょう。ここは同航戦でいくべきと考えます。そして、敵はそれを受けざるを得ません」

吉村は早川をじっと見つめた。目黒の言葉は信頼できる。そうすべきだという合図だった。

吉村に対する早川の信頼も厚い。早川は大きくうなずいて命じた。

「取舵二〇度。本艦を起点として逐次回頭。第一戦隊、針路二六〇度。敵の距離で戦う必要はない。態勢を立てなおしつつ、距離を採るぞ」

早川は『武蔵』『大和』の長射程を生かした遠距離砲戦を選択したのだ。

「『武蔵』目標、敵一番艦。『大和』目標、敵三番艦。第三戦隊に打電。『第一戦隊は敵一番艦から四番艦を砲撃目標とす。適宜対応を望む』以上だ」

（妥当な選択だな）

早川と同様に、吉村も彼我の状況を頭の中で整理していた。

敵戦艦は艦型不詳の六隻。一六インチ砲搭載艦か一四インチ砲搭載艦かわからないが、こちらの三、四番艦は連合艦隊の戦艦ではもっとも砲力の乏しい金剛型の二隻だ。高速だが防御力も薄弱だ。ここは大和型二隻ですべての敵を相手取るくらいの覚悟が必要だと、吉村も考えていたのだった。

「取舵一杯。砲撃目標、敵一番艦！」

「とおーりかーじ。いっぱ～い」

「宜候《ようそろう》。目標、敵一番艦！」

吉村、目黒の大音声《だいおんじょう》が羅針艦橋に、そして砲術長仲繁雄大佐の大音声が艦橋上層の射撃指揮所に轟く。

『武蔵』は九本の主砲身を振りあげながら、艦首を左に振り向けた。左右に大きくシアーの付いた艦首が海面を押しのけるようにして進む。大型駆逐艦三〇隻分もの巨体は、舵の効きは遅いがいったん舵が効きだすと回頭は素早い。

『武蔵』の航跡を追うようにして、『大和』『金剛』『榛名』が続く。

照準を外された敵弾は、すべてあさっての方向に着弾していく。海面を抉る轟音はすさまじいが、水中爆発の衝撃などの間接的な被害もない。

「針路、一七〇度！」

「最大戦速！」

直進に入ったという報告を聞くや否《いな》や、早川は命じた。

『武蔵』が、そして『大和』が、最大速度の二七ノットに向けて加速する。最大出力一五万馬力を誇る艦本式高低圧タービンのうなりが高まり、艦底からの振動が増す。艦首の切り裂く海面が夜目にも白い水幕となって左右に流れ、艦橋前面にぶちあたる飛沫《しぶき》が倍増する。

艦尾では大人三人分の背丈にも達しようという直径五メートルのスクリュー・プロペラが、巨大な水塊を蹴り出しているはずだ。

回頭に合わせて三基の主砲塔は、一、二番主砲塔が右へ、三番主砲塔が左に旋回している。砲身も距離の変化に応じて上下に微動する。

こちらの回頭を察知してか、敵の砲撃は一時止んでいる。初手はとられたが、そのままでは済ませない。機会があれば、今度はこちらが頭をとってやる。そんな気概に満ちた早川の叫びだった。

だが、砲撃開始はまたもや敵が先だった。橙色の閃光が海上に弾け、それはきれいに東西に連なっている。

目黒の予想どおり、同航戦に入ったのだ。

(電探射撃だな)

早川は小さく唇を噛んだ。

電探、つまり敵の言うレーダーの性能差は歴然としている。ソロモンでの夜戦の優位を崩されたレーダーに、ここでも自分たちは苦しめられるのかと、吉村は苦い記憶を思いだした。

夜戦といえば、日本海軍の十八番《おはこ》だった。一九〇四年の黄海海戦では、ロシア旅順艦隊を各個撃破して日露戦争の趨勢《すうせい》を日本側優位に傾けるなど、驚異的な視力を持つ見張員の目と、猛訓練で鍛えあげた砲雷撃の腕とで、長年にわたって日本海軍は夜戦で敵を圧倒してきた。

それをひっくり返したのが、レーダーの登場だった。敵は新兵器レーダーを開発し、電波の目によって夜も昼と変わらぬ情報を手に入れるようになったのである。

夜間に敵を先制発見して正確な砲雷撃で反撃の隙を与えずに敵を退けてきた日本海

軍は、索敵、照準とも後れを取るようになり、次第に劣勢を強いられるようになっていたのだ。

日本海軍もその後、躍起になってレーダーの開発に取り組んではいるが、残念ながら射撃に耐えうる精度のものには至っていない。

暗夜に光学照準でこちらが目標を見いだすことにすら苦戦している間に、敵は悠々と照準を定めて巨弾を叩き込んできたのだ。

「敵艦、第二射！」

（まだか、まだなのか）

吉村は上目づかいに、上層で格闘しているであろう砲術科員の姿を思い浮かべた。旋回手と動揺手が巨大な望遠装置たる方位盤に食らいつき、砲術長が電探室とやり取りしながら砲撃のタイミングを探っていることだろう。

だが、砲戦の主導権は敵にある。世界最大の四六センチ砲を搭載する大和型戦艦の建造目的は、敵の弾が届かない距離から一方的に痛打を与えて敵を撃退するためだったが、それが早々と崩されている。

（こんなことでいいのか、こんなことで）

吉村は右舷彼方に潜んでいるであろう敵戦艦を睨《にら》みつけた。

（こんなことでいいはずがあるまい！）

苛立《いらだ》つ吉村を嘲笑《あざわら》うように、立て続けに敵艦発砲の火光が閃く。一段と甲高い轟音《ごうおん》が鼓膜を振り回すように響き、次の瞬間、吉村の身体は宙に浮いた。

戦艦『サウスダコタ』のＣＩＣ（戦闘情報管制センター）内で、艦長ホワード・ボード大佐は大きく握り拳を振るっていた。

「敵戦艦に命中二発」との報告に、ＣＩＣは沸き返っている。ハイ・タッチを交わしたり、拳を突き合わせたりして、皆、思い思いに喜びを表わしていた。

（レイテ沖のようにはいかんぞ。ジャップ）

左舷を同航しているであろう敵艦隊に向けて、ボードは胸中で言い放った。

三週間前のフィリピンでの大敗は、アメリカ海軍将兵の多くの心を傷つけた。特にレイテ沖での戦艦同士の砲戦に完敗したという事実は、自分たちこそが世界最強の海軍であるという将兵の自尊心を地に伏せたといっていい。

この戦争が始まって以来、航空機の台頭は目覚ましく、アメリカ海軍、特に太平洋艦隊は空母中心の編成と運用を繰り返している実情にあるが、長年の伝統と神話は一朝一夕に崩れるわけではなく、海軍内にはいまだに戦艦こそが海戦の主役であるとの考えを持つ者が少なくない。

ソロモンをめぐる海戦で、新鋭戦艦『ノースカロライナ』『サウスダコタ』の二隻が、敵コンゴウクラスの戦艦二隻を撃ち破ったという実績はそういった勢力に活力を与え、「アメリカの反攻を支えたのは水上艦隊であり、戦艦である」という主張をさせてやまなかったのである。

ボードもその一人であった。

ところがレイテ沖の惨敗は、それらすべてに泥を塗った。アメリカ海軍の主力はやはり航空戦力であるべきなのだという、ボードらにとっては切歯《せっし》扼腕《やくわん》する言葉もほうぼうで繰り返されている。

フィリピンの北方に吊りあげられた自分たちがもし駆けつけることができていたら、などと言うつもりはない。レイテ沖で喫した敗北の汚名は必ず返上する、水上艦隊こそがアメリカ海軍の中核であり戦争の趨勢を決める主役であると認めさせてやる、という並々ならぬ覚悟でマリアナ沖に出撃してきたボードだったのだ。

敵が来襲するのかどうか、ましてや敵が来たとしても水上艦隊同士の戦いになる可能性は低いと見ていたボードだったが、皮肉にも航空戦力の活躍がこうした場を提供してきた。

「レイテのようにいくと思うな。ジャップ」

ボードは再びつぶやいた。

レイテ沖で日本艦隊に敗れたのは、いずれもワシントン条約明け以前に建造された旧式戦艦だ。開戦劈頭《へきとう》のパール・ハーバー空襲で沈められながら、浮揚、修理、整備、改装を経て復帰した艦が再び沈められた。すなわち「二度沈められた艦」などという珍事を招いたわけだが、自分たちは違う。

ここで敵を待ち構えているのは、アメリカ海軍が誇る最精鋭戦艦部隊なのだ。アイオワ級戦艦の一番艦から四番艦の『アイオワ』『ニュージャージー』『ミズーリ』『ウィスコンシン』、それにサウスダコタ級戦艦の一、二番艦である『サウスダコタ』『インディアナ』の総計六隻が、第五四任務部隊の中核としてマリアナ防衛の任にあたっていたのだ。

この六隻はすべて三〇ノット前後の高速力と、一六インチ砲九門の強力な打撃力を有する新型戦艦だ。各種補助装備も例外なく新型で高性能のものを積んでいる。射撃指揮レーダーも、旧式戦艦の持つＭｋ３やＭｋ８に比べると、より探知能力と信頼性を増したＭｋ13だ。

その結果は、見事先制の命中弾を得るということで証明された。

敵はヤマトクラスと呼ばれる新型の大型戦艦を擁しているらしいが、この陣容なら負けるはずがない、必ず勝てる、とボードは信じていた。

『サウスダコタ』が再び吠える。主砲斉射の衝撃が、強烈な振動となってCICに伝わってくる。艦内部のCICでは直接目にすることはできないが、今ごろ海上では星条旗を掲げて巨砲を振りかざした六隻の巨艦が、勇壮に砲炎を連ねているはずだった。

『武蔵』らが反撃の砲火をようやく閃かせたのは、敵が本射に入って数射してからのことだった。

「来る！」

大気を引き裂く轟音が極大に達したと思うや否や、周辺の海面が沸き返る。右舷に、左舷に、巨大な水柱が林立し、『武蔵』の視界を遮っていく。まるで灰色の檻《おり》に『武蔵』を捉えたかのようだ。

しかし、『武蔵』は屈しない。長大な艦首を敵弾着の巨峰に突き入れ、水塊をなぎ払うようにして驀進《ばくしん》する。

大量の海水が怒濤のように最上甲板を洗い流し、左右の舷側から流れ落ちて海面に帰結する。舞い散る海水を瞬時に蒸発させながら、口径四六センチの砲口から紅蓮《ぐれん》の炎がほとばしる。

「まだまだ！」

艦長吉村真武大佐の気概を映して、『武蔵』が再び殷々《いんいん》たる砲声を洋上に轟《とどろ》かせる。

だが、『武蔵』の照準は正確性を欠いたままだった。敵の発砲炎を頼りに砲術長らは砲撃を敢行しているのだろうが、まるで手応えがない。各砲塔一門ずつ計三門の試射は、空振りを繰り返すばかりだ。まるでなにもない暗闇の中に、むやみやたらに拳を突き入れつづけているかのように。

逆に敵の砲撃は正確だ。次の弾着は、直撃弾と至近弾の各一発ずつを受けた。

「左舷艦首に至近弾！　火災発生」

「右舷中央に直撃弾！　二番八番高角砲、損傷」

（『大和』は？）

命中の衝撃で耳鳴りのする頭を振った吉村は、後方へ視線を流した。

『大和』も似たような状況らしい。敵艦に命中弾を与えた形跡がないのに対して、自分は青白い炎を艦尾からたなびかせている。航空燃料が引火した結果に違いない。

「消火、急げ！」

「負傷者の搬出、まだか。衛生兵、衛生兵！」

艦内から伝わる怒声も、次第に大きく多くなっている。状況が切迫してきている証拠だ。

「司令官！　ここまでくればもはや……」

鬼気迫る吉村だったが、第一戦隊司令官早川幹夫少将は片手をかざして制した。

「『愛宕』や二水戦の状況はどうだ？」

「目下、敵駆逐隊と交戦中。互角の展開のようです」

通信参謀の報告に、早川は首をひねった。

「おかしいと思わないか。艦長」

「なにが、でしょうか」

顔に付いた煤《すす》を拭う吉村に、早川は言った。

「これだけ周到に準備していた敵ならば、水雷艇や駆逐艦を殺到させて雷撃戦を挑んできてもいいと思うのだが。そうだろう？　少なくとも俺ならそうする」

「……そうですね」

やや間を置いて吉村は答えた。

「砲戦よりも、よっぽど簡単確実な方法ですね。大量の魚雷で大型艦をからめ取る。

我々がかつて実施しようとしていた作戦ですが」

「まさか敵が戦艦同士の砲戦を夢見た、男のロマンだ、などとは誰も言わんだろう」

「では……。まさか！」

「そう。そのまさかでなければいいが」

同日同時刻　神奈川　日吉

「第三艦隊から緊急電だと⁉」

早川と吉村の懸念は的中していた。

「発、第三艦隊司令部。宛て、連合艦隊司令部。『我、敵水雷戦隊の急襲を受く。空母『千歳』『千代田』、甲巡『利根』、敵の砲雷撃により喪失。空母『瑞鶴』被雷二、大破。甲巡『筑摩』……』」

その瞬間、連合艦隊司令部は凍りついた。

「いったい、第二艦隊はなにをしていたんだ！」

自分で突撃命令を出したのも忘れて、首席参謀神重徳大佐が叫んだ。水上艦主体の第二艦隊を、空母主体の第三艦隊から離してマリアナへの夜間艦砲射撃を実施せよと命じたのは、ほかでもない神なのだ。

「空母の護衛は水上艦の基本だろうが！　血迷ったか。連絡はどうなっていた。指示は！」

ところかまわず神はあたりちらす。神は冷静な思考を完全に失っていた。血迷っているのが自分だとも気づかずにわめきつづけた。それだけ狼狽《ろうばい》ぶりが顕著だったということだ。

だが、それを咎《とが》める者はいない。

敵の強固な情報収集力に裏づけされた周到な準備によって、打つ手打つ手が裏目に出ていることに、連合艦隊司令部の誰もが絶望感にうちひしがれていた。

「第二艦隊を戻せんか」

「無理です！　敵艦隊と交戦中です」

司令長官豊田副武大将の苦しまぎれの言葉に、通信参謀中島親孝《ちかたか》少佐が即座に首を横に振った。

海兵五四期、眉目秀麗、恩賜短剣組の中島の表情も歪《ゆが》んでいた。情報の収集と解析をする立場の人間として、最悪の結果に責任を感じる中島だった。通信士が新たに手渡してくる電文に目をとおし、視線を伏せる。一葉の電文を握る中島の手は震えていた。

「その第二艦隊も苦戦中です。敵戦艦はすべて新型の模様。四対六と隻数でも不利な今、敵を振り切って救援に駆けつけることは難しいと考えます」

「第三艦隊に続いて第二艦隊もか。こうも脆《もろ》いものかのう。航空参謀」

「…………」

航空参謀吉岡忠一中佐は、豊田の視線をただ受けとめることで精一杯だった。なにも答えられずに、険しい表情でただ立ち尽くしているだけであった。

自分の信じた航空戦力が立て続けに敗れ去った。もはや水上艦の出る幕などない。砲雷撃など過去の遺物だと軽視していた自分の考えは間違っていた。

自分の信じる航空主兵思想は絶対ではなかったのか。自分が全幅の信頼を寄せた空母部隊が敵駆逐艦隊に叩きのめされたという事実に、吉岡は衝撃を隠しきれずにいた。

「運を天に任せるしかないのか」

力なくこぼす豊田に、声を返す者は誰もいなかった。

同日同時刻　サイパン島東方沖合

反転して退避していく輸送船団を尻目に、ＤＤＧ（対空誘導弾搭載護衛艦）『あしがら』はサイパン沖に留まっていた。

「第三艦隊は壊滅、第二艦隊も苦戦中ですか。今回ばかりは我々もお役に立てませんでしたな」

『あしがら』艦長武田五郎一等海佐は、無念そうに息を吐いた。

今回のマリアナ奪回を目的とするＭＡ作戦における『あしがら』の任務は、僚艦『はたかぜ』『しまかぜ』とともに、上陸作戦を行なう陸軍部隊を乗せた船団を護衛することだった。

すでにＭＡ作戦は失敗に終わりつつあり、上陸作戦は不可能という結論に達して船団は引き返している。

その意味では、『あしがら』『はたかぜ』『しまかぜ』の第七四護衛隊は、ミサイルや砲はおろか一発の機銃弾すら放つことなく敗れたことになる。第三艦隊の防空あるいは第二艦隊の警戒役として出撃していれば、こんなことにはならなかった。

武田のため息は、そんな感情を滲《にじ》ませていたといえる。

だが、謹厳実直にして命令には絶対忠実な武田である。疑問一つ口にすることなく、武田はただ黙々と任務を遂行しようとしていた。

「戦《いくさ》というのは相手があることだ。敵も必死となれば、そうそういつも思いどおりにはいかんだろう」

第七四護衛隊司令速見《はやみ》元康《もとやす》海将補は、そんな武田を横目に見ながら息を吐いた。

「まだ我々の出番はある。第二艦隊にこのまま苦しい思いはさせんよ」

「できるでしょうか」

「できる。そう思わねば命じられん。また、向かった彼らにも申し訳がたたんだろう」

「そうですね」

武田は南方の闇の中に消えていった搭載ヘリ二機に思いを向けた。二機は第二艦隊の支援として発艦を命じられた。速見は『あしがら』の搭載する二機に、測的と弾着観測をもって第二艦隊の砲戦を支援するよう命じたのだ。

もちろん、弾着観測など演習を含めても経験などあろうはずがない。しかし、できるできないを論じている時間などないのだ。一分一秒の遅れが第二艦隊を窮地に追い込むことになる。

第二艦隊が苦戦している原因は、測距精度の劣勢にあることは明らかだ。多少手際が悪くても、二一世紀の技術は第二艦隊に充分な情報をもたらすに違いない。

速見はそう考えて、『あしがら』の搭載するＳＨ－60Ｋ哨戒ヘリ二機に発進を命じたのだ。

本来なら『あしがら』の強力なレーダーで直接敵艦隊を捕捉して対艦ミサイルを放ちたいところだったが、一〇〇海里以上ある彼我の距離からそれは不可能だ。ここは搭載ヘリにすべてを託すしかなかった。

「問題は昨晩、空自機を襲った敵未来機が出てくるかどうかです」

敵がＦ－22やＦ／Ａ－18といった未来機を投入したという情報は、第七四護衛隊にも届いていた。どちらにしても、本格的な戦闘機が相手となれば哨戒ヘリが太刀打ちできるわけがない。手も足も出ないうちに、ＡＡＭ（空対空ミサイル）の餌食《えじき》になること必至だ。

「出てこんよ」

不安げな武田に、速見はあえて自信たっぷりに言った。自分を鼓舞する意味を含めた故意の言葉だった。

「出てくるつもりなら、とっくに出てきている。対艦攻撃の装備まではないのか、機数の問題か、理由はともかく第二艦隊の接近を知りながら敵は航空攻撃を仕掛けてきていない。もっとも……」

速見はCIC（戦闘情報管制センター）内に、視線をひと回りさせて続けた。

「F／A-18でもなんでも、もし出てきたら本艦が責任をもって撃退する。対空目標なら迎撃は可能な距離だろう」

「はっ」

武田は姿勢を正して、メインディスプレイに目を向けた。

戦艦『サウスダコタ』艦長ホワード・ボード大佐は、〝異変〟にいち早く気づいた一人だった。先ほどまであれだけ狂っていた敵の砲撃が、見違えるような精度で『アイオワ』と『ミズーリ』を襲っているのだ。

損害の詳細は不明だが、『アイオワ』『ミズーリ』とも敵ヤマトクラスが放った巨弾の直撃を食らったらしく、艦上には火災の炎が躍っているという。特に『アイオワ』は両用砲弾かあるいは機銃弾薬の誘爆を招いたらしく、中小規模の火球が連続して認められたと見張員から報告がきていた。艦内のCICからはその様子を直接目にすることはできないが、圧倒的優位だった砲戦が次第に分が悪くなってきている
ることは十二分に伝わってきた。

「敵のレーダー波は？　水雷艇か駆逐艦か、なにかいないか」

これは単なる射撃精度の向上ではないはずだ。弾着の修正射だけでこんなに劇的に射撃精度があがるわけがないからだ。敵は新たな照準手段を導入したに違いない。そうでなければ、この変わりようは説明がつかない。

ボードはその根源を叩きつぶすべきだと考えていた。

ＰＰＩスコープと睨み合いをしていたレーダー・マンが振り返る。敵レーダー波を探っている者も同様だ。

「接近する艦影、なし」

「敵レーダー波、波長一〇センチ。変わりありません」

「そうか」

（考えすぎか……）

ボードは顎に手をあてて考え込んだ。敵が新型のレーダーを使用した形跡はない。レーダー・ピケット艦のような形で観測のための小艦艇を突出させたわけでもない。

「対空レーダーはどうだ？　弾着観測機が飛んでいたりはしないだろうな」

「現在、艦隊上空に機影はありません。ただ……」

「ただ？」

ボードは対空レーダーを担当する下士官を睨みつけた。

「艦隊外周に弱い反応があります。仮に敵機だとしても、単機ではないかと。しかも、この距離ではとても弾着観測など」

「それだ！」

ボードは言下に叫んだ。

「敵はフィリピンでも未知の航空機を導入してきたんだ。なにがあってもおかしくはない。これまでの仮定や常識は捨てるんだ。いっさいの予備知識なしで考えないと、手痛い目に遭うぞ」

「お言葉ですが」

ＣＩＣの情報管理士官ジョーダン・コリア少佐が歩み出た。

「位置は本艦よりはるかに旗艦寄りです。その存在に気づくことはもとより、弾着観測であれば旗艦がそのように判断してもよいかと。また……」

コリアは言うべきかどうかと言葉を切り、やがて声のトーンを下げて続けた。

「仮に敵機と判断して撃墜を命じようにも、現在マリアナに駐留する海軍の夜間戦闘機はありません」

海軍のという意味を、ボードは即座に理解した。

どこの国でも陸海軍、あるいは陸海空軍それぞれの仲は悪いものだ。縄張り争い、政府高官ポストの奪い合い、予算や手柄の取り合い等々、対立するネタは無限にあるといってもいい。

メンツがあるから、変に借りなど作りたくないという心理も働くだろう。もしかすると、第五四任務部隊司令部は敵弾着観測機の存在を知りながら、空軍に支援を求めることも、それ以前に夜間戦闘機の存在を問い合わせることも、ためらっているのかもしれない。

「そんな馬鹿な。このぎりぎりの局面で、貸し借りだ、メンツだなどと言っていられるか！」

だが、内情はボードの予想どおりだった。肝心な場面でセクショナリズムが足を引っ張ったのだ。

ボードは力任せに拳を机に振りおろした。スチール製の机が、派手な音をたてて上下に揺れる。華奢《きゃしゃ》な脚がわずかに曲がった。

「こんなことでは、勝てる戦いも勝てないではないか」

全門斉射の反動が、続けてCICに伝わってくる。憤るボードをよそに、砲戦は続いていた。

DDG(対空誘導弾搭載護衛艦)『あしがら』の搭載ヘリSH－60Kによる弾着観測は、第一戦隊にとってはまさに起死回生の出来事だった。

それまで幾度も空を切りつづけていた『武蔵』『大和』の砲撃が、まるで嘘のように敵艦に吸い込まれはじめている。初弾命中とはさすがにいかなかったが、弾着修正後の二射めで夾叉、三射めで直撃弾を得ることができた。

つい先刻まで通夜のように静まり返っていた第一戦隊司令部も、水を得た魚のように活気を取り戻している。

「命中！」

見張員の弾んだ声に続き、「よし」「やった」という声がほうぼうから上がる。これまでの砲戦経過の中で、もどかしい思いを抱いていない者など一人としていなかった証拠だろう。

世界最強であるはずの『武蔵』と『大和』が宿敵米戦艦に一方的に叩かれるなどということは、悪夢以外のなにものでもなかった。「こんなはずではない。こんなはずでは」と、皆忸怩《じくじ》たる思いで砲戦を見守ってきたのだ。

それがここにきてようやく形勢を押し戻してきた。「ざまあ見やがれ」という海軍軍人らしからぬ声も小さく聞こえたが、そんな気持ちになるのも理解できる状況だった。

『武蔵』が目標とする敵一番艦は艦の前後二カ所に炎があがっており、艦影がくっきりと海上に浮かびあがっている。尖塔状の艦橋構造物とともに煙突が二本あることから、ノースカロライナ級あるいはアイオワ級戦艦と思われるが、単縦陣の序列からいってアイオワ級と考えるのが妥当だろう。

今になって光学照準が容易になったのも皮肉だが、それも事の成り行きというものだ。余計なことを考えずに、敵艦を沈めるまで砲弾を叩き込むだけだ。

(それにしても)

吉村は上層で奮闘しているであろう砲術長仲繁雄大佐を思い浮かべた。

『あしがら』の搭載ヘリによる弾着観測を得た途端に、仲は大胆にも初発から全門斉射を敢行した。彼らを信頼してのこともあるだろうが、これ以上敵の好きにはさせないという強い意志がさせた結果に違いない。

「いつまでもだらだらと撃ちあうつもりはない。一気に片をつけてやる」という積極性の表われだ。それが功を奏して、仲もようやく溜飲《りゅういん》をさげたことだろう。

（さすがに司令官が連れてこられた男だ。ま、嫌いじゃないがな。積極果敢は俺の基本精神でもあるからな）

「む！」

そのとき、強烈な閃光が海上を貫いた。闇を刺す眩《まばゆ》い光は、『大和』が砲火を交わしていた敵三番艦からのものだった。

「やるな。有賀」

圧倒的な光量に顔を背けながら、吉村はつぶやいた。

閃光の度合いからいって、主砲弾薬庫の誘爆かなにかの致命的な損害を敵三番艦に与えたことは明らかだ。もはや敵三番艦は気息奄々《きそくえんえん》といったところに違いない。

「こちらもいくぞ！」

意気あがる『武蔵』の羅針艦橋に、吉村の叫び声がこだました。

「散布界中に目標あるも、中心は一〇〇メートル手前。苗頭《びょうとう》問題なきも、敵艦、速力低下。約三ノット。修正要す」

（しかし、ここまで正確な弾着観測となるとお役ご免になる日も近いか）

戦艦『武蔵』砲術長仲繁雄大佐は、逐一報告されてくる『あしがら』一号機の観測結果に舌を巻いた。

臨時に積み込まれた導線のない音声伝達装置《ワイヤレス》も、十二分に効果を発揮した。上空を行く友軍機との意思疎通がこれほどまでにうまくいったのは初めてだ。

はじめに下げ六（六〇〇メートル手前）と指示されたときは、自分の見込みとのあまりの違いに驚きをとおり越して疑問さえ抱いたものだったが、やはりそれは正しかった。

野球では、力があるが心臓の弱いピッチャーに対して「目をつぶってど真ん中に投げろ」と言いたくなるが、仲もそんなやぶれかぶれの気持ちもあって一斉撃ち方に切り替えたのだ。

そして、見事にその切り替えは吉と出た。『あしがら』一号機の観測結果は、驚異的な精度をもって『武蔵』の砲撃を導いたのだ。

（未来技術というのは、すさまじいものよ）

仲はそんな経緯に反発を覚えたり、妬《ねた》んだりする度量の小さい男ではなかった。むしろ自分の力不足を把握して、貪欲に向上心をかきたてていく男だった。

だが、同時に自分たちに対する誇りも人一倍持っていた。射撃で右に出る者はいないと他に言わしめて、胸を張る仲だったのだ。

今、その自分たちの射撃がようやく真価を発揮しつつある。ここまでずいぶん足踏みしてしまったが、一度食らいついたら雷が鳴っても離さないというスッポンのように、敵艦を沈めるまで射撃の手を緩めないと気合を入れる仲だった。

射撃は大きく分けて二通りの方法がある。

一つは各砲塔個別に照準と発砲を行なう各個射撃であり、もう一つは艦橋最上部の射撃指揮所で照準と各砲塔の統制射撃を行なう方位盤射撃である。

当然、測的の精度やばらつきを考えた場合、後者のほうが命中率が高い。

だが、それは反面、射撃指揮所内の砲員と各砲塔内の砲員との呼吸が合わない場合、出弾率の低下、すなわち射撃指揮所で発砲の引き金を引いても弾が出ないという お粗末な事態を招く。

発砲の間隔を示す発射速度とともに、出弾率は砲術科員と砲術長の腕にかかっているのだ。絶対的な技術的難易度はあったにせよ、測的で犯した失態はこの二点で補ってやると、仲は敵艦を睨みつけた。

「次斉射、撃《て》え！」

ＤＤＧ『あしがら』のＣＩＣ（戦闘情報管制センター）は、拍手喝采に沸いていた。

「『武蔵』『大和』反撃に転ず。敵一、三番艦、大火災」との報告に、緊張感でいっぱいだったＣＩＣの空気はようやく和《やわ》らいだ。

思わぬ苦戦を強いられていた第一戦隊の『武蔵』『大和』の苦境を救ったのは自分たちだとの満足感と誇りに何人もが笑みを見せ、弾着観測に向かったクルーを称《たた》えていた。

「さあ、彼らが帰ってきたら祝杯をあげようか」

第七四護衛隊司令速見元康海将補は、ＣＩＣ内を見回した。

「もちろんジュースでな」

皆を茶化すような速見の言葉に、一同がどっと沸く。ジョークはアメリカ人の専売特許ではない。緊張だけでは長い戦争を勝ち抜くことなどできないのだ。

海自は戦闘中と航海中は、つまりいったん海上に出れば飲酒はご法度《はっと》だ。平和な時代にはこっそりと艦内に持ち込まれたケースもあるというが、このオペレーション・タイムレヴォルーション＝時の改革作戦＝中にそんなことは絶対にありえない。

誰もがそれを知りつつ、速見のジョークにうけてみせたのだ。

「大丈夫でしょうか」

ただ一人、『あしがら』艦長武田五郎一等海佐だけは慎重な姿勢だった。

「敵は六隻。すべて新型と聞きます。いかに大和型戦艦が強力といえども」

「艦長」

速見は武田の肩を軽く叩いた。

「大丈夫だ。そう信じようじゃないか。旧海軍と我々海自の力を合わせれば、いかなる敵をも撃退できる。その証拠を見せるんだよ」

速見の言葉は、決して希望的観測やはったりではなかった。

速見らの記憶にある旧史では、「大和型戦艦対アイオワ級戦艦、もし戦わば」というシミュレーションが様々な角度から行なわれていたが、そこで大和型戦艦が敗北するとすれば、レーダーの性能差に由来する測的精度の差によるというものだった。

それが互角以上になった今、攻防の性能に優る大和型戦艦が勝つ――必然的な結論だった。

「格が違うよ、格が」

速見は雄弁と言い放った。

「撤退だと⁉」

第五四任務部隊からの通達に、戦艦『サウスダコタ』艦長ホワード・ボード大佐は目を剝《む》いた。

「ここまで来ておきながら」

ボードはぎりぎりと歯を嚙み鳴らした。

レイテ沖での借りを返す、フィリピン近海の暗い海底に消えていった同僚たちの敵《かたき》を討つ――そう意気込んできたボードの気迫が通じたのか、砲戦は当初圧倒的有利に進んでいた。敵が不正確な射撃を繰り返している間に、第五四任務部隊の六戦艦は有効弾を重ねて確実に敵を追い込んでいたのだった。

ボクシングでいえば、ボディー・ブローの連打でふらふらになった敵をちょうどロープに追いつめたところといえるのだろうが、弾着観測機と見られる機影が現われると状況は一変した。

敵ヤマトクラス戦艦は見違えるような精度で猛然と反撃に転じてきた。狙われた一番艦『アイオワ』と三番艦『ミズーリ』は度重なる被弾で大損害を被《こうむ》っていった。

しかし、それでも『サウスダコタ』をはじめとした残りの艦は、敵艦隊撃滅を信じて撃ちつづけてきた。

事実、『サウスダコタ』は敵コンゴウクラスの戦艦と真っ向から撃ちあい、堂々とそれを退けている。

僚艦『インディアナ』も優勢のようだ。

その上で『サウスダコタ』は素早く敵ヤマトクラスの二番艦に目標を変更し、試射に入ったところだったのだが。

「『アイオワ』と『ミズーリ』の損害が予想以上なのかもしれません」

CICの情報管理士官ジョーダン・コリア少佐の言葉に、ボードは艦首方向に目を向けた。

巨大なかがり火が二つ、海上に浮かんでいる。その間に明滅する光は、二番艦『ニュージャージー』の発砲の閃光だ。

『アイオワ』と『ミズーリ』が炎に焼かれてのたうっている。速力も衰えているが、舵がやられたのか、あるいは指示系統が麻痺したのか、『アイオワ』は左舷に、『ミズーリ』は右舷にゆっくりと逸《そ》れはじめている。

巨大な炎のオブジェと化した二隻の落伍によって、隊列は乱れはじめていた。

「恐らく二隻は……」

コリアが言いかけたところで、通信士が声を張りあげた。

「『アイオワ』の司令部との連絡途絶！」

「艦長」

「やむを得んな」

ボードとコリアは顔を見あわせてうなずきあった。

旗艦『アイオワ』は助からない。敵ヤマトクラスは予想以上の強敵だった。ここでいたずらに砲戦を継続して残りの艦を危険に晒《さら》すよりは、一度態勢を立てなおしたほうがいい。

戦術を練りなおし、充分に準備した上で、再戦を挑むべきだと司令部は判断したのだろう。

「各個、撤退せよ」

これは第五四任務部隊司令部の遺言だ。

「取舵一杯！」

気を取りなおして、ボードは叫んだ。

「針路一三〇度。敵艦隊の後ろを抜けて、そのまま戦闘海域を離脱する！　各駆逐隊との連絡を厳に。可能な限り合流して相互補完の上、エニウェトクに帰還する」

「取舵一杯！」

「取舵いっぱ〜い！」

　ボードの命令に、操舵長と操舵手が復唱を続けていく。

『サウスダコタ』の基準排水量三万七九七〇トンの巨体は、しばし間を置いて反転した。艦首が徐々に左に流れ、排水量のわりに巡洋艦並みに切りつめられた短めの艦体が弧を描く。重量一二二五キログラムの巨弾を最大三万三七四〇メートルの距離に飛ばすMk6四五口径一六インチ砲九門が、艦の動きに抗《あらが》うように旋回する。が、これまで牙を剝き出しにして敵艦隊に吠えたててきた九門が火を噴くことはない。それらは完全に沈黙を強《し》いられ、もはや牽制の意味合いでの発砲しか期待されていないのだ。

「残念だ」

　またもや不本意な結果に終わった海戦に、ボードはぽつりとつぶやいた。

　敵一番艦は虫の息だった。

　爆発の光の中から砲身とおぼしき棒状のものが回転しながら飛び出し、どす黒い煙と紅蓮の炎がせめぎあいながら艦上を蝕《むしば》んでいる。アメリカの新型戦艦の特徴でだった。

ある先細りの塔状艦橋構造物も、半分ほどが崩れ落ちてまるで焼け落ちた城のよう
艦内も地獄のようなありさまに違いない。火災の高熱と有毒ガス、そして艦を深い水底《みなそこ》に引きずり込もうとする海水の奔流に、何千何百という乗組員が逃げ場を失って苦しみもがいているであろう。被弾のたびに金属的叫喚《きょうかん》と激震が艦内を突き抜け、大量の残骸と乗組員の遺体が海上にばら撒かれていく。

敵艦は明らかに右舷に傾いている。そのために艦上の炎は右舷の海面に接しやすくなっており、大量の海水が蒸発して時折り炎を揺らめかせていた。

(勝ったな)

戦艦『武蔵』艦長吉村真武大佐は、勝利を確信して拳を軽く握り締めた。

『武蔵』がもう一斉射叩き込んだところで、敵一番艦は完全に沈黙した。命中の閃光が真一文字に走ったと思った直後、なにか巨大な箱のようなものが跳ねあがり、海上に没して消えた。炎は一層猛《いっそうたけ》り狂って艦上を暴れまわるが、噴出する黒煙がさらにそれをも覆い隠していく。

「あれが敗者の姿だ」

第一戦隊司令官早川幹夫少将は、巨大なスクラップと化した敵一番艦をじっと見

つめた。

敵艦撃破に胸を張るわけでもなく、相手の健闘を称えるわけでもない。一つ間違えれば、ああなっていたのは自分たちだ。勝敗の境目など障子の紙ほどもない薄いものだ。集中を切らしたらすぐに勝者と敗者は入れ替わると、自らを戒《いまし》める早川だった。

「目標を敵二番艦に切り替えますか」

「いや、その必要はない」

「はっ」

疲労感滲む表情の早川に、吉村は一歩下がって一礼した。

「第二艦隊司令部からは、すでに作戦中止の連絡がきている。それに敵もそのつもりはないみたいだ。本艦もさして余裕があるわけではないしな。第三戦隊は？」

「『榛名』大破。『金剛』はもう……」

「そうか」

深く息を吐く早川を見る吉村も、気持ちは同じだった。

積極果敢と猪突猛進とは違う。余力を残しての撤退は許せないが、退く勇気も必要だ。

全体を見渡せば勝利というにはほど遠く、せいぜい辛勝か、痛み分けというところだ。だが、それを受け入れるしかない現実があった。

『武蔵』にあれだけいいように撃ちまくっていた敵二番艦の砲撃は、いつのまにか止《や》んでいる。

一番艦と三番艦を撃沈された敵は、二番艦と四番艦が速力をあげて戦場離脱にかかっている。

詳細な情報をこれまで得ることができていなかったが、どうやら三〇ノットを超える高速戦艦だったようだ。大和型の二七ノットでは、そもそも追いつくことが不可能だ。

また、敵の五番艦と六番艦は逆に反転して離脱しようとしている。『金剛』を撃沈し、『榛名』を大破させたことで満足し、これ以上のリスクを冒してまで砲戦を継続する必要はないと判断したのかもしれない。

一方、『武蔵』も無事ではなかった。敵新型戦艦二隻が相手の砲戦は決して楽な戦いではなく、主砲塔を除いて右舷側の高角砲や機銃群はあらかた失われている。探照灯や測距儀、レーダーなどは言うまでもない。

そんな状態では、敵の空襲や水雷戦隊の奇襲を受けた場合、あわやという事態になりかねない。これは逆にいえば、それだけ激しい砲撃を受けても、主砲塔や弾火薬庫、主機や罐《かま》といった主要区画は無事だったということだ。

これは『武蔵』が自分の距離で終始砲戦を戦ったことを意味していた。距離が遠ければ、大落角弾に水平装甲を破られる。近ければ、在速の大きい敵弾に垂直装甲を破られる。そのどちらも避ける最適距離を決戦距離と呼ぶのだ。

戦艦の要件の一つに、「決戦距離から放たれた自艦の持つ砲弾と同等の砲弾に撃ち破られない装甲を有すること」というものがある。

「航海長」

吉村は航海長目黒蓮史玖中佐の背中を軽く叩いた。

『あしがら』から飛び立った一号機へリによる弾着観測以外に、目黒の巧みな操艦術が勝利をたぐり寄せたことを吉村は知っていた。

目黒は当たり前のことをしただけだと、あくまで平静を装っている。それがまたいいじゃないか。吉村は親指を立てて目黒の功績を称えた。

「しかし、艦長のよからぬたくらみが現実にならなくてよかったよ」

「なんのことですか」

早川の笑みに、吉村はとぼけてみせた。

砲戦があまりに劣勢な場面で、吉村は「ここまでくればもはや」と口走っていた。それがいちかばちかの近接射撃をしようということだと、早川は吉村の胸の内を読んでいたのだ。もしそんなことをしていれば、たしかに敵艦への命中率はあがっただろうが、最悪『武蔵』は主要区画を撃ち抜かれて大損害を被《こうむ》っていた可能性もある。

自分の距離にこだわった早川とそれを可能にした目黒が、『武蔵』を救ったといえるのだ。

「超接近戦。違うか」

「いえ」

吉村はあくまで否定した。次いで、子供っぽいいたずらな笑みを見せて言った。

「自分は照射射撃を命じようと考えておりました」

「照射射撃か。よくもまあ」

わざとらしく傲慢《ごうまん》ぶって胸を反らせる吉村に、早川は呆れた様子で肩をすくめた。

照射射撃というのは、文字どおり探照灯を用いて敵を照らしながら射撃を行なう方法だ。

過去には夜戦の有効な方法の一つとされていたが、近年はほとんど用いられることはない。理由は簡単だ。敵を照射するということは、同時に自分はここにいるぞと敵に教えるようなものだからだ。

砲と砲弾の威力が格段に増してきている近年、一発の命中が命取りにもなりかねないため、こんな博打《ばくち》はまずよっぽどのことがない限り行なわないのだ。よって照射射撃は、禁断の賭けといっていい。もし、あの状況で『武蔵』が照射射撃に踏みきっていたら……。

早川は苦笑した。

敵新型戦艦六隻の集中砲火を浴びれば、いかに堅牢に造られた『武蔵』といえども……。

(撃沈だろうな)

早川は胸中でつぶやいた。

(敵戦艦の一隻や二隻とひきかえに旗艦沈没、乗員二〇〇〇名と戦隊司令部全員が名誉の戦死、か)

「そんなことにならなくて本当によかった」

呼吸がずばり合って早川と吉村は同時に口にした。顔を見あわせて、再度声に出して笑った。

「第一戦隊、反転、一八〇度。針路二〇《ふたまる》！」

「宜候。反転、一八〇度。針路二〇」


海戦は終わった。

セクショナリズムで本来の力を出しきれなかったアメリカ側と、旧海軍と海自との連携で一プラス一を二以上にした日本側。勝敗を乗せた天秤は抜群の不安定性でふらついていたが、最終的には日本側に傾いて止まったのだ。

勝利を手中にしながらそれをするりと失ったアメリカ側に対して、日本側は勝ちを拾ったといえる。だが、それも限定的かつ戦術的なものに限られた勝利だった。

マリアナの敵航空兵力の無力化と、マリアナ諸島そのものの奪回を目的とするMA作戦は、失敗に終わったのだ。早川の言うように、艦隊による砲撃戦は痛み分けあるいは日本側の辛勝であったにしても、戦略的にはアメリカに軍配があがった戦いだったのだ。

フィリピン、レイテでの大勝からわずか一カ月でのこの結果は、戦争の難しさをあらためて知らしめたといえる。

勝利の女神は常に気まぐれだ。どちらに微笑《ほほえ》むのかは、蓋を開けるまでわからない。だが、それでも戦わねばならない。

何故《なぜ》?

世界の行く末を正しいものにするために。このまま放置すればやがて核戦争が世界を滅ぼしかねないために。

それがひいては、愛する人を救うこと、愛するものを守ることになるのだ。

そのために、ここにあったはずの史実を覆《くつがえ》さねばならない。戦史を塗り替える必要があるのだ。さすれば、新しい歴史の扉が開かれることになるだろう。

だが、次元を超えた援軍が敵側にも現われた。由々しき事態の中、ますます戦争の行方は混迷を深めていく。

いつ、どこで、どうなる?

様々な可能性と選択肢を突きつけられながら将兵は進む。勝利と希望を信じて。

第三章　講和の糸口

一九四四年一二月二〇日　スイス

第二次大戦が勃発して五年、そして日米戦が始まって三年が経過したこの年も終わろうとするころ、中立国スイスは特別な意味での緊張感に満ちていた。

ドイツがポーランドに侵攻を開始したのが一九三九年九月のこと。長かった欧州戦線は、連合国側の勝利で終わろうとしていた。

米英ソの連合国対、日独伊の同盟国という大戦の構図はもはや崩れている。すでにイタリアは連合国の軍門に下り、残されたドイツも、西側から米英、東側からソ連という強大な敵に挟撃されて青息吐息の状態だ。

対仏戦勝利の再現よ今一度とばかりに、ドイツは再び独仏国境のアルデンヌの森を通って北西進し、米英の補給港となっているアントワープを一気に奪取するという最後の賭け（ラインの守り作戦）に出たものの、それは逆にドイツの衰退を早めることになった。

ポーランドからソ連、オランダ、フランス、バルカン半島と欧州の大半が戦場と化した中で、ここスイスだけは中立を守りとおして、連合国と同盟国双方の人間が行き交うことができる特別な場所となっている。

このスイスは今、大戦末期を迎えて各国の外交官たちが様々な謀略や駆け引きを展開する黒い街と化していた。

その題材はズバリ、戦後の世界地図の作成だ。

大戦をどういう形で終結させるかという問題だけではない。戦後に予想される連合国内部の対立をも想定して、自国が最大の利益を得られるように外交官たちが奮戦しているのだ。

いかにして他国を出し抜くか、あるいは裏取引などを行なって秘密裏に手を結ぶか。合法、非合法、あらゆる手段が飛び交っているのだ。

もちろん平和的手段を問わない強引で手荒な方法も存在する。誘拐、拷問、そして抹殺だ。邪魔な存在は消し去るという発想は、ここではごく自然なものであった。

つまり、命の保障はない。

ということからして、ここスイスはある意味れっきとした戦場なのだ。

日本もまた、その渦中にあった。

海軍大臣米内光政《よないみつまさ》や海軍次官井上成美《しげよし》を中心とするグループはすでにフィリピン戦時点で講和を模索していたが、「未来情報」を入手した今、沖縄失陥、被爆、シベリア抑留等々、亡国の危機を脱するべく、陸軍も交えた拡大勢力で停戦と講和のチャンスを窺《うかが》っている。

当初、政府外務省はソ連を仲介ルートとして米英との停戦と講和の方針を示していたが、これがとんでもない誤りだとわかったのは、未来情報によるものだ。

ソ連は、米英との仲立ちを務めるつもりなどさらさらないどころか、日ソ中立条約を一方的に破棄して満州になだれ込み、さらにはポツダム宣言を受け入れて日本が無条件降伏した後も千島列島に上陸侵攻するなど、傍若無人《ぼうじゃくぶじん》な行動に出るというのだ。

それを記録映像や大量の写真などで示されたとき、外務省高官や政府要人は愕然として言葉もなかったという。自分たちの見通しの甘さと、もしそれが現実になった場合の汚点を考えると、なにも言い訳ができない。できることといえば、職を辞することぐらいだ。

それでも世界の笑いものになったり、歴史上の大失策と嘲笑されるよりまだいい。とにもかくにも現在の日本政府や軍の方針は、顕在的な戦闘で可能な限り抵抗しつつ、有利な条件で講和を結ぶ。交渉は米英、特にアメリカと直接行なうということだ。

その交渉の最前線がスイスであり、その矢面に立っていたのがスイス駐在武官である海軍中佐藤村義一《よしかず》だった。

昨晩から降りつづく雪は、いっこうに止《や》む気配がなかった。

すでに一面雪景色になる中、藤村はとあるホテルからの帰途にあった。時刻は現地時間で一六時。一年でもっとも夜の訪れが早い時季であるため、辺りはすでに薄暗い。雪の白さが銀色に光っている。

（なんとかここまでこぎつけたが）

コートの襟を立てて、藤村は冷たくなった両手に息を吹きかけた。

マリアナでの戦略的敗北は、やはり停戦交渉には大きな不利益をもたらした。

フィリピンでの大勝後、やや講和に傾きかけていたアメリカの態度が再び硬化している。

無理をして講和など結ばなくとも、いずれアメリカは日本を無条件降伏に追いやることができる。今のアメリカ政府の総意は、そういった強硬論にあるらしい。

だが、もちろん講和を前提とする交渉の余地がないわけでもなかった。

日本やドイツのような全体主義思想で進んできた国と違って、民主主義国家の総本山たるアメリカらしく、多種多様な国民の声とそれを反映せざるを得ない政府の事情もあるらしい。

あらゆる選択肢を考えて、アメリカは交渉のテーブルについているのだ。

藤村は、「日本は戦争を続けることが本意ではないこと」「国民の生命と国土の保全を前提に停戦に応じたいと考えていること」を重ねて主張し、粘り強くアメリカ側の特使代理人と交渉した。

アメリカ側は、「日独伊三国同盟を結んでいる中で日本が突出した動きができるのか」と訝《いぶか》ってきたが、藤村は、「イタリアはすでに連合国に降伏して単独講和を結んでいること。その上、ドイツが降伏すればどのみち交渉は単独になること」を主張した。

それでもアメリカ側は、「ドイツは今現在まだ連合国と交戦状態にある。盟邦の敗戦を見越して行動するのは、日本人がもっとも大切にする精神性＝信義＝に反するのではないか」と反論してきた。

だが、藤村はきっぱりと言いきった。

「国家国民が生きるか死ぬかというときには、背景は度外視すべきだ。自国の都合を最優先にするのは、日本に限らずどこの国でも一緒のはずだ。アメリカもそうだろう」と。

もちろんそういった一連の発言が、日本政府の総意だとか首相やエンペラー（天皇）の意思に代わるものだとはアメリカ側も思っていない。ただ、こうした藤村の姿勢が日本の本気を示していると、アメリカ側も理解したようだった。

藤村の交渉窓口はドイツのチューリッヒ総領事ディーンストマンから紹介を受けたゲベルニッツなる人物であったが、その背後にアレン・ダレスＯＳＳ（アメリカ戦略情報局）欧州本部長が控えていることを藤村は知っていた。

藤村の必死の説得と交渉で十数回めの交渉となった今日、ようやくダレス本人を次回交渉の場に引き出すところまでこぎつけたのだ。

ディーンストマンによると、ダレスの経歴や詳しい組織のつながりは不明だが（それだけアメリカの情報セキュリティは厳しいということだ）、ホワイトハウスに直接通じるだけの権限はあるらしい。

現に藤村らの交渉過程は、アメリカ本国にたしかに伝わってホワイトハウスの中でも議題にのぼっていると、藤村は親日中立国スウェーデンを通じて情報を得ていた。

もちろんダレスもただで藤村の要求を飲むはずはない。次回は無理としても、その次の交渉の席には藤村レベルの佐官ではなく提督クラスの者の出席を要求してきた。

アメリカも、日本の実権が官僚ではなく軍にあることを見抜いてのことだ。

望むところである。アメリカ＝ダレス＝の要求は、それだけ交渉のレベルが上がったことを意味するからだ。これで停戦と講和が現実味を増すというものだ。

すでに本国にはアメリカ側の要求を伝えてある。井上海軍次官が適役だとは思うが長期不在とのことで、どうしても駄目ならばそれなりの代役を出してもらうしかない。米内海軍大臣でも。

藤村は井上が二〇一五年の世界に赴いて、両時代の日本政府の調整役を担っていることを知らなかった。それだけのトップ・シークレットだったのだ。だが、井上を含めた米内グループが和平工作を続けていることに変わりはなかった。

（なんとしてでも、ものにしなければ）

藤村は亡きディーンストマンのためにも、交渉を成功させると誓った。

同盟国としてのよしみだけではなく、藤村個人との親交もあって、ディーンストマンは日米交渉に非常に協力的で様々な援助も惜しまなかった。自国の持つ情報網から得られる有用な情報の開示と、自分の持つ人脈を生かした交渉相手の模索から接触と、ディーンストマンの貢献は大きかったといえる。

そのディーンストマンが一週間前、飛び降り自殺して亡くなった。

自国の敗戦濃厚の中、和平の打開策を見いだせない自分に苛立《いらだ》って落胆したとする見方があるようだが、それは違うと藤村は確信していた。

たとえそういった背景があったにしても、ディーンストマンは途中で自分の役割を放り投げるような無責任な男ではないと、藤村は信じていた。

自殺ではない。あれは他殺だ。自殺に見せかけて、巧妙に仕組まれた他殺だ。恐らくソ連の秘密警察による仕業に違いない。

日米交渉の進展をソ連は望まない。なぜなら、今、日米戦が終わったらソ連が得るものはなにもないからだ。

いずれソ連は参戦してくる。対米戦で弱った日本の領土を奪えるだけ奪うまで、戦争は続いたほうがいい。日本が予想外に健闘したとしても、それはそれでいい。大戦が終われば十中八九宿敵と化すアメリカが疲弊するのは、歓迎すべきことなのだ。そのためにも、日米戦は長ければ長いほうがいいのだ。

幸い欧州戦線は終結しつつある。東欧一帯をたっぷりいただいた上で、兵力をそっくりアジアに転用する。場合によっては、中国やインドの一部まで奪えれば理想的だとスターリンは考えているに違いないのだ。

ディーンストマンは頑《かたく》なまでに徹底抗戦を主張していた本国の意向もあって、自国ドイツを和平に導けなかったことに深い失望感を抱いていた。

本国が戦場になり、国家総動員令が出るまでになったドイツにもはや交渉の余地などない。このままでは、ドイツは米英とソ連に東西から蹂躙《じゅうりん》され、国家分裂の危機にまで至るかもしれない。

日本が同じ道を歩まないで済むよう貴官は可及的速やかに努力すべきだ、最大限の協力を惜しまない、とディーンストマンは藤村に申し出ていたのだ。

そのディーンストマンのためにも、和平交渉はやり遂げねばならない。

藤村は注意深く路地を進んだ。遠回りになってもわざと人目につく表通りを歩く。万一、狙撃手が送り込まれていたとしても、人目につくところではそうそう射撃位置を確保できないからだ。

裏路地だと、建物の陰から突如刃物を持った刺客が現われたら躱《かわ》すことは難しい。

人ごみに紛《まぎ》れてという可能性もあるが、逆に考えればそれだけ障害も多いということだ。

相対的に危険性は表通り、つまり大通りのほうがはるかに少ないと、藤村は判断していた。

車が行き交っている。日本ではまだ絶対数が少ないが、アメリカほどではないにせよスイスは車が多い気がする。

欧州はやはりアジアに比べて進んでいる。富が集中しているのだ。

そんな世界的格差もなくしていかねばならないと思っていたときだった。なんの予告もなしに、猛烈に高鳴るエンジン音が聞こえてきた。

「危ない！」といった英語、ドイツ語、フランス語などが入り乱れる中、藤村は振り向いた。黒塗りの車が、交差点の向こうから逆走して迫ってくる。明らかに藤村を狙った動きだ。

「！」

藤村はとっさに拳銃を引き抜いて連射した。それとほぼ同時に、身体を回転させながら横っ飛びに路面に伏せた。

間一髪だった。ものすごい風圧を顔面に受けたと思った直後、黒い影が目の前を横切った。

藤村を狙った車が銃弾を受けて右前輪をパンクさせ、横転後に火花を散らしながら路上を滑っていったのだ。そしてそのまま反対車線を突き抜け、街灯にぶちあたって止まった。

息を呑んだのは、その直後だった。漏れ出した街灯のガスとガソリンに、折れ曲がった街灯の炎が引火したのだ。

瞬時に周辺の空気が、見えない壁となって吹き抜けたような気がした。鼓膜を殴打する大音響とともに、横転した車は炎の塊《かたま》りと化した。

脱出する人影はない。こういった影の世界では、任務失敗イコール死なのだ。どういう形であれ、身元を明かされることは許されない。

恐らくソ連が差し向けてきた刺客に間違いはないだろうが、辛くも藤村は難を逃れたのであった。

始めるのはたやすく、終わらせるのは難しいのが戦争だという。藤村をはじめとする和平推進を担う者たちもまた、最前線で命を懸けて事にあたっていた。

「ただ盲目的に戦うのが軍人ではない。自分たちが始めた戦争の後始末は、自分たちでつける。政治で駄目なら、自分たち軍人自らが決着させてみせる」と、藤村は高い意識で臨んでいたのだ。

赤黒い爆炎が雪を溶かし、褐色の煙が夜の帳《とばり》を誘っていく。

瞳に炎が映り込むが、藤村の胸中はすでに次の交渉に向けられていた。安堵する間もなく、藤村の意識は先にあったのだ。

ダレスとの直接交渉の場になる次は、天王山ともいえる重要な場になる。失敗は許されないのだ。

一九四五年一月三日　台湾上空

心体いずれの傷も癒《い》えぬまま、音速の翼は熾烈《しれつ》な戦いを強《し》いられ続けていた。

一月のマリアナでの航空戦の敗北は、航空自衛隊第三〇二飛行隊にも深刻な被害をもたらしていた。F－2の被撃墜数七、うち未帰還となったパイロット五名、負傷者はその倍にのぼる。

もちろんディメンジョン・ゲイト＝次元の門＝を通じて二〇一五年の世界から機体とパイロットの補充はなされていたが、数を揃えれば済むという問題ではない。

戦争に加わると決断した時点で当然想定されていたこととはいえ、空自がまとめて死者を出したのは開隊以来初のことである。それを目《ま》の当たりにした衝撃は、やはり想像以上に大きかった。

また、アメリカがF－22やF／A－18といった未来機を導入してきたという事実は、今後の戦局に暗雲を漂わせるものだった。

隊内の士気は沈滞し、その回復には今しばらくの時間が必要だった。第三〇二飛行隊の各パイロットは、そうした雰囲気を払拭できぬまま日々の任務に臨んでいた。

戦争は相手があることだ。こちらがどういった状況にあろうとも、敵は待ってはくれない。ましてや弱みを見せれば、敵はすかさずそこにつけ込んでくるだけだ。

「ゴースト1。こちらゴースト2。目標周辺に機影なし。異常ありません」

「こちらゴースト1。了解した。予定の周回コースを再度辿《たど》る」

「ラジャー」

自分のサポート役を務めるウィングマン橋浦勇樹三等空尉の返答を確認して、航空自衛隊南西航空方面隊第九航空団第三〇二飛行隊所属の木暮雄一郎一等空尉は、愛機F－2の機首を南東に向けた。

第三〇二飛行隊内の再編成によって木暮は第三編隊四機の指揮を任せられ、新たなコール・サイン「ゴースト1」を受領した。

直率する第一エレメント（二機編隊）のサポート役に、これまで同様橋浦を引き連れて木暮は台湾上空の哨戒任務についていた。

このところ、台湾方面の陸海軍航空基地で原因不明の爆発事故が相次いでいる。マリアナから本土へのB－29の来襲は続いていたが、木暮はその原因究明を担って一時、台湾に飛来していたのだ。

「単なる事故か工作員の仕業じゃないでしょうか」

「先入観は禁物だぞ、ゴースト2。俺はマリアナでF－22を見た。なにが現われるかわからんさ」

「航空機ではなく、潜水艦の巡航ミサイルかなにかということも……」

「その可能性は少ないだろうな」

木暮はマリアナの戦闘分析リポートの内容を思いだした。

第三〇二飛行隊をはじめ日本側の制空隊と攻撃隊は敵未来機に翻弄され、多大な損害を出して作戦失敗の憂き目を見たが、その後の客観的かつ正確な分析の結果、敵未来機の数はせいぜい五機から多くても一〇機前後であったことが判明した。

「過去に来ている」「敵は旧式レシプロ機」という固定観念のために、第三〇二飛行隊らはたったそれだけの機数の敵機に翻弄されたといえるのだ。だが、その分析結果は敵が送り込んでいる未来戦力がまだわずかであることを示していることにもなるではないか。

木暮は敵側にあるディメンジョン・ゲイトが小規模なものではないかと睨《にら》んでいた。

アメリカの総戦力からいけば、一〇〇機単位の航空戦力や一個艦隊をひねり出すことなど造作もないであろう。それがこの状況だということは、送り込みたくとも送り込めない事情があるはずだ。

木暮は再確認するように言った。

「敵の正体が航空機でも潜水艦でも、それを突き止めるのが今回の任務だ。俺たちの範疇《はんちゅう》でなにも見つからないなら、それはそれでいい。だが、気を抜くなよ、橋浦。運良く俺たちは生き残った。マリアナの戦塵をくぐり抜けたが、これからなにが現われるか。生き残った者は、死んでいった者たちの思いを継ぐ。簡単に死ぬわけにはいかんぞ」

「ラジャー。谷村一尉も中野瀬一尉もいなくなって」

「言うなよ、橋浦」

感情を表に出さないクールな木暮だが、胸中まで不動であるはずがない。親友の谷村の名を出されると、今でも胸にぐさりとくる。もしかすると、自分は死ぬまで一生そうかもしれない。いや、死んでからも。

(あのとき俺がもっとしっかりしていれば、あいつが死ぬことはなかった……駄目だ、駄目だ)

気を抜くなと言っておきながら自分がこれでどうすると、木暮はぐるぐると頭を振った。エレメント・リーダーの自分が動揺していれば、サポート役の橋浦にも影響を与えることになる。谷村の二の舞を踏ませることなど、あってはならない。

「少なくとも戦闘中は集中だ。集中な」

「ラジャー」

翼端が触れあわんばかりに接近した二機のF－2が、夜空を突き抜ける。

低空に下りると、分厚い雲のために空もまさに漆黒の闇に包まれている。レシプロ機であれば、空襲日和《びより》にはほど遠い天候だ。

台湾に駐留しているのは、純粋に旧軍のみだ。空自が展開しているのは今も沖縄の嘉手納と硫黄島の二カ所であり、海自の艦艇や陸自の部隊も台湾にはいないはずだから支援は期待できない。

レーダーその他に異常はない。

「空振りか」

そもそも航空哨戒といった手段が、任務の目的に合わなかったのではないかと考えはじめたころだった。

「ん？」

レーダー・ディスプレイがフラッシュしたように感じて、木暮は目を瞬いた。が、もう一度見直してもディスプレイにはなんの変化も窺えない。あるのは、木暮と橋浦の二機のF－2を示す輝点だけだ。

「こちらゴースト1。ゴースト2、なにかレーダーに反応はないか」

「こちらゴースト2。特に異常はありませんが」

「錯覚か……。一瞬、なにかが映った気がしたが」

「突発的な電圧異常か雷では？」

しかし、それは機体の異常でも木暮の錯覚でもなかった。その直後、小さいながらもはっきりとした輝点が複数、ディスプレイに現われたのだ。

「高速飛行物体、発見！」

「こちらも捉えた！」

ほぼ同時に橋浦と木暮は叫んだ。

ありえないものが出た。心の奥底では期待半分に何事もないことを願う考えがあったが、やはり現実は思惑とは別の道筋を辿るものだ。

小さいながらも高速のそれは……。

「こちらに向かって来てない！」

「恐らくＡＳＭ（空対地ミサイル）だ。迎撃は……間に合わん。くそっ」

ＡＳＭを叩き落とそうとする間もなく、地上に火の手があがった。灯火管制を敷いて暗闇の底に沈んでいたはずの海軍基地に眩《まばゆ》い閃光がほとばしり、次いで巨大な噴水のように火の粉が同心円状に飛び散った。

被害は一カ所にとどまらない。膨張する火球が複数箇所で弾け、おどろおどろしい爆発音が上空に伝播《でんぱ》してくる。

「畜生」

うめくような橋浦の声が、レシーバーから伝わってくる。状況から見て、事故は考えられない。警戒任務にあたりながらも、目の前で敵の攻撃を許した自分に腹が立っているのだ。

それは木暮も一緒だった。

（敵は……）

弾道ミサイル、無人機の突入、潜水艦発射のＵＳＭ（Ｕｎｄｅｒｗａｔｅｒ　ｔｏ　Ｓｕｒｆａｃｅ　Ｍｉｓｓｉｌｅ＝水中発射対艦ミサイル）等々多くの可能性が考えられたが、木暮は直感的に敵の正体にあたりをつけていた。

レーダーに反応が出たのは、ごく間近だ。それが大気圏外から降ってきた弾道ミサイルだとすればそれまでだが、発射のためのプラットフォームがあったとすればそれはまだ近くに存在するはずだ。

北か南か、西か東か。

「高度一万二〇〇〇まで上昇。西へ向かう。ついて来い」

「ラ、ラジャー」

木暮の意図をはかりかねながらも、橋浦は応じた。

二機のＦ－２が大気を蹴り飛ばして高々度に向かう。軽量コンパクトなＦ－２は上昇力も優秀だ。尾部の排気口が橙色《だいだいいろ》に染まり、徐々に薄くなる高空の冷気を炭素系複合材料の主翼が鋭く切り裂いていく。

Ｆ－２の誇る世界初の機上アクティブ・フェイズド・アレイ・レーダーは海上と

空中の同時捜索を継続して行なっているが、いまだに反応はない。敵レーダー波の探知もない。熱源反応もない。

敵の兆候はないように思えたが、木暮は不思議と落ち着いていた。

暗視モードをオンにしたヘルメットをとおして、木暮は緑色の画像を肉眼で見回していた。

一昨年から空自が装備を始めた発展型ヘルメットのゴッド・アイは自動照準機構こそ種々の問題で不満足な状態だったが、ボタン一つで暗視効果が得られるすぐれものだった。パイロットは煩《わずら》わしく重い暗視ゴーグルを着用することなく、夜間も昼間と変わらない光学的視野を持つことができるのだ。

前時代的に全周に視線をめぐらす。

だが、目につくものはない。視界にあるのは永遠に続こうかという夜空の闇だけだ。

(外れたか……)

しかし、なお一〇秒ほど飛行を続けたとき、木暮は電撃に打たれたようにぴくりと顔を震わせた。

敵機だ！　視界の片隅を行く緑色の影を、木暮は見逃さなかったのだ。

「タリホー(敵機発見)」

木暮の読みは、単なる直感ではなかった。

一瞬現われたレーダー・ディスプレイのフラッシュは、ステルス機が爆弾格納槽を開けたときのものだ。そう考えれば、直後にミサイルらしき高速飛行物体が現われたのも説明がつく。

ステルス機であれば、あえて目につく低中高度をいくはずがない。そこで高々度を選択した。方位を西に選んだのは、敵がマリアナから飛来したとして、東や南にとってかえすのはあまりに当然すぎるからだ。

裏をかいてそのまましばらく直進すると予想したのが、ズバリ当たったということだ。

また、木暮はコソボ紛争の戦訓を充分に心得ていた。

九〇年代末期に旧ユーゴで起こったセルビア系人による民族浄化活動を発端とするコソボ紛争において、NATO（北大西洋条約機構）諸国は人道的見地からそれを阻止すべくオペレーション・アライド・フォース＝同盟の力作戦＝を発令した。

このオペレーション・アライド・フォースにおいて、アメリカ空軍は絶対的に信頼していたロッキード・マーチンF－117ステルス戦闘機を、絶対的に劣勢なユーゴ空軍機に一機撃墜されるという衝撃を受けた。

これはF－117のステルス性を過信したアメリカ空軍のパイロットの怠惰が主原因とされていたが、木暮は航空優勢のない危険な空域に飛び込んだユーゴ空軍パイロットの果敢な闘志と勇気がもたらした戦果だと考えていた。

F－117の撃墜に成功したパイロットは、撃墜不可能とされたステルス機に夜間肉薄することで暗視ゴーグルを使ってそれを発見し、AAM（空対空ミサイル）で撃墜したのだ。

もちろん、運が味方したこともあるだろう。

だが、運も実力のうちとはよく言われることだ。

また実戦において、実力だ、運だ、などは関係ない。必要なのは結果だけだ。

（反応、弱いな）

レーダーの反射波が少ないステルス機に対しては、アクティブ・レーダー・ホーミングの中長射程AAMは使えない。排気熱も抑えられているため、IRホーミングの短射程AAMも使えない。

「せめて攻撃前だったらな」

敵機発見が攻撃後になったことを、木暮は悔やんだ。

ステルス機がいかに敵に発見されにくいといえども、搭載兵器までを完全に秘匿するのは不可能だ。運搬時は胴体内の格納槽に収容することで秘匿できても、いざ発射となればレーダー探知可能なものだ。

そして、GPS（全地球測位システム）のないこの過去世界においては、そのミサイルを正確に目標に誘導するには自機のレーダーで目標を照射する必要があったはずだ。そのチャンスがあれば、レーダー波発信源を追うパッシブ・レーダー・ホーミングAAMを放つこともできたはずだったのだが……。

だが、どうこういっても仕方がない。ここは唯一残された手段の二〇ミリバルカン砲による接近射撃で撃墜を試みるだけだ。

「F－117か」

現存するステルス機は三種類。すべてアメリカ空軍のものだ。

一つはマリアナ沖で対したロッキード・マーチンF－22ラプター、もう一つは海に住むエイに似た全翼機ノースロップ・グラマンB－2ステルス爆撃機、そして最後の一つが一九八九年のパナマ攻撃作戦「ジャスト・コーズ」で初見参したロッキード・マーチンF－117戦闘機だ。

F－117は世界初のステルス機だった。敵レーダー波の乱反射を避けるための三角形多数を組みあわせた多面体の機体は、F－117独特のものであり、それに加えて赤外線の低輻射化やエンジン音の静粛化などあらゆる試みが加えられている。外見としては、押しつぶされた矢尻形をした主翼と機体に、V字形に二枚の尾翼が生えているような印象だ。

目視ではまだ親指の爪ほどの大きさだが、オート・ズーム・アップ機能によってメインディスプレイにはその映像が拡大投影されていた。その特徴的な機影を見間違えるはずがない。また、拡大映像に目を凝らすとその先にさらに一機いるようだ。

ちなみに、F－117はアメリカ軍の命名法で戦闘機を意味する記号「F」を冠してはいるが、実質的にはステルス性を生かして敵陣深くに侵入して攻撃を行なう爆撃機といっていい。

そのためか、機動性は決して良くはないという評判だ。

「ステルス機ゆえのレーダー封止を呪《のろ》うがいい」

木暮はF－117に向かって機速をあげた。

本来ならば、ステルス性の乏《とぼ》しいF－2はレーダーで簡単にキャッチされているはずだ。それが接近できているということは、敵はパッシブ・レーダー・ホーミングを恐れてレーダーを作動させていない証拠だ。あるいは日本側の戦力など恐れるに足らないと、余裕をかましているのかもしれない。

「いずれにしても、そのお前の考えが浅はかだということを教えてくれる」

闇夜の中にF－117の特徴的機影が緑色に浮かびあがっている。HUD（ヘッド・アップ・ディスプレイ）上でそれが徐々に膨れあがり、エイミング・レティクル（照準マーク）にその機影を重ねていく。

が……。

「なに！」

突如加速したF－117に、木暮は思わず叫んだ。あとわずかで射点にとりつこうというところだったが、敵パイロットもこちらの存在に気づいたらしい。

しかも、機動は鋭い。機体をひねって木暮の射線を外したかと思うと、下降して重力加速度を味方につける。直進飛行を避けながら、分厚い雲に突入して追撃から逃れにかかる。

（あいつ）

並みのパイロットでないことは、すぐに察しがついた。木暮も空自では指折りのエース・パイロットだ。不用意に接近したりはしない。

後ろ下方という敵の死角をついて近づいたにもかかわらず、敵は危険を察知して素早い変わり身を見せたのだ。これぞファイター・パイロットとしての直感の鋭さを示したものだ。

「ゴースト2。どこだ?」

「側面から仕掛けてみます」

「よし」

編隊空戦の常道として、ウィングマンの橋浦は木暮から離れてフォローの機会を窺っていたのだ。

二機で挟み込むようにすれば、まだ敵を捕捉するチャンスはある。

「逃がす(もの)か」

木暮は静かにつぶやいて、分厚い雲に突入した。一つ抜け、F-117の存在を確かめようと首をひねる。

だが、木暮を待ち受けていたのはF-117の後ろ姿ではなく、多数のAAMの洗礼だった。敵ミサイルのレーダー波を感知した警戒装置のアラーム音が、けたたましくコクピット内に鳴り響く。

「ええい。苦しまぎれか」

五月雨《さみだれ》式に放たれたAAMは、撃墜を狙ったものではない。照準は甘く、あくまで牽制の意味合いだ。

だが、それでも一、二本が食らいついてくる。

木暮はラダー・ペダルを蹴り、操縦桿をひねった。

もはや木暮にとっては自分の手足に等しいF－2が、右に左に、上に下にと舞い踊る。時には風塊を切り裂き、時には流風を受けて逸《そ》らす。

飛んでいる時代は違うが、燃料もバック・アップ機器も整備員も、不足気味ながらも未来から持ち込んだものだ。機の性能は一〇〇パーセント保たれている。

急旋回して一本を躱す。失探したミサイルが、あさっての方向に飛んで自爆する。

もう一本はループ後のチャフに幻惑されて爆発消失する。

そして気がついたとき、すでにF－117の姿はどこにもなかった。探知機器を貫くほどの視線で凝視しようにも、当然痕跡は皆無だ。

ステルス性に優れた忍者戦闘機は、闇に紛れて姿をくらましたのだ。

「ゴースト1。こちらゴースト2」

「ゴースト2。聞こえている。音声クリア」

「敵を見逃しました。すみません」

「謝ることじゃない。俺も同じだ」

木暮は深く息を吐いた。

二人とも無事だったのは幸いだが、時間が経つにつれて木暮の胸中は揺れだした。悔しさがこみあげ、それは次第に耐えきれない無力感と失望感とに変わっていった。

「京香、千秋、谷村……」

死の床にある一人娘と、すすり泣く妻、そして亡き友の顔が入れ替わり立ち代わり脳裏をよぎる。

「すまない」

木暮は、ぽつりとつぶやいた。

運命を変える、歴史を変えると言って、勇んでこの過去に来た自分だが、それがこのざまだ。

口先だけで実際には自分はなにもできないのか、自分はこれほどまでに無力な存在だったのかと、木暮は自分を呪った。

人は未来を見る。だが、自分は過去を見つめた。すべてを偽りとするために、過去を見つめ、希望の光を射そうとしたのだ。

だが、厳しい現実は容赦なく木暮を襲う。この暗い夜空に吸い込まれてしまえばどれだけ楽だろうかという絶望が、木暮を待っていた。

「帰投する」

自信、誇り、意地――自分を支えてきたそれらが瓦解《がかい》する音を感じながら、木暮は重々しく操縦桿をひねった。


「危なかったですね」

「ああ。正直やばかったな」

木暮が取り逃がしたF－117のパイロットは、やはり敏腕の男だった。

日米航空共同訓練のコープノース・グアムで、木暮を撃墜したと判定を受けた相手であるアメリカ第五空軍第三五航空団所属のトニー・ディマイオ大尉である。

ディマイオはウィングマンのショーン・フリンツ少尉を引き連れて、日本軍の攪乱と補給戦の弱体化を目的とした台湾空襲を実行していたのだ。

本来は戦闘機F－22ラプターを操るファイター・パイロットであるディマイオだが、空軍機であればF－117やB－52のような大型爆撃機さえも操縦可能なマルチ・パイロットだった。

マリアナからは陸軍航空隊のB－29が連日日本本土に向けて出撃しており、どうせ敵のエア・セルフ・ディフェンス・フォース（航空自衛隊）はその対応で手一杯のはずだ。

旧日本軍を叩くだけなら、赤子の手をひねるよりもやさしい。

未来から派遣されている機数が少ないからといって、積極攻勢も許されずにただ惰眠をむさぼるだけなら暇つぶし程度にと引き受けたディマイオだったのだが、目の前に突如そのいないはずの空自機が現われた。

並みのパイロットなら、そこで泡を食って姿を暴露してしまったり、変に立ち向かおうとして返り討ちに遭ったりしたかもしれない。

だが、ディマイオは違った。

世界に誇るアメリカ空軍自慢のF－117だが、その長所はステルス性に特化しているといっていい。速度性能や運動性能といった点では、冷静に見れば並みの戦闘機以下だ。

つまりは、有視界戦闘のドッグ・ファイトに持ち込まれれば二線級の戦闘機にすら危ないのだと、ディマイオは正確にF－117の特徴を把握し、それを忠実に生かした行動に出たのだ。

敵に後ろを見せるというのは気に入らなかったが、ディマイオは単細胞で無謀な男ではなかった。

残忍で冷酷かつ偏見に満ちた男だったが、それでいて感情を制御できる男でもあった。黄色い猿が操る機などいつでも落とせるとして、この場は遁走《とんそう》と決め込んだディマイオだったのだ。

ウィングマンのフリンツも、ディマイオの指示に従ってぬかりなく空自機を撒いている。

「今ごろ連中、歯軋《はぎし》りでもしているでしょうね」

「そうだな」

フリンツの言葉に、ディマイオは嘲《あざけ》る笑みを見せた。

「F－22で来ていたら、すぐにでもあの世に送ってやったものを。まあいいさ」

ディマイオは鼻を鳴らした。

「その命、今は預けておいてやる。だがな、いつまでも勝手なことができると思うな。敗戦を覆《くつがえ》そうとする貴様らのたくらみなど、この俺様が粉々に打ち砕いてやる。そのうち貴様らは叩き落とされるのだ。這《は》いあがろうとする意欲もなくす、とてつもなく深い絶望のふちにな」

不気味なディマイオの言葉を残して、二機のF－117は闇に溶け込むように消えていった。

二〇一五年六月二四日　沖縄

木暮が絶望感に打ちひしがれているころ、まるでそれと連動したように、木暮の家族にも逼迫《ひっぱく》した危機が訪れていた。

一人娘の京香が、ついに昏睡状態に陥《おちい》ったのだ。

放射線障害は急性白血病のみならず様々な症状を誘発し、またその治療や緩和のために投与、飲用される各種の薬剤は、五歳の幼い身体を容赦なく蝕《むしば》んでいたのだ。


「意識、戻りません！」

「脈が弱まっています」

「心拍数、低下！」

「投与量、倍に。急いで！」

看護師と医者の切迫した声が、集中治療室内に響く。

それを見守る木暮の妻千秋も、健康を害していた。

心身ともに衰弱した千秋は、食事が喉をとおらずに絶食状態に陥っていた。夜も眠れない日々が続いており、栄養不足と睡眠不足から顔は青白く、立っていることすらおぼつかない状態だった。

「どこにいるの、今」

「とても重要な任務」とだけ言い残して戻らない夫に対して、千秋は思いを馳せた。

「この京香の苦しそうな顔が見える？」

窪んだ目で見る京香は、いかにもつらそうだった。体中に包帯が巻かれて頭髪は抜け落ち、刺されているチューブも一本や二本ではない。

「いつもそう。肝心なときにいつもいない。京香の姿が少しでも見えるなら、京香を少しでも思うなら、すぐに帰ってきて。すぐに。頼むから」

伝わるはずがないと思いつつも、胸が張り裂けそうな思いに千秋の双眸（そうぼう）は赤く潤んでいた。

とても一人では耐えられない。そばにいてほしい。そんな思いが一筋の涙となって、千秋の頬を伝っていた。

（超次元自衛隊［上］　完）

コスミック文庫

超次元自衛隊[上]
陸海空、レイテへ！

2022年6月25日　初版発行

【著 者】
遙《はるか》　士伸《しのぶ》

【発行者】
相澤　晃

【発 行】
株式会社コスミック出版
〒154-0002 東京都世田谷区下馬 6-15-4
代表　TEL.03(5432)7081
営業　TEL.03(5432)7084
　　　FAX.03(5432)7088
編集　TEL.03(5432)7086
　　　FAX.03(5432)7090

【ホームページ】
http://www.cosmicpub.com/

【振替口座】
00110-8-611382

【印刷／製本】
中央精版印刷株式会社

ISBN978-4-7747-6391-0 C0193